ANITA AUGUSTIN

ALLES AMOK

Roman · Ullstein

MIX
Papier aus verantwortungsvollen Quellen
FSC® C014496
www.fsc.org

ISBN 978-3-550-08085-2

Gesetzt aus der Caslon 540
Satz: Pinkuin Satz und Datentechnik, Berlin
Druck und Bindearbeiten: GGP Media GmbH, Pößneck
Printed in Germany

Anita Augustin *Alles Amok*

0

Am Tag vor der Operation waren wir Eis essen, sie und ich. Morgen ist das verboten, Jakob, hat sie zu mir gesagt, da musst du nüchtern sein, sonst kann der Herr Doktor die bösen Sachen nicht aus dir herausnehmen.

Nüchtern?

Was heißt das, Mama?

Hand in Hand durch den Park vor der Klinik, sie erklärt mir, was *nüchtern* heißt, da drüben ist ein Kiosk, da gibt es Eis.

An das Wetter kann ich mich nicht so genau erinnern, aber ich glaube, es war schön. Ja, schön, sagen wir einfach, dass es so war. Sonne, kräftiger Wind, ein paar weiße Wölkchen am blauen Himmel, etwas in der Art.

Wind hat meiner Mutter immer gut gepasst. Ihre Frisur mit den bretterharten Wellen ist dann ein bisschen aus dem Leim gegangen, und das war gut. Haarspray, gottverfluchtes. Mit sechzehn oder siebzehn habe ich ihr gesagt, dass sie viel hübscher aussieht, wenn die Wellen weich sind. Mach's dem Wind nicht so schwer, Mama, habe ich gesagt.

Damals war ich neun.

Meine Lieblingssorte war Salz.

Das hat es natürlich nicht gegeben, das gibt es bis heute nicht, Eis aus Salz, und das ist schade.

Himbeer-Zitrone, zweimal bitte.

Wir sitzen im Park auf einer Bank, wir essen Eis, ganz langsam, damit die Zeit nicht vergeht. Die soll sich verpissen, die Zeit, sagt meine Mutter, und es ist das erste und letzte Mal in meinem Leben, dass ich sie so etwas sagen höre. *Verpissen.*

Leute gehen vorbei.

Wir essen Eis.

Eine Frau auf Krücken.

Wir essen Eis.

Ein Mann mit Hut, eine Frau mit Hund, der Hund ist ein Dackel, der Dackel ist fett, meine Mutter macht einen Witz über die Dackelbesitzerin und lacht, ich verstehe den Witz nicht, aber ich lache mit. Der Himmel ist blau, die Wölkchen sind weiß, das Eis schmilzt im Becher, weil wir so langsam essen, oh wie herrlich der Wind. Er fährt durch die Frisur meiner Mutter, sie wird mit jeder Bö hübscher.

Nüchtern bedeutet nichts im Magen haben, nicht betrunken sein, nichts schönreden. Sachlich bleiben. Das Böse ist böse, und es muss raus.

Ich lege den Plastiklöffel weg, ich fahre mit zwei Fingern in den Becher, ich lecke die Finger ab.

»Fertig?«, sagt sie.

»Fertig«, sage ich.

Schade. Jetzt ist die Zeit doch vergangen, und dabei haben wir uns so bemüht.

»Kann ich noch ein Eis haben?«

Sie schüttelt den Kopf.

»Und Salzstangen?«

Sie schüttelt den Kopf, sie sagt: »Du musst dich jetzt bedanken für das Eis, Jakob. Gib mir deine Hände.«

Ich gebe ihr meine Hände, sie faltet sie zum Gebet.

»Laut oder leise?«, sage ich.

»Ganz leise. Nur im Kopf. So kann er dich am besten hören.«

Ich schließe die Augen, ich bete stumm.

Schmerzensreiches Jesulein

Ich danke dir, das Eis war fein.

Ich öffne die Augen, meine Mutter sieht mich an. Ihre Hände sind noch immer um meine gelegt, ihr Blick ist seltsam verschwommen. Jetzt presst sie meine Hände zusammen und schluckt. Ich kann es hören. Ein trockenes Geräusch, zugleich irgendwie nass. Wie Wasser, das durch den Abfluss im Waschbecken läuft, der Abfluss ist verstopft.

»Was hast du denn, Mama?«

Sie schluckt wieder.

»Was ist denn?«

»Nichts.«

Sie lässt meine Hände los.

»Aber …«

»Es ist nichts, Jakob. Komm, wir müssen zurück.«

Der Weg zurück ist viel zu kurz, wir gehen ganz langsam, Kies knirscht unter unseren Füßen. Vorbei an einem Beet mit gelben Blumen, vorbei an einem Springbrunnen, die steinerne Meerjungfrau steht auf der Schwanzflosse, ihr welliges Haar ist auch aus Stein.

Nüchtern hat viele Bedeutungen.

Nichts bedeutet immer das Gegenteil.

Damals habe ich gedacht, dass sie traurig ist, heute weiß ich es besser. Sie war nicht traurig. Sie hat getrauert. Um mich. Zwölf Stunden vor der Operation hat sie schon gewusst, dass es schiefgehen wird. Dass es nichts nützt und alles noch schlimmer macht.

Zwölf Stunden.

Das ist genug Zeit, um sich zu verpissen. Raus aus dem Park, vorbei am Kiosk, schnell noch ein Eis abgreifen oder ein paar Salzstangen, und ab nach Hause.

Wir gehen an einem kegelförmig geschnittenen Busch vorbei, wir gehen an einem Fahrradständer vorbei, da vorne ist der Eingang, noch drei Meter, noch zwei, meine Mutter bleibt stehen. Ohne Grund, einfach so. Sie legt ihren Arm um meine Schulter, ich lege meinen Arm um ihre Taille. Dann lehnt sie sich an mich. Nur kurz, nur für einen Moment.

Sie lehnt sich an *mich*.

Ein neunjähriger Bengel weiß noch nicht, dass man den besonderen Momenten im Leben einen Namen geben muss, damit sie unvergesslich bleiben. Es hat trotzdem geklappt. Ich habe diesen makellos schönen Moment nie vergessen, und es ist höchste Zeit, dass ich ihm einen Namen gebe. Vorname und Nachname, wie es sich gehört.

Ich taufe diesen Moment auf den Namen: Vorbei.

Ich taufe ihn auf den Namen: Nie wieder.

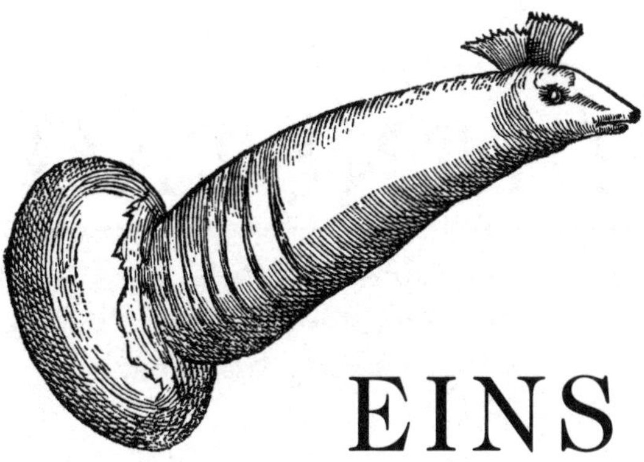

EINS

DIENSTAG

Im Jahr acht der Hoffnung
auf den Tod meiner Mutter
und einen sicheren Arbeitsplatz

1

Ich bin billig, jeder kann mich haben. Aber *billig* darf man natürlich nicht sagen, und ich sage das auch nicht. Nicht zum Kunden.

Zum Kunden sage ich *günstig*.

Ich sage *preiswert*.

Manchmal sage ich auch einfach: 9,50 die Stunde plus Risikozuschlag, und dann lasse ich mich auf 7,50 ohne Risikozuschlag runterhandeln.

Zugegeben: Mir ist noch nie was passiert, die ganzen Jahre nicht. Bis auf die Sache letzten Sommer, da bin ich attackiert und gebissen worden. Kein schönes Erlebnis, aber was soll's, Schwamm drüber. Trotzdem finde ich, dass die Kunden einen Zuschlag zahlen sollten, ich meine: Der Job ist gefährlich, verdammt nochmal! Aber das darf man natürlich nicht sagen, und ich sage das auch nicht.

Ich sage: Der Job ist heikel.

Oder: Der Job hat so seine suboptimalen Facetten.

Aber egal, was ich sage, ich ziehe dabei die Mundwinkel nach oben.

Regel Nummer eins im direkten Kundengespräch: Immer schön lächeln.

Regel Nummer zwei: Immer schön lächeln.

Regel Nummer drei: Immer schön lächeln, auch am Telefon. Ich führe fast alle Kundengespräche am Telefon, und dabei lächle ich. Der Kunde kann es nicht sehen, aber er hört es. Stimmlage, Sprechrhythmus, alles verändert sich, wenn du lächelst. Auch dein Atem verändert sich, und das bedeutet: Der Kunde kann dich sogar dann lächeln hören, wenn du schweigst. Er wird deinem bezaubernden Lächeln lauschen, und dann wird er dir etwas abkaufen, zum Beispiel eine Dienstleistung der ganz besonderen Art.

Und jetzt die schlechte Nachricht: Das Lächeln muss echt sein. Echt, ehrlich, aufrichtig, wahr, nenn es, wie du willst, auf jeden Fall muss es das sein. Also glaub nur nicht, dass du mit ein bisschen Mundwinkelnachobenziehen durchkommst.

Das weiß ich übrigens alles von Herbert, der kennt sich da aus. Er ist Verkäufer bei HA&EM, er lächelt acht Stunden pro Tag, manchmal zwölf, und er tut es gerne.

»Lächeln steht mir«, sagt Herbert immer. »Ich sehe dabei supersexy aus, findest du nicht auch, Süßer?«

Bitte, Herbert, sag nicht immer Süßer zu mir.

»Geht klar, Jakob. Aber weißt du was, Süßer: Ich sehe nicht nur supersexy aus, wenn ich lächle, ich fühle mich auch so. Außen hui, innen hui, und der Kunde merkt das. Der Kunde ist dann schwuppdiwupp selbst gut drauf und kauft die Socken im Sechserpack. Oder er kommt mit vier T-Shirts aus der Anprobe und will keins davon nehmen, aber dann lächle ich ihn an, und schwuppdiwupp nimmt er sie alle. Sogar das abartig hässliche Teil mit dem Tigeraufdruck.«

Mein Handy klingelt, der Kunde heißt Max. Kein Nachname, einfach nur Max.

»Hallo Max, was kann ich für dich tun?«

Und Max sagt, was ich für ihn tun kann. Dann sagt er, dass ich um drei am Bahnhof sein soll.

»Das ist sehr kurzfristig«, ich ziehe die Mundwinkel nach oben, »aber es lässt sich machen. 9,50 die Stunde plus Zuschläge.«

»Zuschläge?«

»Risikozuschlag. Kurzfristigkeitszuschlag.«

Max sagt nichts. Das mit dem Kurzfristigkeitszuschlag war vielleicht keine so gute Idee. Ich zähle bis drei, dann ziehe ich die Mundwinkel noch ein Stück weiter nach oben.

»Na gut, kein Kurzfristigkeitszuschlag. Aber nur, weil du es bist, Max.«

Ich kenne diesen Mann gar nicht.

Meine Mundwinkel sind am Anschlag.

Ich sage: »Der Risikozuschlag ist leider nicht verhandelbar. Die Sache klingt so, als hätte sie ihre suboptimalen Facetten.«

Stille. Atmen. Kein Lächeln zu hören, aber Max will mir ja auch nichts verkaufen. Ich versuche es noch ein paar Sekunden, dann lasse ich die Mundwinkel fallen.

»Na gut, kein Risikozuschlag. Also: 9,50 die Stunde, und wir sind im Geschäft.«

Und Max sagt: 6,50.

Und ich sage: 8,50.

Und Max sagt: 6,50.

Und ich sage: 7,50.

»6,50«, sagt Max. »Hauptbahnhof, Gleis vier, Punkt drei.«

Ich nicke schweigend, Max legt auf.

Später werde ich Herbert erzählen, dass es schon wieder nicht geklappt hat, und Herbert wird mir auf die Schulter klopfen und sagen: »Kopf hoch, Süßer, das wird schon. Irgendwann fühlst sogar du dich voll hui, und dann lächelst du diese Arschlöcher in Grund und Boden.«

Personalausweis, Handy, Brieftasche. Klopapier, Heftpflaster, ein selbstklebender Wundschnellverband. Das mit dem Tee dauert jetzt zu lange, ich fülle Leitungswasser in die Thermoskanne. Regenjacke nicht vergessen, Medikamente nicht vergessen. Der Bahnhof ist überdacht, und meine Medikamente habe ich heute schon genommen, aber sicher ist sicher, also runter damit. Ich schlucke, ich spüle nach. Verpflegung nicht vergessen. Banane, Schokoriegel. *Ohne Mampf kein Kampf*, wie es so schön heißt.

Und jetzt eine Durchsage an alle Amateure, die ohne Musikinstrumente und Halspastillen losziehen:

Tu's nicht.

Irgendwann wirst du heiser sein vom vielen Brüllen, und dann kannst du eine Pastille einwerfen oder auf das Musikinstrument umsteigen oder beides. Aber nur, wenn du den Kram dabeihast.

Ich wühle in der Kiste mit den Instrumenten. Trommel, Rassel, Klapper. Max hat gesagt, dass die anderen alle mit Trillerpfeifen kommen. Ich finde eine Trillerpfeife, dann entscheide ich mich doch für die zweiröhrige Vuvuzela. Herrliches Instrument. Viel besser als die normalen Fußballfantröten. Wenn du gute Lungen hast, schaffst du einen Schalldruckpegel von hundert Dezibel, das entspricht dem Lärm einer Kettensäge in einem Meter Entfernung.

Ich lege die Vuvuzela ganz oben in den Rucksack und schnüre ihn zu. Jetzt fehlt nur noch das Wichtigste. In meiner Einzimmerwohnung ist nicht so viel Platz, deswegen habe ich das Wichtigste auf dem kleinen Raucherbalkon verstaut. Zum Glück bin ich Nichtraucher, zum Glück mag ich keine Blumen. Herbert sagt immer, dass er an meiner Stelle ein paar Kräuter pflanzen würde, und dann könnten wir gemeinsam kochen, irgendwas mit frischem Thymian, das wäre doch nett. Zum Glück bin ich weder Herbert noch schwul. Schwulsein ist okay, Herbertsein ist okay, aber mein Balkon bleibt sauber. Wertvoller Stauraum, sinnvoll genutzt.

Die Ablage habe ich selbst gezimmert, aus Pressspanplatten. Sieht aus wie ein überdimensionaler Karteikasten und funktioniert auch so. Achtundzwanzig Rubriken, bei Bedarf erweiterbar, alphabetisch sortiert.

A wie Abtreibung zum Beispiel.

Oder B wie Billiglöhne.

K wie Konservierungsstoffe.

Ü wie Überfischung.

Z wie Zwangsprostitution.

Die Pappschilder habe ich alle selbst gemalt. Kleine Kunstwerke, wenn Sie mich fragen. Rein inhaltlich ist der Gestaltungsspielraum eher bescheiden, ich halte mich da an die gängigen Formulierungen, meine Kunden schätzen das.

Lieber schwul und lebensfroh als verklemmt und hetero!

(H wie Homophobie.)

Was will ich? Was willst du? Tofu und Salat dazu!

(M wie Massentierhaltung.)

Friedlich oder militant: Wichtig ist der Widerstand!

(G wie Geht immer.)

Max hat gesagt, dass die Aktion heute möglichst gewaltfrei

über die Bühne gehen soll. Egal was passiert, hat Max gesagt, wir bleiben cool. Also keine provokanten Parolen. Ich suche unter F nach etwas Passendem, ich finde etwas Passendes. Jetzt noch den Stab fixieren, damit ich das Schild bequem hochhalten kann, fertig ist die Protestlaube. Schonbezug drüber, damit die Kunst nicht leidet, und auf geht's. Zu Herbert. Als Profidemonstrant bist du fast so was wie ein Schauspieler, und als Schauspieler brauchst du zwei Dinge:

Erstens ein bisschen Talent.

Zweitens ein schönes Kostüm.

Ohne Talent kommst du zur Not noch durch, aber ohne Kostüm: keine Chance.

Das war jetzt ein Witz.

Hahaha.

2

Ich liebe HA&EM. Anders kann man das nicht sagen. Ich liebe diesen Laden. Und am meisten liebe ich ihn an Tagen wie heute, wenn hier die Hölle los ist.

Das Gewühl, das Gedrängel, das Gerangel, ich liebe es. Ich liebe das Gedudel aus den Lautsprechern und das Gekicher der Schulmädchen, wenn sie in der Wäscheabteilung scharfe Strings von den Hängern rupfen wie reife Feigen. Ich liebe die jungen Frauen in der Young-Fashion-Abteilung mit ihren pinken Fingernägeln, die sich in Sonderangebote krallen wie verzweifelte kleine Vögel. Ich liebe es, wenn diese jungen Frauen nach bunten Blusen aus Baumwolle greifen, die irgendein Kind in Usbekistan gepflückt hat. Irgendein trauriges kleines Kind mit zerkratzten Händen und verkrümmter Wirbelsäule.

Herbert sieht nicht gut aus. Er steht in der Herrenabteilung bei der Anprobe und sortiert Klamotten. Käsiges Gesicht, sein Ausschlag ist schlimmer geworden. Chronische Dermatitis, Ursache ungeklärt. Normalerweise sieht Herbert aus wie jemand mit unreiner Haut, heute sieht Herbert aus wie jemand, der dringend zum Arzt sollte. Seine Hände wimmeln rattenflink durch den Berg aus giftigem Textilmüll, von dem schon viele Näherinnen in Bangladesch Allergien bekommen haben. Viele Männer stehen Schlange, um den Müll zu probieren.

»Alles entgiftet«, sagt Herbert immer, »das ist alles entgiftet, wenn es einmal raus ist aus den Fabriken da drüben. Und dann musst du es zur Sicherheit noch einmal waschen, bevor du es anziehst.«

Jetzt fährt er sich mit der Hand übers Gesicht und wischt Schweiß weg.

»Hallo, Herbert.« Ich stelle den Rucksack ab und lege das Schild auf den Boden. »Krasser Schub, warst du beim Arzt?«

Herbert schüttelt den Kopf, die Ratten wimmeln.

»Versprich mir, dass du zum Arzt gehst.«

Herbert lächelt matt, die Ratten wimmeln.

»Hast du kurz Zeit?«

»Heute nicht, Süßer. Ich bin seit sechs auf Achse, Frühschicht im Lager, und jetzt muss ich die Spätschicht auch noch machen, wir sind unterbesetzt. Außerdem«, er zieht eine Hand aus dem Müll und hält sie hoch, »außerdem hat mich Sandra heute gestempelt.«

Sandra ist die Storemanagerin. Bei HA&EM duzen sich alle. Flache Hierarchien. Auf dem Handrücken steht SMILE! Wie es aussieht, hat Herbert heute sein supersexy Lächeln vergessen und ist dabei erwischt worden.

»Na«, sage ich, »Kopf hoch, es gibt Schlimmeres. Und das ist lange her.«

»Lange her?«

»Vergiss es, Herbert.«

Und dann überrede ich Herbert, sich ein paar Minuten Zeit zu nehmen für mein Kostüm. Und dann gebe ich Herbert ein paar Hinweise. Und dann ist Herbert ein bisschen hilflos, weil ihm das, was ich sage, nichts sagt. *Linke Szene* zum Beispiel. Oder *Altachtundsechziger*. Und dann sage ich zu Herbert, dass er mich einfach *schlecht* anziehen soll.

Zehn Minuten später stehe ich an der Kasse. Die Frau hinterm Tresen begrüßt mich laut, ihr Lächeln ist so strahlend wie ein Atomreaktor. Außen hui, innen pfui. Auf ihrem Handrücken steht HALLO!

Ich liebe HA&EM.

Es ist die Hölle.

Und immer, wenn ich hier bin, wird mir klar, dass mein eigenes Leben ein Paradies ist, und ich bin dankbar. Dankbar für alles, was ich habe.

Für meinen verblödeten Job.

Für meine bescheuerten Kunden.

Für das winzige Loch, in dem ich wohne.

Für das riesige Loch in meiner Brieftasche.

Und vielleicht finden Sie das ja jetzt ein bisschen übertrieben. Vielleicht denken Sie ja jetzt: Mein Gott, man wird sich ja wohl noch ein paar nette Klamotten kaufen dürfen, ohne dafür gleich in der Hölle zu landen. Oder: Mein Gott, man kann ja nicht bei jeder fröhlich gemusterten Bluse an ein usbekisches Kind denken. Und wissen Sie was: Da haben Sie völlig recht. Aber es ist ein guter Trick. Der beste, wenn es darum geht, das eigene Leben schön zu finden, und ich bin hier an diesem schrecklichen Ort wirklich immer zutiefst dankbar für alles, was ich habe. Nur für eines nicht.

Je näher ich der kleinen Gruppe auf dem Bahnsteig komme, desto klarer wird mir, dass ich ein paar Fehler gemacht habe. Dass ich nicht gut vorbereitet bin. Mein Kostüm zum Beispiel: nicht gut. Oder mein Schild: gar nicht gut. Ich habe mich für ein schlichtes *Nie wieder Krieg! Nie wieder Faschismus!* entschieden, und das war ein Fehler.

Die zwanzig Leute, die da stehen, sind alle in Schwarz. Schwarze Stiefel, schwarze Hosen, schwarze Kapuzenjacken. Die schwarzen Schals hochgezogen bis zu den Nasen, ein paar tragen Sonnenbrillen. Wer keinen Schal hat, hat eine Sturmhaube, wer keine Sonnenbrille hat, hat Augen. Aber keiner hat ein Gesicht. Und es sind lauter Kerle, soweit ich das erkennen kann. Na, wenigstens stimmt mein Geschlecht, also halbwegs, die Kerle sind ziemlich kräftig gebaut, was man von mir nicht behaupten kann. Jetzt winkt mir einer zu, das muss Max sein.

Winkewinke macht Max mit der einen Hand, mit der anderen hält er ein Schild hoch.

Kein Vergeben! Kein Vergessen! Haut den Nazis auf die Fressen!

Winkewinke mache ich zurück und gehe ein bisschen langsamer. Zeit schinden, nachdenken. Was tun, wenn sich Max über meinen dilettantischen Aufzug beschwert? Ein anderer Kerl hebt ein Schild hoch.

Blut und Boden! Blut und Boden! Schießt den Nazis in die Hoden!

Ich gehe noch langsamer. Wahrscheinlich muss ich Max Rabatt geben. Zwanzig Prozent Nachlass auf den Stundenlohn. Wieder ein Schild.

Egal womit und wo und wann: Zündet alle Nazis an!

Fünfzig Prozent, wie es aussieht. Mein Schild war echt ein Griff ins Klo.

»Hallo Max«, sage ich zu dem vermummten Typen mit Sonnenbrille. »Ich bin Andi Anti. Wir haben telefoniert.«

Max lächelt. Ich kann es nicht sehen, aber ich kann es hören.

»Hallo Andi.« Sympathische Stimme. Leicht gedämpft unter der Sturmhaube, aber sympathisch.

»Tut mir leid wegen«, ich zeige auf meine rote Schirmmütze, meinen roten Sweater, meinen roten Gürtel. *Links* und *rot*, das passt doch zusammen, oder?, hat Herbert gesagt.

»Kein Problem, Andi. Ich bin froh, dass du's für 6,50 machst. Würde dir gerne mehr geben, aber die Kohle ist knapp, und wir haben investieren müssen für die Aktion heute.«

»Verstehe.« Ich nicke. Keine Ahnung, was er damit meint. Wahrscheinlich den Bastelbedarf für die Schilder. Gleich wird er meins sehen wollen, ich habe den Schonbezug noch nicht abgenommen, aber wenn ich's mache, gibt's Ärger. Höchste Zeit für ein Kompliment, das entspannt.

»Coole Brille übrigens«, sage ich.

»Danke. Und übrigens: cooler Künstlername, Andi Anti, echt cool.«

»Danke.«

»Und jetzt zeig mir dein Schild, Andi. Bin schon gespannt, ich meine: Du bist Vollprofi, von dir kann man was lernen.«

Ich atme tief durch, ich nehme den Schonbezug ab.

Stille unter der Sturmhaube.

Ich zähle bis drei, ich sage: »Fünfzig Prozent Rabatt.«

Stille unter der Sturmhaube.

Ich sage: »Siebzig.«

»Wow!«, sagt Max. Dann noch einmal: »Wow!« Er berührt mein Schild, er streicht mit den Fingern behutsam über *Krieg*, dann liebevoll über *Faschismus*. »Astrein. Ein Klassiker. Daran erkennt man den Profi. Kein überflüssiger Schnickschnack, keine alberne Protestlyrik von wegen *Boden* und *Hoden*, wirklich astrein.« Er klopft mir auf die Schulter, ich grinse wie ein

Tumorpatient, der gerade erfahren hat, dass es doch nur ein harmloses Geschwür ist. »Und jetzt lass uns loslegen, Andi. In ein paar Minuten kommt der Zug mit den Nazischweinen, also nichts wie ran an den Speck. Da drüben steht die Tasche mit den Waffen, such dir was Schönes aus.«

»Okay.«

Hat er gerade *Waffen* gesagt?

Habe ich gerade *Okay* gesagt?

Und wo ist eigentlich – der Gedanke bleibt mir im Verstand stecken. Ich drehe mich um und suche den Bahnsteig ab. Zwei ältere Frauen mit Rollkoffern, die ängstlich zu uns herüberschielen. Ein Mann mit Krawatte und Blumenstrauß. Er umklammert den Strauß und glotzt auf die halbverwelkten Blüten, als gäbe es da etwas anderes zu entdecken als halbverwelkte Blüten. Ganz hinten beim Ausgang zur Halle eine Bahnangestellte in Uniform. Sie hält sich etwas ans Ohr und gestikuliert hektisch.

Drei Frauen, ein Mann, das war's.

»Du, Max«, ich drehe mich wieder um.

»Ja, Andi?«

»Wo ist eigentlich die Polizei?«

Ich meine, unter uns gesagt: Wenn eine Horde Neonazis aus der Provinz angereist kommt, zum Bundesligafinalspiel, und ein Haufen enthusiastischer Antifaschisten das Empfangskomitee bildet, dann müsste es doch vor Polizei nur so wimmeln. Wimmelt aber nichts hier. Weit und breit nichts zu sehen von Freunden und Helfern.

Deeskalationsservice.

Gewaltmanagement.

Flaute.

Max grinst. Ich kann es nicht sehen, aber ich kann es hören.

»Die wissen doch Bescheid, Max, oder?«

Ich kann es hören.

»Ist doch angemeldet, die Demo, oder?«

»Keine Sorge, Andi.« Max hat wirklich eine sympathische Stimme. »Die kommen schon noch, die Bullen. Genauer gesagt: Die sind schon unterwegs.«

Er zeigt nach oben, ich folge dem Finger, da hängt etwas. Ganz oben in der Überdachung, ein kleines Ding.

»Videokamera«, kichert Max. »Hightech, letzter Stand. Scharf wie der Arsch meiner Frau, wir sind seit zehn Jahren verheiratet, und langsam kriegt sie den bösen Blick, so wie das Ding da oben.«

Ich starre auf das scharfe Ding mit dem bösen Blick.

»Also keine Sorge, die wissen längst Bescheid, die sind längst unterwegs.«

Ich starre. Das Ding starrt zurück.

»Aber bis sie da sind, haben wir die Schweine längst zu Blutwurst verarbeitet.«

Mein Gesicht, denke ich.

»Je blutiger, desto besser.«

Ich bin hier der Einzige mit Gesicht.

»Und wenn sie dann da sind, die Bullen, dann geht's erst so richtig los.«

Gott sieht dich, Jakob.

»Dann wird's erst so richtig lustig.«

GOTT sieht dich, Jakob!

Ich senke den Kopf, mein Blick tropft auf den Bahnsteig wie Blut aus einer Stichwunde. Ich hebe den Kopf, Max holt tief Luft. Das kann ich an der Sturmhaube erkennen, die auf Mundhöhe nach innen gesaugt wird. Dann brüllt Max mit der ganzen Inbrunst eines fanatischen Antifaschisten:

»Bul-len sind die größ-ten Schwei-ne!«

Und zwanzig fanatische Antifaschisten brüllen im Chor:

»Doch wir ha-ben Pflas-ter-stei-ne!«

»Po-li-zis-ten! Po-li-zi-sten!«, brüllt Max.

»Schlä-ger, Mör-der und Fa-schis-ten!«

Es gibt Momente im Leben, da hast du die Wahl: Entweder du nimmst die Situation ernst, oder du nimmst sie mit Humor. Wenn du die Situation ernst nimmst, wird sie dich ernst nehmen, und dann bist du erledigt.

»Mensch, Max, du willst mich verarschen, nicht wahr, das ist dir aber echt gelungen, hahaha.«

»Verarschen?«

»Naja, du hast doch selber gesagt, am Telefon, dass die Demo so gewaltfrei wie möglich ablaufen soll, und dass wir cool bleiben.«

»Stimmt. Hab ich gesagt. So gewaltfrei wie möglich, und wenn es nicht möglich ist, dann eben nicht. Also: Bleib cool, Andi, und hol dir endlich was Schönes aus unserer kleinen Waffenkammer. Schlagring, Springmesser, wir haben echt investiert, das Zeug wird immer teurer.«

Ding Dong meine Damen und Herren auf Gleis vier fährt ein Regionalexpress 3214 Ankunft fünfzehn Uhr zehn bitte zurücktreten vorsicht bei der Einfahrt.

»Anpfiff!«, brüllt Max.

Zwanzig Hände greifen in Hosentaschen und holen Trillerpfeifen heraus. Zwanzig Trillerpfeifen werden durch Schals und Sturmhauben in Münder gestoßen. Ich renne los.

3

Nein. Ich habe als Kind nicht davon geträumt, später einmal Demonstrant zu werden. Schon gar nicht Profidemonstrant.

Profifußballer?

Wollte ich auch nie werden. Profikoch, Profikiller, nichts davon, aber das hat natürlich nichts zu sagen. Ich will hier auf keinen Fall irgendeinem Kind seine Träume madig machen, echt nicht.

Wenn du ein, sagen wir, sechs- oder siebenjähriger Junge bist und kerngesund, dann kannst du natürlich von allem Möglichen träumen. Dann ist dein Leben noch wie ein leerer Müllbeutel, und du kannst ihn vollstopfen mit Träumen von der Zukunft.

Mach doch, kleiner Junge!

Und dann viel Spaß später, mit dreißig oder vierzig, wenn du hektisch versuchst, die Vergangenheit zu entsorgen und alles von der Gegenwart wegzuschmeißen, was schimmelt und ranzt. Kein Platz mehr in dem scheiß Beutel, alles zugemüllt mit Kindheitsträumen.

Ich habe nie von nichts geträumt, und das mit dem professionellen Demonstrieren hat sich ganz zufällig so ergeben, vor ein paar Jahren. Vor acht Jahren, um genau zu sein.

Ob ich an Zufälle glaube?

Nein.

Ich habe schon als Kind nicht an Zufälle geglaubt, und vielleicht bin ich ja deswegen nie auf die Idee gekommen, von der Zukunft zu träumen. Eine Zukunft ohne Zufälle ist in etwa so aufregend wie eine Trapeznummer mit Netz.

Du kannst nicht tiefer fallen als in Gottes Hand, Jakob, hat meine Mutter immer gesagt, und das mag ja stimmen. Nur blöd, wenn Gott die Faust ballt.

Wie ich so war als Kind?

Ach, naja, wie man eben so ist. Ein bisschen frech, ein bisschen fröhlich, und manchmal habe ich geweint, weil ich nicht schon wieder zum Arzt wollte, und dann hat meine Mutter gesagt, dass ich jetzt tapfer sein muss. Wenn du weinst, Jakob, hat sie gesagt, dann weint das Jesuskind auch und stirbt an seinen Tränen.

Wasser und Salz, Gott erhalt's.

Tapferer kleiner Jesusjunge.

Diese Sache letzten Sommer, die war schon komisch, wissen Sie. Von einem Hund attackiert und gebissen werden ist nicht besonders erfreulich, aber es war gar kein Hund. Das habe ich nur im ersten Moment gedacht. Es war ein Kind. Fünf oder sechs, ein Mädchen. Kein hübsches Mädchen. Großer Kopf, abstehende Ohren, breites Gesicht, die Augen wie schief angenähte Knöpfe, magerer Körper.

Passiert ist die Sache bei einem Protestmarsch gegen giftiges Kinderspielzeug aus China. Affenhitze, hysterische Mütter, verschwitzte Väter und dann dieses Mädchen. Es hat seine Milchzähne in meiner Wade versenkt wie winzige weiße Kerzen in einer Geburtstagstorte. Der Schmerz: scharf und samtig zugleich. Ich schreie auf, ich trete nach dem Hund, dann sehe ich, dass es gar kein Hund ist, ich sehe das Mädchen, es hat sich festgebissen. *Unmöglich*, denke ich, *so was macht doch kein Kind, so fest kann doch kein Kind zubeißen*, und ich trete weiter, panisch trete ich nach dem Mädchen und denke *Wo ist die Mutter? Ich werde diesem Mädchen weh tun, wenn die Mutter nicht kommt. Ich werde diesem kleinen Mädchen sehr weh tun.*

Mit zwölf wollte ich Schauspieler werden, meine Mutter hat den Kopf geschüttelt.

Besser nicht, Jakob.

Und warum nicht, Mama?

Jesus mag keine Lügner.

Den Protestmarsch gegen giftiges Kinderspielzeug habe ich damals sofort abgebrochen und bin nach Hause. Die Wunde war nicht tief, die Wunde war nicht das Problem. Das Zeug, das ich jeden Tag schlucke, ich brauche die fünffache Dosis, wenn ich in Panik gerate.

Siehe auch: Fieber.

Siehe auch: Durchfall.

Erbrechen.

Schwitzen.

Weinen.

Wenn ich stark schwitze und nicht genug von dem Zeug dabeihabe, dann sterbe ich.

Ich sterbe, wenn ich zu lange weine.

Ein paar Stunden durchheulen, und ich bin tot.

Dem Unglück gebührt Verachtung. Ein Stoß denen, deren Fuß schon wankt.

Zuhause habe ich die fünffache Dosis eingeworfen, gerade noch rechtzeitig, ich war kurz vorm Kollaps. Zwei Tage später ist die Wunde doch zum Problem geworden, sie hat sich entzündet. Pochender Schmerz, zornig und zärtlich zugleich. Der Arzt gibt mir ein Antibiotikum, vier verpackte Einwegspritzen und vier Ampullen. Nur für den Fall des Falles, sagt er, dann muss es schnell ins Blut, aber das wissen Sie ja.

Der Fall tritt ein. Durchfall, vom Antibiotikum. Ich sitze nackt auf dem Klo und setze mir die Nadel. Ich bin ungeschickt. Rein, raus, rein, raus, endlich treffe ich, Blut quillt aus der Wunde und tropft auf den Boden. Später werde ich die Sauerei aufwischen, aber jetzt nicht. Jetzt sitze ich einfach da, mit gesenktem Kopf, die Nadel im Arm. Unten rinnt die braune Soße aus mir raus, oben die rote. Nach fünf Tagen ist es vorbei. Aschfahles Gesicht, hohle Wangen, der Arm zerstochen und violett verfärbt, ich sehe aus wie ein Junkie.

So war das letzten Sommer, und ich habe damals sämtliche Mütter dieser Welt mit ihren gestörten Kindern verflucht. Aber dem Mädchen habe ich vergeben. Das hätte Jesus auch getan. Er hätte die Mütter verflucht.

4

Der Bahnsteig ist kein Bahnsteig mehr, der Bahnsteig ist eine Aschenbahn, und ich bin ein Weltklassesprinter. Mein Herz pumpt auf Hochtouren, meine Lunge gibt ihr Bestes, meine Füße sind Hände, sie greifen nach jedem Schritt, sie nehmen sich jeden Meter. Vorbei an den Rollkofferfrauen, vorbei an dem Blumenstraußmann, hinter mir fährt der Zug ein, ich kann ihn hören und das schrille Geräusch der antifaschistischen Pfeifen. Ich renne noch schneller, die Aschenbahn wird zum Rollfeld, gleich hebe ich ab, *Flieg, Jakob, flieg!*, und ich fliege auf die Bahnangestellte am Ausgang zu.

»Halt!«, kreischt sie.

»Aus dem Weg!«, kreische ich.

Sie hüpft zur Seite, ich fliege in die Halle, geradeaus, immer geradeaus, direkt auf eine asiatische Reisegruppe zu, *Mein Gott, warum stehn die da! Warum sind die nicht zuhause auf ihren Reisfeldern!*, ich muss die Kurve kriegen, und zwar schnell, ich kriege die Kurve.

Aber in dem winzigen Moment davor, einem Moment nicht länger als ein Wimpernschlag, da frage ich mich:

Nach rechts oder nach links?

Nach links oder nach rechts?

Rechts die Schafe, links die Böcke.

Links die Fackeln, rechts die Posaunen.

Rein in die Kurve, gerade noch geschafft, das war knapp, mein Fuß streift einen gewaltigen asiatischen Hartpanzerkoffer, der Koffer fällt um, »混蛋!«, ruft mir jemand nach, ich drehe mich im Flug um und brülle »Selber Arschloch!«.

PENG!

Autsch!

Ich bin in irgendetwas reingeknallt, ich taumle, aber das Etwas hält mich fest.

»Nicht so schnell, mein Freund«, sagt das Etwas. »Im Wettlauf mit dem Igel hat noch kein Hase gewonnen, und wer den Hasen spielt, den wird der Jäger kriegen.«

Hä?

Ich starre auf das Etwas. Es hat mich losgelassen und grinst. Ein Mann. Ein ziemlich kleiner Mann mit einem ziemlich fiesen Grinsen. Sein Kopf hört dort auf, wo bei mir der Hals anfängt, sein Grinsen muss auf einer unsichtbaren Leiter zu mir nach oben klettern, *kletterkletter*, jetzt ist es da und schlüpft mir in die Augen wie die Natter ins Nest.

Die Augen von dem kleinen Mann kann ich nicht sehen. Dunkle Brille.

»Sorry«, sage ich keuchend, »wollte nicht, also sorry, muss weiter.«

»Komme ich zu spät?«

Schwarzes Hemd, schwarzer Anzug, sogar die Haare sind pechschwarz, alles klar.

»Deine Kumpels legen gerade los *keuch*. Gleis vier. Viel Spaß.«

»Es sind nicht meine Kumpels. Aber man kann sich auch mit Fremden gut amüsieren. Bis bald, mein Freund.«

Er schlendert an mir vorbei, ich gebe Gas.

5

Irgendwo auf dieser Welt sitzen Leute und schreiben mir Briefe. Viele Leute, viele Briefe, es werden jeden Monat mehr, und ich frage mich: Haben diese Leute nichts Besseres zu tun?

Diese Leute von der Hausverwaltung zum Beispiel: Haben die nichts Besseres zu tun?

Betreff: Zahlungserinnerung.

Text: Sehr geehrter Herr Kupka, vertraglich wurde die Mietzahlung bis zum dritten Werktag jedes Monats vereinbart. Sie sind der Mietzahlung zum wiederholten Male nicht pünktlich bzw. nicht in voller Höhe nachgekommen. Bitte stellen Sie sicher, dass die Mietzahlung künftig und so weiter.

Leute vom Gaswerk.

Vom Elektrizitätswerk.

Vom Mobilfunk.

Nur die Leute vom Finanzamt lassen mich in Ruhe, weil die nichts von mir wissen.

Gott segne das Finanzamt.

Ich sitze in meiner Einzimmerwohnung und öffne Briefe mit einem Küchenmesser. Die fünffache Dosis Fludrocortison zirkuliert in meinem Blut, das Kostüm hängt über der Heizung. Alles nassgeschwitzt, sogar die Hose. Morgen wird sie Salzränder im Schritt haben, ich höre Herbert schon meckern von wegen »Ungetragen, Süßer, du musst mir die Sachen ungetragen zurückbringen, also rein optisch, sonst kann ich sie nicht zurücknehmen«. Und dann wird er die Sachen nehmen und Sandras Unterschrift fälschen. Es gibt Hunderte von Warenrücknahmezetteln oder wie diese Dinger heißen, auf denen die Storemanagerin unterschrieben hat, in Herberts Handschrift.

Ich schlitze den nächsten Brief auf.

Zahlungserinnerung. Sehr geehrter Herr Kupka und so weiter.

Stich, schlitz, der Nächste.

Mahnung. Sehr geehrter Herr Kupka und so weiter.

Vielleicht sollte ich das alles nicht einfach so hinnehmen. Vielleicht sollte ich diesen Leuten zurückschreiben. Vielleicht wäre das die Lösung.

Betreff: Kündigung.

Text: Liebe Leute, fickt euch alle ins Knie.

Stich, schlitz, schon wieder will jemand mein Geld haben. Ich soll sofort ein preisreduziertes Sofa aus Kunstleder mit Beistelltisch kaufen. Das Sofa heißt Flätaklobo, der Beistelltisch heißt Knoddosörp.

Vielleicht ist Amoklauf die Lösung.

Stich, schlitz, ich soll einen Gutschein einlösen. Zwanzig Prozent Rabatt auf die Eintrittskarte ins Paradies.

Ins Paradies?

Post von Jesus!

Denke ich für einen Moment, dann lese ich:

PARK PARADIES. Besuchen Sie den Freizeitpark für die ganze Familie und erleben Sie himmlische Tage.

Auf dem Gutschein ist ein Foto von einer lachenden jungen Frau und einem lachenden jungen Mann, dazu zwei lachende Kinder. Ein Junge, ein Mädchen. Im Hintergrund wächst eine Achterbahn in den Himmel, der Himmel ist blau. So blau wie der Knall einer hautengen Hose aus Latex, wenn sie reißt. Die Frau, der Mann, der Junge und das Mädchen gehen auf die Kamera zu, Hand in Hand. Alle haben bizarr weiße Zähne, alle haben Glanzpunkte in den Augen und Lichtreflexe im Haar.

So also sieht das Paradies aus.

Vielleicht ist Weinen die Lösung.

Ich lege das Messer weg, ich lege die Arme auf den Tisch und den Kopf auf die Arme. Das Kostüm trocknet langsam, ich kann es riechen. Angst und Schweiß, das Salz der Erde. Als Kind habe ich löffelweise Salz gegessen, direkt aus der Tasse heraus, in der es meine Mutter aufbewahrt hat. Ich war hungrig nach Salz wie andere Kinder nach Zärtlichkeit oder nach Schokolade. Hyponatriämie, Hyperkaliämie. Mein Elektrolythaushalt war nicht in Ordnung, genetisch bedingte Stoffwechselstörung. Aber das weiß ich erst heute. Und es ist nur ein Teil der Wahrheit. Der harmlose.

Klopfklopf. »Jakob? Bist du da?«

Meine Nachbarin. Die hat mir gerade noch gefehlt. Ich schleppe mich zur Tür, mein Gott, bin ich schwer heute, ich öffne die Tür.

»Na, Babsi, wie geht's?«

Babsi lächelt, wie immer. Und wie immer ist es das ehrlichste Lächeln, das die Welt je gesehen hat.

»Geht schon«, sagt sie.

Ich weiß, was das bedeutet, aber ich frage trotzdem.

»Neuigkeiten?«

Babsi schüttelt den Kopf, das Lächeln wackelt hin und her. »Wieder nur Absagen, leider.«

Babsi schreibt Bewerbungen. Fünfzehn bis zwanzig pro Woche, per Mail. Die Hälfte schafft es nicht durch den Spamfilter, die andere Hälfte wird von Babsis potenziellen Arbeitgebern noch einmal halbiert. *Klick*, direkt in den Papierkorb, oder *klick*, leider nicht, viel Glück für die Zukunft.

»Aber man soll ja nie aufgeben, nicht wahr, Jakob?«

Doch, Babsi, das soll man. Irgendwann schon.

»Steht auch so in meinem Jahreshoroskop: Nicht aufgeben!«

Ach, Babsi.

»Und deswegen gebe ich nicht auf.«

Ach, Babsibabsi, du kleine Prinzessin auf der Erbse der Logik: Tu's endlich. Gib endlich auf. Oder willst du dein Leben lang Bewerbungen schreiben und dich mit Kellnern über Wasser halten, noch dazu in einer Bierkneipe namens Loch Nass?

»Du gibst ja auch nicht auf, Jakob, ich meine: Dein Job ist echt voll hart, da hätte sich ein andrer schon die Kugel gegeben.«

Jetzt, wo du's sagst, Babsi. Aber ich habe kein Geld für eine Knarre. Dafür habe ich ein Küchenmesser. Und deswegen lade ich dich jetzt ein. Komm rein zu mir, wir trinken ganz gemütlich eine Tasse Kaffee miteinander, und dann stocherst du mit dem Küchenmesser ein bisschen in deinen Pulsadern herum, während ich mich einfach zu Tode weine.

»Kopf hoch, Prinzessin, das wird schon. Mit deiner Ausbildung und deinem Aussehen muss das einfach klappen.«

Babsi sieht aus wie ein Blondinenwitz ohne Pointe. Die Ausbildung war sündteuer, das Diplom hängt in Babsis Einzimmerwohnung über dem Bett, golden gerahmt. Barbara Kruse, diplomierte Bodystretchtrainerin.

»Du bist hochkompetent und bildhübsch, und wer dich nicht will, ist entweder blind oder blöd.«

»Ach, Jakob, du bist so süß.«

Die Salztasse meiner Mutter war aus rosafarbenem Porzellan. Abgebrochener Henkel, dornenumranktes Herz, von einem Schwert durchbohrt.

»Und was kann ich für dich tun, Babsi?«

Gleich wird sie sagen, dass sie mich liebt und dass ich ihr Geld schulde, wetten?

»Also, äh, nichts. Nichts Besonderes. Ich wollte nur fragen, ob du ... also ob ich ... und es ist mir ja unangenehm, weil ich dich ... weil ich dich wirklich sehr ... aber das ist jetzt nicht der richtige ... also was ich sagen will ... ich bin ziemlich ausgebrannt, und da wollte ich ... du weißt schon.«

Gewonnen.

»Beim nächsten Mal, Babsi, versprochen. Wenn wir das nächste Mal Fotos machen, kriegst du die Kohle fürs letzte Mal und einen Vorschuss dazu, okay?«

Lüge.

»Okay, Jakob.«

Schaf.

»Die Fotos sind übrigens sehr gut angekommen, wie immer. Du bist echt eine Traumfrau, Babsi.«

Wichsvorlage.

»Ach, Jakob. Und wann machst du das nächste Mal Fotos von deiner«, sie kichert, »Traumfrau?«

»Wie wär's mit Donnerstag? Hast du da Zeit, oder jobbst du im Loch Nass?«

»Erst am Abend.«

»Fein. Dann bis Donnerstag.«

Ich schließe die Tür, aber nicht schnell genug.

»Du, Jakob.«

Ich öffne die Tür, das Scharnier seufzt.

»Ja, Babsi?«

»Kommst du nicht ins Loch heute?«

»Heute nicht, es war ein harter Tag. Morgen vielleicht. Und wenn ich morgen nicht komme, dann sehn wir uns am Donnerstag, und das ist ja schon übermorgen. Also, Babsi: Bis demnächst.«

Ich schließe die Tür.

»Du, Jakob.«

Ich reiße die Tür auf, das Scharnier brüllt.

»Was?!«

Babsi zuckt zusammen. Ihr notorisches Lächeln flackert, ein Windlicht bei Sturm.

»Ich ... ich hab ein Geschenk für dich. Es ist nur eine Kleinigkeit, nur ein Buch, aber es hat mir sehr gefallen, und vielleicht gefällt es dir ja auch. Vielleicht hilft es dir ja auch dabei, dein, äh, Leben besser zu meistern, ich meine: Du hast es auch nicht leicht, und manchmal siehst du so traurig aus, und da habe ich mir gedacht ...«, sie nimmt das Buch aus ihrer Handtasche und hält es mir hin. Es ist in Geschenkpapier eingeschlagen. Zartrosa Tupfen auf zartblauem Grund, im Zentrum ein großes rotes Herz.

Man reiche mir einen Dornenkranz.

Man reiche mir einen Dolch.

Ich will Stacheldraht, ich will Edelstahl, ich will *diese Frau, wer diese Frau nicht will, ist entweder blind oder blöd oder Gott helfe mir, ich kann nicht.*

»Danke, Prinzessin. Wie lieb von dir. Ich freu mich schon aufs Auspacken.«

»Mach's gleich auf! Oh bittebitte gleich!«

Ich schlage das Papier auseinander.

Positiv Denken – Das Übungsbuch für Einsteiger.

»Gefällt's dir? Es ist wirklich ein tolles Buch, und wenn du die Übungen regelmäßig machst und dazu ein paar von den Dehnübungen, die ich dir gezeigt habe, dann …«

»Danke, Babsi, das ist toll, wirklich toll. Und jetzt sei mir bitte nicht bös, aber ich habe zu tun.«

»Dir könnte ich nie bös sein, Jakob.« Babsi errötet. Dann spitzt sie ihren Mund zu etwas, das ein angedeuteter Kuss sein soll und wie ein Hühnerarsch aussieht. Ich schließe die Tür. Ganz sanft.

Vergib mir, Babsi, meine Schwester Braut mit den scharlachfarbenen Lippen. Ich kann nicht.

Jetzt noch den letzten Brief aufschlitzen, einen Blick in den Terminkalender werfen, und dann ab ins Bett. Es gibt Tage, die kann man gar nicht früh genug für den Abend loben.

Der Brief ist keine Mahnung, das sehe ich am Absender. Seniorenwohnheim DIE RESIDENZ. Ich zahle immer pünktlich. Auf den Tag genau, seit acht Jahren.

Den Einzelzimmerzuschlag.

Den Verpflegungszuschlag.

Die Friseurin. Sie kommt alle drei Wochen und legt meiner Mutter das Haar in weiche Wellen.

Ich wiege den Brief in meiner Hand und versuche an seinem Gewicht zu erkennen, ob er gute Nachrichten enthält. Das mache ich mit allen Briefen aus der RESIDENZ. Ich wiege und hoffe. Heute ist der Brief leichter als sonst, kein schlechtes Zeichen. Ich lege ihn zur Seite.

Vorfreude ist die schönste Freude.

Die Hoffnung stirbt zuletzt.

Mein Kalender sagt mir, dass es die nächsten Tage nicht besonders gut aussieht für Andi Anti, aber auch nicht besonders schlecht.

Mittwoch:

10:30–13:30 Veggie-Parade.

14–16 Baumbesetzung.

Donnerstag:

10–12 Hebammendemo.

14–16 Baumbesetzung.

Freitag:

12–13:30 Arbeitslosendemo.

14–16 Baumbesetzung.

19–19:05 Smart Mob.

Wenn ich die Jobs alle mache, kriegen die Leute von der Hausverwaltung ihre Mietnachzahlung und meine Mutter kriegt ihre Wellen. Aber die Zeiten von *Mache alles, öffne nackt* sind ab heute vorbei. Ab heute keine riskanten Jobs mehr.

Ich nehme den Kugelschreiber und streiche die Veggie-Parade durch. Viel zu gefährlich, das sagt mir die Erfahrung. Letztes Jahr waren ein paar eingefleischte Vegetarier kurz davor, sich mit ein paar militanten Veganern zu prügeln. Die Details erspare ich Ihnen.

Ich streiche die Veggie-Parade noch einmal mit viel Druck durch, dann überprüfe ich den Rest. Sieht gut aus. Alles im grünen Bereich. Ein Baum hat noch keinem was getan, eine rechtschaffene Hebamme auch nicht, und von den Arbeitslosen ist nichts zu erwarten außer Arbeitslosengewimmer (Gebt uns Arbeit! Gebt uns Arbeit!).

Den Smart Mob am Freitag lasse ich wahrscheinlich sausen,

aus finanziellen Gründen. Schlappe 3,50, wenn ich mich vors Parlament stelle und mit den anderen Smartmobbern fünf Minuten lang tanze. Aus Protest gegen das neue Asylrecht. Beim letzten Mal war es drei Minuten Kaugummikauen gegen den Welthunger, beim vorletzten Mal zwei Minuten Kopfschütteln gegen die Todesstrafe. Schütteln und kauen ist okay, da mache ich mit für 3,50, aber tanzen ist nicht so meins, das ist mir dann doch zu körperbetont.

Ob ich verklemmt bin?

Wie eine alte Schublade.

Hahaha.

Der Smart Mob bekommt ein Fragezeichen, dann bekommt er doch ein Häkchen. Ohne Veggie-Parade sieht die Lage schlecht aus an der Einkommensfront, also werde ich am Freitag tanzen. Nicht gegen das Asylrecht, sondern für die Frisur meiner Mutter, aber das muss ich ja keinem sagen. Außerdem muss ich keinem sagen, was sowieso jeder weiß: Wenn du von deinem Beruf nicht leben kannst, dann brauchst du einen Nebenjob.

Ich brauche meinen Nebenjob nicht immer, aber immer öfter. Die Zeiten sind hart. Das sagt Paul auch immer.

Unter Mittwoch schreibe ich: 6–8:30 Paul.

Unter Donnerstag schreibe ich: 6–8:00 Paul (kleine Runde).

Unter Freitag schreibe ich: 6–8:30 Paul.

So, jetzt sieht das Ganze schon besser aus. Über den Daumen gepeilt würde ich sagen: Die Nachzahlung ist gebongt, die Wellen sind gebongt.

Aber vielleicht will meine Mutter ja gar keine Wellen mehr. Vielleicht liegt meine Mutter ja in ihrem Einzelzimmer und fühlt sich zu schwach für eine Frisur. Zu schwach für alles. Für die Sitzgymnastik, den Bastelkurs, das Gedächtnistraining. Sogar für den hauseigenen Gottesdienst ist sie zu schwach, und der Pfarrer muss neuerdings an ihr Bett kommen, damit sie die Beichte ablegen kann, und das steht hoffentlich alles in dem Brief, den ich gleich öffnen werde.

Die Hoffnung auf den Tod der eigenen Mutter stirbt zuletzt.

Stich, schlitz.

Lieber Herr Kupka, ich freue mich, Ihnen auch diesmal wieder mitteilen zu können, dass es Ihrer Mutter gut geht. Sie nimmt mit großem Elan an den Freizeitaktivitäten teil, die wir in unserem Wohnheim anbieten. Letzte Woche haben wir eine Kaffeefahrt gemacht, und Ihre Mutter war mit von der Partie. Ich lege Ihnen ein Foto bei, damit Sie sehen, wie viel Spaß wir hatten. Was den geistigen Zustand Ihrer Mutter betrifft, so kann ich Ihnen auch diesbezüglich nur Positives berichten. Die Situation hat sich nicht verschlechtert, und das ist bei demenziellen Erkrankungen vom Typ Alzheimer sehr positiv. Es wäre schön, Sie würden sich eines Tages persönlich vom Wohlbefinden Ihrer Mutter überzeugen und ihr einen kleinen Besuch abstatten. Aber natürlich freut sich Ihre Mutter auch über die vielen netten Briefe, die Sie ihr schreiben, vor allem über die Fotos. Wir lesen die Briefe immer gemeinsam, und auch die Fotos sehen wir uns gemeinsam an. Es ist immer wieder rührend, wie sehr sich Ihre Mutter darüber freut, dass ihr Sohn ein so schönes und erfolgreiches Leben führt. Bitte schreiben Sie weiter so fleißig, Herr Kupka!

Ihre Olga Tscheplanowa.

PS: Auch diesmal soll ich Ihnen von Ihrer Mutter ausrichten, dass Sie täglich beten müssen, damit Jesus nicht sauer ist. Ich formuliere das so, wie es Ihre Mutter gesagt hat.

Herzlich, Olga T.

Das beigelegte Foto ist ein Gruppenfoto. Geschätzte vierzig Stück grob verschlissenes Menschenmaterial grinsen in die Kamera, ein paar blecken die Prothesen. Das Material ist in drei Reihen gestapelt und nach Größe sortiert. Vorne die Rollstuhlfahrer, in der Mitte die Verschrumpelten, hinten die Halbverschrumpelten. Wer immer das arrangiert hat, versteht etwas von Sichtlinien. Wahrscheinlich war es Schwester Olga. Sie steht ganz rechts im Bild, den Arm um eine verschrumpelte Frau gelegt. Die Frau ist so klein, dass sie kaum über den Kopf ihres Vordermanns hinwegsieht. Der Vordermann klemmt mit verdrehten Gliedmaßen in seinem Rollstuhl. Krüppelarme, Krüppelbeine. Er hat eine Glatze und riesige Ohren. Das Gesicht ist eingefallen, die Augen liegen tief in den Höhlen. Es sieht aus, als hätte ihm jemand mit einem Präzisionsgewehr zwei Löcher ins Gesicht geschossen, aber er grinst. Alle grinsen. Nur das winzige Ding von einer Frau nicht, um das Schwester Olga ihren Arm gelegt hat. Meine Mutter grinst nicht. Sie lugt hinter der Glatze hervor, ihr weißes Haar ist kunstvoll gewellt, ich gehe ganz dicht an das Foto heran, und da sehe ich es. Meine Mutter zeigt die Zunge.

6

Ein Augenblick. Ein Wimpernschlag.

Später werde ich es wissen.

Viel später in meinem Leben, das auch nur eine mehr oder weniger unterhaltsame Geschichte ist, viel später werde ich wissen, dass dieser Tag heute ein besonderer Tag war. Dass ich heute eine Entscheidung getroffen habe, ohne es zu merken. Eine Entscheidung, von der nur Gott weiß, warum ich sie getroffen habe.

Fest steht: Ich bin heute vom rechten Weg abgekommen und habe die Kurve nach links genommen.

Nach links, wo die Fackeln brennen.

Nach links, wo das Tier mit den Hörnern wartet und die Natter ins Nest kriecht.

Viel später in meinem Leben wird Jürgen zu mir sagen, dass mich Gott damals am Bahnhof verführt hat. Oder verarscht.

Wahrscheinlich beides, wird Jürgen sagen, weil das eine Art Hobby von Gott ist: Im entscheidenden Augenblick zwinkert er uns Menschen zu, und dann rennen wir entweder in unser Verderben oder in unser Glück. Manchmal ist das Glück unser Verderben. Auf jeden Fall macht es keinen Sinn, sich bei Gott zu beschweren. Er wird immer behaupten, dass es unsere eigene Entscheidung war.

Und jetzt fragen Sie sich vielleicht, wer das eigentlich ist, dieser Jürgen.

Tja, schwer zu sagen, wirklich schwer, also sagen wir einfach so:

Jürgen ist ein Kelch, er geht nicht an dir vorüber.

Jürgen ist ein Weg, du musst ihn beschreiten.

Jürgen ist der Stachel, und du bist das Fleisch.

Jürgen ist das Salz, und du bist die Wunde.

Er ist das PENG! Du bist das Autsch!

Aber das werde ich alles erst später wissen.

Jetzt liege ich mit gefalteten Händen im Bett und bete, damit Jesus nicht sauer ist.

Schmerzensreiches Jesulein

Ich danke dir, der Tag war fein.

Bete ich stumm, dann presse ich die Hände noch fester gegeneinander und sage laut:

Oh Herr, ich flehe dich an.

Gib mir Kraft.

Gib mir Ausdauer.

Es wird immer anstrengender, meine Mutter zu hassen, und beim Anblick dieses Fotos heute, da hat es mich eine fast übermenschliche Anstrengung gekostet, meine Mutter nicht zu lieben.

Bitte hilf mir, oh Herr.

Amen.

MITTWOCH

Im Jahr acht der Hoffnung
auf den Tod meiner Mutter
und einen sicheren Arbeitsplatz

1

Guten Morgen, Jakob.
Guten Morgen, Jakob.
Guten Morgen, Jakob.
Sage ich zu meinem Spiegelbild im Bad. Mein Spiegelbild hat nach oben gezogene Mundwinkel.

Wenn du Single bist und in keiner WG wohnst, dann musst du dich morgens selbst mit einem Lächeln begrüßen. So steht es in der Anleitung. Jetzt die Grundübung.

Es wird ein guter Tag.
Es wird ein guter Tag.
Es wird ein guter Tag.

Mein Spiegelbild nickt mir dreimal zu, so viel zur Grundübung. Jetzt wird's kompliziert. In der Anleitung steht, dass ich mir die nächsten Übungen frei zusammenstellen darf. Ganz individuell, ganz nach Lust und Laune. Und ganz nach Problemlage natürlich, weil die Probleme eines Menschen so individuell sind wie der Mensch selbst.

Ich überfliege das Verzeichnis mit den Problemen, die ich durch konzentriertes positives Denken in den Griff bekommen kann. Ziemlich große Auswahl. Aber ich soll mir nicht zu viel vornehmen beim ersten Mal, sagt die Anleitung. Ein Paket aus drei Problemen reicht.

Ich überfliege *Ehe, Scheidung, Schüchternheit.*

Nicht mein Problem.

Ich überfliege *Nägelbeißen, Perfektionismus, Lampenfieber.*

Nicht mein Problem.

Reizdarm, Stottern, Wut.

Wut wäre eine Option, aber wo ist das Problem?

Heuschnupfen, Flugangst, Essstörung, Schuldgefühle, mein Gott, was die Leute alles für Probleme haben.

Mir ist langweilig.

Ich unterbreche meine Suche nach dem passenden Problem für mich und schnüre zum Spaß ein Problempaket für Babsi:

Arbeitslosigkeit, Partnersuche, Menstruationsbeschwerden.

Ich schnüre zum Spaß ein Paket für Herbert:

Akne, Harmoniesucht, Schwulettengeschwafel.

Das mit dem Geschwafel steht nicht im Verzeichnis, aber in der Anleitung steht, dass man bei der Problemfindung kreativ sein darf. Ich werfe das Paket für Babsi weg und schnüre ihr mit viel Kreativität ein neues:

Blödheit, Blödheit, Blödheit.

Keine Ahnung, ob man durch konzentriertes positives Denken die eigene Blödheit in den Griff kriegt, aber es wäre einen Versuch wert.

Ich lese weiter im Verzeichnis, ich finde nichts. Wie es aussieht, bin ich ein Mensch ohne Probleme. Dann finde ich doch etwas.

Na, immerhin. Ein Problem ist besser als keins.

Ich schlage die Seite mit der Übung auf, ich mache die Übung.

»Jakob«, sagt mein Spiegelbild zu mir, »Jakob, du bist in Ordnung. Dein Körper ist in Ordnung. Deine Männlichkeit ist in Ordnung. Vergiss alle negativen Gedanken über deinen Körper und deine Männlichkeit.

Du bist stark, Jakob. Stark und begehrenswert.

Du besitzt einen reichen Schatz an wunderbarer Intimität.

Du bist rücksichtsvoll und leidenschaftlich, zart und wild.«

Ich blättere eine Seite weiter, mein Spiegelbild sagt:

»Jetzt stell dir vor, wie dein reicher Schatz an Intimität sich verflüssigt. Stell dir vor, wie dein reicher Schatz an Intimität zu einer öligen Flüssigkeit wird.«

Sag mal, Kumpel, sage ich zu meinem Spiegelbild, das hat doch eine Frau geschrieben, oder wie siehst du das?

Mein Spiegelbild nickt frustriert und sagt:

»Stell dir vor, wie die ölige Flüssigkeit deinen Körper bedeckt wie dunkler Honig. Stell dir vor, wie der Honig sich wieder verfestigt und einen harten Panzer der Lust bildet.«

Ich grinse, mein Spiegelbild grinst.

»Und jetzt, Jakob, jetzt schließ die Augen und denk an eine besonders intensive sexuelle Erfahrung, die du gemacht hast. Stell dir im Detail vor, wie es damals war, und arbeite diese Erinnerung in den Hartpanzerhonig deiner Lust ein.«

Ich schließe die Augen.

Ich bin neun Jahre alt, ich liege nackt auf einem Tisch. Der Tisch ist kühl und glatt, die Frau ist klein und schmal. Sie beugt sich über mich, sie hat etwas vor dem Mund, einen grünlichen

Behälter. Die Nase ist auch weg, nur die Augen sind da. Blaue Augen. Kein Zartblau, kein Latexblau, mehr so ein Blau, wie es diese arktischen Schlittenhunde haben im eiskalten Grönland. Türkise Aura um schwarze Monde, gezähmter Wolfsblick.

»Na, Kleiner«, sagt die Frau, »alles fit im Schritt?«

Dann rammt sie mir eine Nadel in den Arm.

Dann zieht sie die Nadel wieder heraus.

Dann sagt sie: »Gut gemacht, Kleiner.«

Und bevor ich sterbe, reibt mir die Frau den Bauch mit einer honigfarbenen Flüssigkeit ein, die sehr gut riecht, so nach Zahnpasta und Hallenbad, und die Hände der Frau sind viel wärmer als ihr Blick.

Der Himmel voller Sterne.

Ein Kranz aus Neonplaneten.

Kreisende Bewegungen, sanfter Druck, vom Bauch abwärts, immer abwärts.

Jemand knipst das Licht aus. Ich bin tot.

Ich öffne die Augen, mein Spiegelbild blinzelt.

Tja, sage ich, das war wohl nicht ganz der Sinn der Übung.

Mein Spiegelbild schüttelt den Kopf.

Aber die Grundübung war super, sage ich.

Mein Spiegelbild nickt.

Na dann, Kumpel: Doppelt hält besser. Und wir sagen im Chor:

Es wird ein guter Tag.

Es wird ein guter Tag.

Es wird ein guter Tag.

2

Mit Paul ist es wie mit jedem Chef: Er nervt. Erstens, weil er alles besser weiß, zweitens, weil er mich die Drecksarbeit machen lässt. Umgekehrt ist es nicht mit jedem Chef wie mit Paul. Oder wer von euch braven Arbeitnehmern da draußen hat einen Chef, dem es scheißegal ist, ob ihr zur Arbeit kommt oder nicht? Manchmal wochenlang nicht, dann sieben Tage die Woche von Montag bis Sonntag, dann nur am Montag oder nur am Sonntag, scheißegal. Wer von euch hat schon so einen Chef?

Und jetzt mal anders gefragt: Wer von euch da draußen ist gar kein braver Arbeitnehmer, sondern ein braver Arbeitgeber? Wer von euch ist ein Chef? Und wem von euch ist es scheißegal, ob die Mitarbeiter mit Krawatte kommen, im Jogginganzug oder im Transenkostüm?

Paul nimmt mich jederzeit und in jedem Aufzug.

Paul bezahlt mich gut.

Paul hat mich ausgebildet. Auch ein Nebenjob will gelernt sein, und ohne Paul wäre ich nur einer von den vielen Dilettanten, die fröhlich losziehen, einfach so, weil sie denken: Och, das ist doch ganz leicht, das mach ich auch.

Fröhliche Arbeitnehmer, die von ihrer Arbeit nicht leben können.

Fröhliche Rentner, die von ihrer Rente nicht leben können.

Fröhliche Studenten, fröhliche Sozialhilfeempfänger, sogar die eine oder andere fröhliche Hausfrau ist dabei, und sie alle ziehen einfach los. Und dann machen sie bittere Erfahrungen.

Zerschnittene Hände.

Verrenkte Arme.

Gerissene Plastiktüten.

Wertlose Beute.

Und jetzt ein paar Merksätze für alle, die einfach fröhlich losziehen.

Merke: Nicht jede Flasche ist eine Pfandflasche.

Merke: Nur Stofftaschen sind reißfest.

Und merke vor allem: Ohne Revierkenntnis wirst du Erfahrungen machen, gegen die deine Schnittwunden ein Waldspaziergang sind. Du wirst den Dschungel kennenlernen. Und die Raubtiere, die den Dschungel unter sich aufgeteilt haben. Jeder Park eine Zone, jeder Bahnhof ein Territorium. Also glaub nur nicht, dass du einfach über jeden Mülleimer herfallen kannst, der dir über den Weg läuft.

Paul ist ein friedlicher Mensch, aber wenn jemand in seinem Revier wildert, dann wird er zum Tier.

Jetzt steht er im Badezimmer und macht sich frisch für den Tag.

»Guten Morgen, Paul.«

Paul duscht.

»Stör ich?«

»Nö, störst nicht, Tschäcko. Kannst mir helfen.«

Ich nehme die Wasserflasche und helfe Paul beim Duschen. Sein Badezimmer ist ein blickgeschützter Bereich im Park zwischen ein paar Büschen. Das Klo ist mitten in den Büschen, das Schlafzimmer liegt ein paar Meter weiter neben dem Kiesweg. Paul schläft auf einer Bank, manchmal auch unter der Bank, wenn die Tauben keine Ruhe geben.

Ich schütte Wasser über Pauls rechte Schulter, dann über die linke.

»Rücken«, sagt Paul und beugt sich vor. Ich schütte Wasser über Pauls Rücken.

»Haare«, sagt Paul und gibt mir die Seife. Ich schütte Wasser auf die Seife. »Sachtesachte«, grummelt Paul, damit ich nicht zu viel Wasser verbrauche. Ich stelle die Flasche ab und seife Paul die Haare ein.

Pauls Haare. Fein, aber dicht, leicht gewellt.

Schöne Haare.

Ich wasche sie gerne, ich wasche sie oft, bevor wir gemeinsam auf Tour gehen. Kreisende Bewegungen, sanfter Druck, Paul macht leise Wohlfühlgeräusche, irgendetwas zwischen Seufzen und Schniefen. Ein Vogel zwitschert, ein kleines Tier raschelt durchs Gebüsch, die Morgensonne ist noch blass, aber sie wärmt schon, der Sommer ist noch jung, aber er weiß es schon, er ist schon klug.

Lebensklug.

Altersweise.

Ein bisschen Wärme, ein bisschen Zwitschern und Rascheln, Paul und Jakob unter freiem Himmel – was will man mehr, wenn man ein Sommer ist, denkt der Sommer.

»Du, Paul.«

»Was, Tschäcko?«

»Weil wir hier schon mal so rumstehen und ganz gemütlich Körperpflege betreiben: Möchtest du den Leuten da draußen nicht ein paar Tipps geben?«

»Hä?«

»Den Leuten da draußen, die dich gerade kennenlernen: Möchtest du ihnen nicht ein paar Tipps geben?«

»Was für Tipps?«

Ich seife Pauls Nacken ein.

»Na, so Lebenstipps. Ich glaube, das würde den Leuten gefallen.«

»Welchen Leuten?«

»Na, den Leuten da draußen, die uns gerade zusehen.«

»Sieht uns doch keiner zu.«

»Dochdoch, Paul. Sie sehen uns zu. Jetzt zum Beispiel«, ich umkreise Pauls rechtes Ohr mit der Seife, »jetzt sehen sie, wie ich dein rechtes Ohr umkreise.«

Ihr seht es doch, ihr da draußen, nicht wahr?

Paul dreht den Kopf nach links, nach rechts, nach oben.

»Versteckte Kamera, oder was?«

»Etwas in der Art, Paul, etwas in der Art.«

»Und wie viele, äh, Zuschauer haben wir?«

»Keine Ahnung. Die Einschaltquoten schwanken. Aber *einer* ist es auf jeden Fall, und dieser Eine sieht jetzt in diesem Augenblick«, ich hebe die Seife hoch, »wie ich die Seife hochhebe.«

Du siehst es doch, du da draußen, nicht wahr?

»Soll ich mir was anziehn?«

»Auf keinen Fall. Die Leute mögen's authentisch. Also: Willst du den Vielen oder dem Einen da draußen nicht ein paar Tipps geben? In Sachen Schlafen unter freiem Himmel zum Beispiel oder Wohin, wenn der Winter kommt. Ich meine: Solche Tipps können nie schaden. Weiß ja keiner, wie lange er noch ein braver Arbeitnehmer sein darf mit einem soliden Monatseinkommen und einer Krankenversicherung. Weiß ja keiner, wie lange er noch den Chef spielen darf und ein großes Badezimmer hat mit echten Marmorfliesen aus Carrara. Die Zukunft kennt keine Zufälle, aber sie ist voller Überraschungen.«

»Du spinnst ja, Tschäcko.«

»Bitte, Paul.«

»Na gut. Wenn's hilft.«

Also, ihr da draußen, aufgepasst! Paul gibt euch jetzt ein paar Tipps für die Zukunft.

»Womit soll ich anfangen, Tschäcko?«

»Schlafen unter freiem Himmel.«

»Naja, da gibt's eine ganze Menge Tipps für unsere, äh, Zuschauer. Weiß gar nicht, wo ich anfangen soll.«

»Schlafsack besorgen.«

»Ja, klar, Schlafsack. Gehört zur Grundausstattung. Und die Plastikplane natürlich. Die besorgt sich jeder am besten sofort, sobald er kein Dach mehr überm Kopf hat. Hol sie dir von der Baustelle und gib sie nicht mehr her. Schützt vor Regen und Wind, schützt vor Vogelscheiße und Insektenstichen. Wenn's die Nacht durchregnet: Plane in der Früh gut trocknen lassen vorm Zusammenlegen, sonst gibt's Schimmel. Grundsätzlich: Geld immer am Mann haben, alles andere festbinden. Bank, Baum, Laterne – egal, wo du's festbindest, aber bind es fest. Nie mit den Händen im Schlafsack pennen. Wenn einer vorbeikommt und dich filzen will oder verprügeln, dann musst du schnell sein. Keine Angst vor Hunden, die lecken nur. Keine Angst vor Ratten, die schnüffeln nur. Aber wenn du irgendwo nahe am Wasser pennst, dann Obacht vor den Schwänen, das sind Mistviecher, die beißen dich grün und blau. Und jetzt das Wichtigste: Schlaf nie so tief, dass du sie nicht hörst, wenn sie kommen.«

»Die Schwäne?«

»Die Partykids. Die sind schlimmer als alle Schwäne, Schläger und Diebe zusammen. Die wollen dich nicht beißen, und dein Geld wollen sie auch nicht. Die wollen nur eins von dir: ihren Spaß. Also sei wachsam, Holzauge, wenn du pennst. Und wenn du die typischen Geräusche hörst, also das Gekicher der Mädels und das grölige Lachen der Jungs und das Geklingel der Smartphones und so weiter – dann nichts wie raus aus dem Sack! Lass alles liegen und stehen, und renn um dein Leben!«

»Danke für die Tipps zum Thema Schlafen unter freiem Himmel. Und jetzt bitte ein paar Tipps zum Thema Wohin, wenn der Winter kommt.«

»Bis minus fünf geht's draußen locker, dann wird's ungemütlich. Ab minus zehn empfehle ich: Keller, Parkhaus, Tiefgarage, Rohbau, Abbruchhaus, oder wenigstens eine ausgeschlachtete Karre aufm Schrottplatz. Am besten ein LKW, da ist es geräumig. Ab minus zwanzig: U-Bahn, Einkaufspassage, öffentliche Toilette. Guter Tipp: Früh genug in der Toilette aufschlagen und Einzelzimmer sichern, sonst bleibt dir nur das Pissoir. Der Andrang ist groß im Winter. Vorteil am Andrang: Irgendjemand macht immer Schicht am Händetrockner und sorgt für Warmluft. Nachteil: Du kommst auch dran. Keine Angst vor dem Pisskotzscheißgestank, man gewöhnt sich. Das Beste an der öffentlichen Toilette: fließend Wasser, und der Händetrockner kann nicht nur heizen, der kann auch föhnen.«

»Apropos öffentliche Einrichtungen. Was ist mit dem Obdachlosenasyl?«

»Guter Tipp: Geh hin. Wenn du dir Läuse holen willst: Geh hin. Wenn du die Nacht mit dem letzten Abschaum verbringen willst: Geh hin.«

»Apropos Abschaum. Hast du ein paar Tipps, wie man nicht dazugehört?«

»Fleißig arbeiten, moderat trinken. Arbeit gibt's genug. Flaschensammeln, Schnorren, Sitzung machen. Guter Tipp: Wenn du Sitzung machst, dann immer am selben Platz. Irgendwann kennen dich die Leute, und dann geben sie dir mehr Geld als irgendeinem x-beliebigen Penner, der sie anbettelt. Wichtig: Nie lachen, nie weinen. Ein lachender Penner kommt nicht gut, da fühlen sich die Leute verarscht. Und wenn du weinst, ist ihnen das peinlich. Also: Nie lachen, nie weinen, nur lächeln. Das darfst du. Und wenn sie dir was hingeworfen haben, dann darfst du nicht nur, dann musst du sogar. Sonst halten dich die Leute für undankbar.«

»Gute Tipps zum Thema moderat Trinken?«

»Mensch, Tschäcko, die braucht doch keiner. Das weiß doch jeder, wie das geht, da muss ich doch keine Tipps geben.«

»Komm schon, Paul, du kennst dich da aus. Und viele Leute mit überdachtem Eigenheim haben keine Ahnung davon. Viele Leute mit einem sicheren Arbeitsplatz saufen zu viel, und dann wundern sie sich, wenn sie gefeuert werden und aus ihrer Wohnung fliegen. Also: Her mit den Tipps für die Zukunft!«

»Ist im Grunde ganz einfach: Pegel halten und Abstürze vermeiden. Zum Frühstück einen Liter Wein, dann mit Bier und Schnaps weitermachen, das ist am billigsten. Schnaps gut dosieren, erst am Abend die volle Kanne, nach getanem Tagewerk. Hat noch kein Mensch seine Arbeit anständig gemacht im Vollsuff, und wer nicht anständig arbeitet, der ist Abschaum.«

»Danke, Paul. Sehr aufschlussreich. Möchtest du noch etwas

zu diesem Thema sagen?« Ich mache eine Geste, die wir alle kennen.

Paul zeigt auf seinen nackten Pimmel. »Das glaubst du doch wohl selbst nicht, Tschäcko.«

»Wieso? Sieht doch gut aus. Frisch gewaschen.«

»Ja, aber ich wasch mich schon lange nicht mehr für die Ladys, ich wasch mich nur fürs eigene Wohlbefinden. Gibt nicht viele Ladys in der Pennerszene, und die sind total abgewirtschaftet. Da schrumpelt dir der Kleine schon allein bei der Vorstellung nach innen.«

»Apropos Szene. Ihr habt da alle eure ganz speziellen Namen. So Spitznamen, wie in jeder Szene, nicht wahr?«

»Ist wahr.«

»Und wie ist dein Namenstipp für einen Newcomer?«

»Kein Tipp. Den Namen kannst du dir nicht aussuchen, das machen die anderen. Geht schnell, ist wie im richtigen Leben. Du bist noch gar nicht richtig geboren und schwimmst in Mamas Suppe herum, aber alle haben schon einen Namen für dich. Und genau so ist es später in deinem Pennerleben. Du bist erst ein paar Tage auf der Straße, aber alle haben schon einen Namen für dich. Im richtigen Leben heißt du dann Paul oder Jakob, im Szeneleben heißt du dann Blondi oder Graf Robby oder El Cider oder Der feuchte Fritz. Wenn's dich ganz schlimm trifft, heißt du Der Österreicher. So oder so: Du kannst es dir nicht aussuchen.«

»Und wie ist *dein* Szenename, Paul?«

Paul macht die Augen schmal.

»Sag ich nicht.«

»Und warum nicht?«

»Ist privat. Geht nur mich und die Kollegen aus der Szene was an.«

»Dann sag uns doch etwas zum Thema gepflegt Speisen. Suppenküche, Heilsarmee, Bahnhofsmission – was ist dein Gastrotipp?«

»Lieber ausm Mülleimer fressen oder krepieren, als dort aufschlagen. Wohltätigkeit ist das Ersäufen des Rechts im Mistloch der Gnade.«

»Das hast du schön gesagt, Paul. Ist das von dir?«

»Nö.«

»Trotzdem schön, Kompliment.«

»Danke.«

»Apropos Gnade. Bist du religiös? Glaubst du an ein Leben nach dem Pennerleben?«

»Einmal Penner, immer Penner. Ohne Arbeit keine Wohnung, ohne Wohnung keine Arbeit. Göttliche Vorsehung, Teufelskreis.«

»Glaubst du an Gott?«

»Nö.«

»Und an den Teufel?«

»Nö. Aber der Teufel glaubt an mich.«

»Wieder schön gesagt, nur kryptisch.«

»Null kryptisch, voll einfach: Gott glaubt nicht an uns, wir müssen an ihn glauben, damit wir in den Himmel kommen. Beim Teufel ist es umgekehrt. Er holt uns alle, früher oder später, weil er an uns glaubt. Dann landen wir in der Hölle, und dort bekommt jeder genau das, was er verdient. Die Lügner zum Beispiel, die werden an ihren Zungen aufgehängt, und den Mördern werden die Herzen herausgerissen, weil sie daraus eine Grube gemacht haben. Wir Penner müssen zur Strafe dafür, dass wir im Leben Penner waren, auch in der Hölle ewig Penner bleiben. So was nennt man Gerechtigkeit, Tschäcko, und die gibt's nur in der Hölle.«

»Verstehe. Sehr erfreulich. Gerechtigkeit ist eine schöne Sache. Und weil wir gerade bei den schönen Sachen sind: Bitte zum Abschluss noch ein paar Freizeittipps. Was ist deine Empfehlung, Paul?«

»Keine Empfehlung. Muss jeder selber wissen, was er gerne macht in der Freizeit.«

»Und was machst *du* gerne?«

»Sag ich nicht. Ist privat.«

»Komm schon, Paul.«

»Ist privat.«

»Dann erkläre ich die Sendung hiermit für beendet. Abspann, Werbung.«

Ich schütte Wasser über Pauls Kopf, Paul prustet. Das Handtuch liegt schon bereit, ausgebreitet über dem Busch, ich gebe es Paul, er trocknet sich ab.

»Wir machen das heute wie immer, Tschäcko. Du fühlst vor, ich hol raus. Große Runde, volles Tempo. Wir müssen durch sein, bevor die Kerle vom Müll kommen. Und wenn einer von diesen scheiß Alten an unsern Eimern rummacht, dann wirst du den scheiß Alten runtermachen. Zur Not mit Gewalt. Und ich will nichts hören von wegen armes Schwein und niedrige Rente. Wir wissen alle, dass wir in harten Zeiten leben. Aber ich weiß es am besten.«

3

Jeder Salatkopf hat einen Schutzengel.

Jede Tomate hat einen Schutzengel.

Jede Weintraube hat einen Schutzengel.

Dieses Netz mit Orangen: Es hat einen Schutzengel.

Dieser Sack mit Kartoffeln: Er hat einen Schutzengel.

Ich pflücke ein paar Trauben von der Obsttheke und stopfe sie mir in den Mund.

»Lass das, Tschäcko.«

Wir gehen weiter, vorbei am Kühlregal.

Dieser fettarme Streichkäse: Er hat einen Schutzengel.

Diese Buttermilch mit Erdbeergeschmack: Sie hat einen Schutzengel.

Ich nehme die Buttermilch aus dem Kühlregal und reiße sie auf. Ich nehme einen Schluck.

»Verdammt, Tschäcko! Lass deine Dreckspfoten von den Sachen! Kannst machen, was du willst, wenn ich nicht dabei bin, aber wenn ich dabei bin, dann lass die Wichsgriffel von der Ware! Er wird dich erwischen, irgendwann, und dann häng ich mit drin in der Scheiße.«

Ja, vielleicht. Vielleicht wird mich der Securityschutzengel irgendwann erwischen, wenn ich hier im Supermarkt über seine Schutzbefohlenen herfalle. Vielleicht aber auch nicht.

Ich stelle die Buttermilch zurück ins Kühlregal, Paul nickt grimmig.

Wir schleppen unsere Beute zum Pfandautomaten. Die Jagd war sehr erfolgreich heute, Pauls Revier ist eine Goldgrube. Vor allem das Gelände rund um den Clubbingbunker. Dort lassen die Partykids haufenweise Bierflaschen liegen und kiloweise Redbulldosen. Paul geht nicht gern in die Todeszone, wie er sie nennt, weil da noch um sieben in der Früh Kids abhängen und trinken. Wenn er allein ist, macht er einen großen Bogen um den Bunker, mit mir traut er sich. Ich bin kein Schutzengel, und ich sehe auch nicht aus wie ein Schutzengel, so mit breiten Schultern und prächtigen Flügeln, aber ich sehe auch nicht aus wie ein Penner, mit dem man ein bisschen Spaß haben kann.

Beim Pfandautomaten steht eine Frau im Blümchenkleid. Die Einkaufstasche ist auch geblümt. Der Kinderwagen hat ein durchsichtiges Verdeck, das Kind im Wagen hat eine Glatze. Es starrt aus verschleierten Säuglingsaugen vor sich hin und nuckelt am Schnuller. Wir stellen unsere Beute ab.

Die Frau wirft einen Seitenblick auf Paul und rümpft die Nase.

Paul ist frisch gewaschen und stinkt nicht, aber seine Klamotten haben seit dem letzten Platzregen kein Wasser mehr gesehen. Herrlicher Frühsommer heuer.

Die Frau schiebt eine Glasflasche in die Röhre. Naturtrüber

Apfelsaft. Sie schiebt eine Plastikflasche in die Röhre. Stilles Mineralwasser. In der Röhre drehen sich die Flaschen so lange, bis der Laser den Strichcode gefunden hat, und dann gibt es ein Geräusch, von dem Paul immer sagt, dass er es liebt.

Iiiiiiiiiiik.

Der Geist in der Apfelsaftflasche kreischt auf.

Iiiiiiiiiiik.

Der Geist in der Mineralwasserflasche kreischt auf.

Klingt wie das Schreien der gequälten Seelen im Höllenschlund, sagt Paul immer, und dass es Gesang ist in seinen Ohren.

Nebenbei: Pauls Szenename ist Psychopaul.

Hoffentlich ist die Blümchenmutti bald durch mit ihrem Leergut, Paul wird langsam nervös. Um neun fängt seine Schicht vor einem Künstlercafé an, da kriechen die ersten kreativen Freiberufler aus ihren Löchern und spendieren ihm ein bisschen Kleingeld, bevor sie frühstücken.

Iiiiiiiiiiik.

Eisteeseele.

Die Blümchenmutti greift nach der nächsten Flasche. Huch! Da ist noch ein bisschen Orangensaft drin! Die Mutti stellt die Flasche ab und nimmt eine hellblaue Babyflasche aus der Kinderwagenablage. Sie öffnet den Schraubverschluss der Babyflasche, sie legt den Schraubverschluss in den Kinderwagen, sie nimmt die Orangensaftflasche, sie gießt Orangensaft in die Babyflasche.

Paul verdreht die Augen.

Dann schreitet er zur Tat.

Er beugt sich über den Kinderwagen und fährt mit der Hand hinein.

»Tutzitutzi.« Pauls Hand tätschelt eine Säuglingswange.

»Iiiiiiiiiiik!« Die Mutti kreischt auf und lässt beide Flaschen fallen.

»Tutzitutzi.«

Die Mutti packt Pauls Arm und zieht ihn samt Tätschelhand aus dem Kinderwagen. Ziemlich grob, wenn Sie mich fragen. Viel gröber, als man es von einer Frau mit Sinn für Blümchen erwarten würde.

»Unterstehen Sie sich, mein Kind zu berühren!«

Eine Stimme wie eine Kreissäge. Gleich kommt der Schutzengel, wenn er nicht gerade beschäftigt ist, wetten?

Gewonnen.

»Was ist hier los!«

Eine Stimme wie ein Wettersturz. Der Schutzengel steht vor uns, die tätowierten Flügel vor der Brust verschränkt. Schuhgröße fünfzig, Körpergröße eins neunzig, Name Siegbert Schulze.

»Hallo, Sigi«, sage ich zum Schutzengel, er nickt mir zu.

Sigi kennt mich.

Sigi mag mich.

Sigi vertraut mir.

»Was ist hier los, Jakob.«

»Och, nichts. Paul hat nur ein bisschen Tutzitutzi gemacht bei der niedlichen Kleinen da im Wagen.«

»Mein Sohn ist ein Junge!«, faucht die Mutti.

»Sind Sie da sicher?«, sage ich.

»Was soll das heißen?«

»Och, nichts.«

Iiiiiiiiik.

Paul hat angefangen, den Pfandautomaten mit unserer Beute zu füttern, Sigi beugt sich über den Kinderwagen. Er fährt mit einem tätowierten Riesenflügel in den Wagen und streichelt Muttis kleinem Liebling mit dem Zeigefinger übers kahle Köpfchen. Es sieht aus wie eine Bratwurst, die einen Pingpongball streichelt.

Iiiiiiiiiik.

Sigi zieht seinen Flügel aus dem Wagen und richtet sich auf. Ein beeindruckender Vorgang, wir nennen ihn: Wer ist dir gleich, oh Engel, der du so mächtig, schrecklich, löblich dich erhebst.

Iiiiiiiiiik.

»Dem Jungen geht es gut. Also was ist Ihr Problem, Lady?«

Iiiiiiiiiik.

Die Mutti zeigt auf Paul, der im Akkord Seelen verfüttert an den hungrigen Höllenautomaten.

»Dieser … dieser Mensch hat mein Kind betatscht.«

»Und?«

»Das ist widerlich!«

»Und?«

Iiiiiiiiiik.

»Man sollte die alle verhaften, diese … diese …«

Sigi seufzt. Wir nennen es: Ein Engel senkt mit matten Flügeln sich herab.

»Gute Frau, ich bin nicht befugt, irgendjemanden zu verhaften, leider.«

Wir nennen es: Ein Engel trauert.

»Ich bin lediglich befugt, eine Person vorläufig festzunehmen, bis die Polizei kommt.«

Iiiiiiiiiik.

»Die Festnahme einer Person ist mir unter drei Voraussetzungen gestattet. Erstens: Die Person entfernt unbezahlte Ware aus dem Verkaufsraum.«

Wir nennen es: Hosianna!

»Zweitens: Die Person versteckt unbezahlte Ware noch im Verkaufsraum unter der Kleidung oder in einem Behältnis.«

Wir nennen es: Halleluja!

»Drittens: Die Person verspeist im Verkaufsraum zum Verkauf

angebotene Lebensmittel. Unter diesen drei Voraussetzungen ist es mir erlaubt, eine Person vorläufig festzunehmen.«

Iiiiiiiiiiik.

»Aber ich kann keinen stinkenden Penner festnehmen, nur weil er bei Ihrem Kind Tutzitutzi gemacht hat.«

Wir nennen es: Amen.

»Wie wär's, wenn du dich nützlich machst, Tschäcko.« Paul zeigt auf die Stofftasche mit den zerquetschten Redbulldosen. Die müssen erst in Form gebracht werden, bevor sie gequält werden können.

Ich mache mich nützlich, die Mutti keift noch irgendwas von wegen Skandal und so, dann schiebt sie ihren geblümten Arsch und ihr glatzköpfiges Kind Richtung Kasse. Die hellblaue Babyflasche liegt wieder im Kinderwagen, die Orangensaftflasche wird Teil unserer Beute. Was die Tutzitutzinummer betrifft: Die kennt Sigi in- und auswendig. Macht Paul immer, wenn irgendeine Mutti den Pfandautomaten blockiert: Er tätschelt das Kind, und die Mutti flippt aus. Dann kommt Sigi, sofern er nicht gerade einen Ladendieb festnimmt, und den Rest kennen Sie ja.

Warum Sigi da mitmacht?

Naja, wie gesagt: Sigi mag mich. Seine Stammkneipe ist das Loch, meine auch. Wir sitzen fast jeden Abend dort und reden. Also Sigi redet, und ich höre zu, deswegen mag er mich. Und weil Sigi mich mag, deswegen vertraut er mir. Und deswegen werde ich auch heute wieder ganz gemütlich frühstücken, während Paul die Flaschen foltert. Ich werde einen Tetrapak Multivitaminsaft aufreißen und die Hälfte in mich hineinschütten. Ich werde eine Packung Pumpernickel aufreißen und zwei Scheiben herausnehmen. Ich werde die Scheiben zur Wursttheke tragen und eine Packung mit hauchdünn geschnittenem Parmaschinken aufreißen. Ich werde mich durch diesen Supermarkt fressen, und am Ende werde ich noch drei oder vier Miniflaschen Wodka in meine Hosentaschen stecken, für Paul.

Und jetzt eine Durchsage an alle, die gerade Lust auf ein bisschen Ladendiebstahl haben:

Nur zu!

Leg los!

Versuch's mit dem Hohlkörpertrick, das ist ein Klassiker. Motorradhelm, Riesen-BH, Gehgips. Nichts wie rein mit den Schokoriegeln, den Kaugummis, dem Lippenstift. Und weißt du, was passiert? Genau. Sigi wird dich erwischen.

Oder versuch's mit dem Kassenbontrick, der ist was für Anspruchsvolle, da musst du echt cool bleiben. Nimm dir einen Bon, den irgendein ehrlicher Kunde liegengelassen hat, und geh damit shoppen. Der Bon ist deine Einkaufsliste. Nur das Salz steht nicht auf der Liste, das legst du brav aufs Band, und wenn dich die Kassiererin nach dem Zeug in deiner Einkaufstasche fragt, dann zeigst du ihr den Bon und sagst ganz cool: Alles schon bezahlt, hab nur das Salz vergessen.

Der Salz kostet 0,99.

Auf dem Bon steht 40,30.

Geiler Trick.

Und weißt du, was passiert?

Genau.

Siegbert Schulze, der mächtige, schreckliche Schutzengel erwischt euch alle, jeden Einzelnen von euch, weil Siegbert Schulze einfach alle und jeden erwischt.

Nur mich nicht.

Sigi vertraut mir. Und das ist mein Trick.

4

Zuerst ist da nur ein winziges Bläschen, zum Beispiel auf der Stirn oder am Kinn. Das Bläschen ist nicht größer als ein Stecknadelkopf. Dann rötet sich die Haut rund um das Bläschen, die Haut fängt an zu jucken, das Bläschen wächst. Es reift innerhalb weniger Stunden zu dem heran, was es am Ende sein wird: ein eitriger Pfropfen, erbsengroß. Die Rötung ist übrigens eher ein kräftiges Rosa, Farbton Rindersteak, halb durchgebraten. Und so fühlt es sich auch an, sagt Herbert immer. Außen gar, innen roh, außen herzhaft, innen blutig.

Armer Herbert.

Jetzt steht er in der Young-Fashion-Abteilung und legt T-Shirts zusammen. Vor zwei Tagen war sein Ausschlag schlimmer als sonst, heute ist sein Ausschlag schlimmer als vor zwei Tagen. So was nennt man Fortschritt, glaube ich.

»Hallo, Süßer.« Herbert lächelt, aber ich sehe sofort, dass die Hui-Hui-Bilanz nicht stimmt. Auf seinem rechten Handrücken steht DANKE!

»Na, wie geht's, Herbert.«

Herbert seufzt.

»Komm schon, ist doch halb so schlimm. Zum Glück hast du's nur im Gesicht.«

Herbert seufzt wieder. Dann rollt er einen Ärmel von seinem Hemd hoch.

»Schau«, sagt er.

Und ich schaue.

Winzige Bläschen, dicht an dicht, die Haut flächendeckend gefärbt in blutigem Rosa.

»Mein Rücken sieht genauso aus.«

»Warst du, beim Arzt? Wehe, wenn nicht!«

Herbert sieht mich gerührt an. »Ach, Süßer, du bist so …«

»Warst du, oder warst du nicht?«

»Heute Morgen. Ich hab die Frühschicht sausen lassen. Der Arzt sagt, dass es wohl doch nicht das ist, was er gedacht hat.«

Akne conglubata.

Atopische Dermatitis.

Seborrhoisches Ekzem.

An die restlichen Diagnosen kann ich mich nicht erinnern, aber Herberts Dermatologe hat so ziemlich den ganzen Katalog durch. Nur auf *eine* Idee ist er noch nie gekommen, aber das kann man dem Mann nicht verübeln. Wer denkt schon an eine berufsbedingte Kontaktallergie nach dem Prinzip der Bäckerkrätze. Ist ja kein Bäcker, der Herbert. Ist ja kein Florist, kein Friseur, kein Krankenpfleger. Kann ja nichts zu tun haben mit Mehlzusatzstoffen, Haarshampoons, Pflanzenschutzmitteln, Desinfektionsmitteln.

Und jetzt eine Empfehlung an alle Menschen mit hypersensibler Haut: Du solltest keinen Beruf ausüben, der etwas mit Gift zu tun hat. Du solltest dir einen sauberen Job suchen. Zum Beispiel bei HA&EM. Hahaha.

»Wahrscheinlich stressbedingt, sagt der Arzt, und dass ich mich unbedingt entspannen muss. Urlaub nehmen, Yoga machen.«

Super Tipp. Da fällt mir der Witz von dem Leprakranken ein, der zum Arzt geht und … na, die Pointe ist ja klar.

»Sandra flippt aus, wenn ich Urlaub will. Sie ist sowieso schon total sauer auf mich. Wegen der Frühschicht, und wegen«, Herbert zeigt auf DANKE! Er schnieft, seine Augen werden feucht.

»Alles halb so schlimm, Herbert, das wird schon wieder. Ich brauche ein Kostüm für morgen. Das Aktionsbündnis freier Hebammen demonstriert gegen …«

Herbert hat seinen steakfarbenen Arm über die Augen gelegt und schluchzt leise.

»Also, ich … Herbert …«

Herbert schluchzt.

»Ich würde dir ja gerne …ich würde dir wirklich gerne …«

Herbert wimmert.

»Weißt du was, Herbert: Wir kochen jetzt endlich mal gemeinsam. Das wollten wir doch schon lange. Bei mir zuhause, irgendwas mit frischem Thymian, gemütlicher Abend, nettes Gläschen Wein und so.«

Herbert lässt den Arm sinken.

»Echt?«, schnieft er.

»Ja, warum nicht, ich meine … also wenn du magst.«

»Wann?«

»Weiß nicht. Irgendwann.«

»Freitag? Da hab ich keine Abendschicht.«

»Von mir aus. Freitag.«

Kochen mit Herbert. Ich kann gar nicht kochen. Ich kann Thymian nicht von Petersilie unterscheiden und Petersilie nicht von Basilikum oder wie das ganze Zeug heißt.

Schnittlauch.

Das sind diese dünnen Dinger ohne Blätter. Ich werde Schnittlauch besorgen.

»Super! Ich freu mich schon jetzt, Süßer!«

»Sag nicht immer Süßer zu mir. Wir kochen, wir essen, wir trinken. Das war's, verstanden!«

»Verstanden. Ich freu mich schon jetzt, Jakob! Hast du eine Knoblauchpresse zuhause? Und eine Karaffe für den Wein? Das Aroma wird einfach besser, wenn der Wein atmen kann und …«

»Ich brauche ein Kostüm für morgen. Aufstand der freien Hebammen gegen das eigene Aussterben. Was schlägst du vor?«

Herbert rollt seinen Hemdsärmel nach unten. Dann fragt er mich, wie er sich einen Hebammenaufstand vorzustellen hat.

Ich sage: wüst.

Ich sage: derber Aktionismus, dramatisches Wehengeschrei, simulierte Sturzgeburten, geplatzte Fruchtblasen aus wassergefüllten Luftballons, wüst eben. Frauen unter sich.

Herbert gibt mir eine schwarze Bundfaltenhose und ein weißes Hemd. Herbert gibt mir einen schwarzen Schal. Der Schal, sagt Herbert, kommt als Binde um den Oberarm, dann sehe ich aus wie ein Vater in Trauer. Sturzgeburt, das Kind ist verblutet, die Mutter liegt im Koma, Solidarität mit den Hebammen, etwas in der Art.

Manchmal hat Herbert richtig gute Ideen.

Wir gehen zu einer unbesetzten Kasse, ich packe das Altachtundsechzigerkostüm mit den Salzrändern aus. Der Sweater hat vorne einen Riss, das muss beim Zusammenprall mit dem komischen kleinen Mann passiert sein. Herbert meckert, dann nimmt er das Kostüm und fälscht Sandras Unterschrift. Ich bekomme mein Geld zurück, ich bezahle das neue Kostüm. Herbert packt es ein und sagt, dass ich bitte darauf aufpassen soll und unbedingt eine Karaffe besorgen muss für das Aroma. Dann nickt er mir zum Abschied zu.

»Aberaber, Herbert. Wie sagt man zum Kunden?«, sage ich.

Und Herbert sagt: »Danke.«

»Und was sagst du zu Sandra, wenn sie dich das nächste Mal stempelt?«

Und Herbert sagt: »Danke.«

»Blödsinn. Was sagst du zu der VERDAMMTEN SCHEISSTUSSI, wenn sie dich das nächste Mal stempelt? Was sagst du zu ihr, in Großbuchstaben?«

Und Herbert grinst.

5

GEDICHT
von des Poeten Pak Dong-bang
zu seinem geliebten Bruder Pak Yong-yo

Den Namen meines Bruders, meint er:
Schein-von-Morgensonne.
Den Namen meines Landes, meint er:
Land-von-Morgenleise.
Wo scheint, da für zwei lichten.
Wo leise, da für zwei schlafen.
Schlaf: Tuch.
Traum: Knitter.
So geträumt
mein Bruder Schein,

mein Bruder Äugen,
all die Namen der Morgen hat,
kurze Lebensdauer des gesamten Kindes.
Zusammengelegte Kükenzwilling, Arm in Arm und Ei in Ei.

Reinheit?
Ja.
Liegen, dass Reinheit sagt: einige Knitter schlafen,
bis Tuch glätten.

Mutter kommt und streckt das Bettlaken.
Mutter kommt und fegt uns direkt.
Gewalt, unser Name der Mutter.
Mutter erfolgt einfach.

Sie hat Messer und gestochen Schein in den Augen
meines Bruders, da ich in leeren Höhlen schlafe.
Ich schlafe in einem fremden Land.
Den Name des fremdes Landes, er meint: verbrannte Bratwurst.
Mein Bruder geht um blind in den Nächten Pjöngjang.
Pjöngjang nächts, es meint: dunkles Niveau.

Geliebter Bruder, nicht ohnmächtig!
Die Nacht der Mutter für uns, sie weiß auch einen Morgen.
Wir werden wieder knitter träumen, Arm in Arm und Ei in Ei.
Den Namen dieses Morgens: Hoffnung.
Wo hofft, für ein Doppelzimmer hoffen.

6

Auf Englisch heißt Ketchup ketchup. Auf Französisch heißt Ketchup auch ketchup. Die Indonesier sagen saus tomat, die Spanier sagen salsa de tomate. Isländer: tómatsósu. Waliser: sos coch. Finnen: ketsuppi.

Ketsuppi!

Hahaha.

Super, die Finnen, oder!

Und wenn die Finnen nicht Ketchup sagen, sondern Senf, dann sagen sie sinappi. Auch ein Knaller. Viel besser als mustard oder mortarde oder musztarda, und geschlagen nur von haradali. Das sagen die kenianischen Touristen, wenn sie bei Dongbang eine Bratwurst kaufen und kein Ketchup wollen, sondern Senf.

Ich halte nichts von Sprachkursen. In der Regel sind sie anstrengend und teuer. Die Lehrer sind meistens Lehrerinnen und oft frustriert. Lieber wären sie Dozentinnen an der Universität oder wenigstens Schriftstellerinnen, und diese Frauen bringen dir dann bei, wie du auf Spanisch oder Französisch »Hallo, mein Name ist soundso« sagst, als würde das irgendjemanden in Spanien oder Frankreich interessieren, wie du heißt.

Danke, mir geht es gut.

Ja, das Wetter ist herrlich.

Nein, ich möchte lieber nicht ficken.

Als würde das irgendjemanden interessieren.

Bei Dongbang ist der Sprachkurs so, wie ich mir einen Sprachkurs vorstelle: unterhaltsam, gratis, sinnvoll. Das Wort Ketchup kann man auf der ganzen Welt gut gebrauchen, das Wort Senf auch. Der Kurs findet dreimal die Woche statt, die Kurseinheit beträgt jeweils fünf Minuten.

Seit zwei Monaten besteige ich jeden Mittwoch, Donnerstag und Freitag um Punkt zwei einen Kastanienbaum in einer Fußgängerzone. Lückenlose Besetzung, Schichtwechsel im Zweistundentakt. Der Baum ist dreihundert Jahre alt und soll gefällt werden, weil er nicht mehr ins Stadtbild passt. Außerdem bombardiert er die Passanten jeden Herbst mit Kastanien.

Unter dem Baum steht mein koreanischer Lehrmeister Dongbang und verkauft original Thüringer Bratwürste. Um fünf vor zwei beginnt der Sprachkurs.

»Sei mir gegrüßt, Pak Dongbang, mein Freund«, sage ich mit einer Verbeugung.

»Bap mogosso, Freund Kupka Jakob?«, sagt Dongbang mit einer Verbeugung.

»Danke der Nachfrage, nein. Ich habe noch nicht gegessen. Einmal mit ketsuppi bitte.«

Dongbang richtet sich wieder auf. Das ist fast so beeindruckend wie bei Sigi, aber aus anderen Gründen. Ich frage mich jedes Mal, wie Dongbang das nur schafft mit dem Ding. Das Ding ist ein mobiler Gasgrill und wiegt geschätzte zwanzig Kilo. Der Erfinder nennt es Grillwalker, der Volksmund sagt Umschnallbrutzler. Tolle Konstruktion. Vorne der Rost, hinten die Gasflasche, oben der Schirm, und mittendrin: Dongbang, ein Dichter aus Nordkorea. Großer Kopf, breiter Kiefer, die Augen wie Mandeln. Wenn du sie aufbeißt, schmeckt es bitter, aber Dongbangs Körper ist süß und zierlich wie der Körper eines Knaben aus Herberts Tagträumen.

Dongbang stemmt geschätzte achtzig Kilo, wenn er sich aus seiner tiefen Verbeugung wieder aufrichtet. Eigengewicht plus Brutzlerkilos.

»Wie geht es dir heute, mein Freund?«, sage ich.

»Die Kehle trocken und Zeit nicht vorhanden, aber sehr gut.« Dongbang schwankt noch ein paar Sekunden, dann steht er still.

Gott hat das Gleichgewicht erfunden, damit wir es verlieren können.

Irgendwann wird es passieren.

Irgendwann wird Dongbang den Weg zurück in die Vertikale nicht schaffen und nach vorne kippen. Er wird den zulässigen Neigungswinkel von fünfundvierzig Grad überschreiten, aber das macht nichts. Der Erfinder des Grillwalkers hat vorgesorgt. Ab fünfundvierzig Grad meldet ein Sensor Gefahr, und die Gaszufuhr wird automatisch unterbrochen. Ergebnis: Dongbang ist gerettet. Was nicht heißt, dass er nicht stirbt. An einem Schwächeanfall zum Beispiel. Oder an Herzversagen.

Kreislaufkollaps.

Verzweiflung.

Hitzeschlag.

Dongbang kann an allem Möglichen sterben, wenn er mit seinem Grillwalker umkippt, aber nicht an einer Gasexplosion.

Und an Erfrierungen auch nicht. Mein kleiner nordkoreanischer Freund schwitzt wie die toten Thüringer Schweine auf dem Rost. Der Grillwalker ist eine Art mobile Freiluftsauna, Dongbang sauniert jeden Tag neun Stunden, manchmal zehn. Alle vierzig Minuten kommt ein Kollege und bringt Nachschub. Würste, Brötchen, Servietten. Alle zwei Stunden schnallt Dongbang den Brutzler ab und geht im Einkaufszentrum aufs Klo. Die meisten Kollegen arbeiten zu zweit im Verkauf, Schichtwechsel jede Stunde, damit sich die Bandscheiben erholen können und vor allem die Beine. Geteiltes Leid, geteilter Lohn. Aber das kann er sich nicht leisten, sagt Dongbang. Er muss Geld verdienen. Er muss sparen. Für den großen Tag. Den schönsten Tag in seinem Leben. Jetzt greift er nach einem Brötchen.

»Ketchup auf Baskisch?«, sage ich.

»Ketchup«, sagt Dongbang.

Schade. Von den Basken hätte ich mehr erwartet. Dongbang nimmt eine Wurst vom Rost. Er hält die Grillzange immer in der linken Hand, weil er an der rechten nur noch zwei Finger hat.

»Und auf Tschechisch?«

»Kečup.«

»Kroatisch?«

»Kečap.«

Chosôn. So nennen die Nordkoreaner ihre Heimat. Es bedeutet: Land der Morgenstille.

Dongbang legt die Wurst ins Brötchen und das Brötchen mit der Wurst auf die Ablage.

»Irisch?«

»Ketchup.« Dongbang greift nach der Ketchupflasche.

Auch von den Iren hätte ich mehr erwartet, und wer immer Dongbang im Land der Morgenstille drei Finger abgehackt hat, er war kein schlechter Mensch. Ein schlechter Mensch hätte nur den kleinen Finger und den Ringfinger übrig gelassen. Damit kannst du keine Ketchupflasche zusammendrücken. Du kannst keinen Stift nehmen und ein Gedicht schreiben. Mit Daumen und Mittelfinger geht das.

Dongbang gibt mir mein Mittagessen, gratis, wie immer. Dann zieht er ein gefaltetes Blatt Papier aus seiner Brusttasche. Er gibt mir das Blatt.

Es ist eierschalengelb.

Es ist marmoriert.

Es hat ein Wasserzeichen.

Teures Papier, da stecken mindestens zwei original Thüringer Bratwürste drin, und ich weiß schon jetzt, was da steht. Ich lese dieses verdammte Gedicht seit zwei Monaten jeden Mittwoch, Donnerstag und Freitag. Es ist immer dasselbe Gedicht, aber es ist nicht immer gleich. Dongbang arbeitet an der perfekten Version. Und er macht Fortschritte. Die erste Version war in etwa so lyrisch wie eine koreanische Gebrauchsanleitung für irgendein Elektrogerät, die irgendjemand durch eine Übersetzungsmaschine gejagt hat. Dongbangs Deutsch ist ziemlich okay für einen Nordkoreaner, der seit zwei Jahren Bratwürste verkauft, aber Lyrik ist kein Deutsch. Lyrik ist Lyrik.

Melodie.

Metapher.

Myriaden aus Monden im Muschelmund, so ähnlich geht Lyrik, und wer kriegt das schon hin, noch dazu in einer fremden Sprache.

Ich beiße in mein Mittagessen und befürchte das Schlimmste. Ich befürchte, dass Dongbang wieder einen Schritt weitergekommen ist. Dass er es schaffen wird.

Wenn du jemanden liebst, schaffst du alles.

Wenn du deinen Bruder liebst, dem vielleicht gerade in einem nordkoreanischen Straflager ein paar Finger abgehackt werden, dann schaffst du alles. Sogar ein Gedicht. Sogar in einer fremden Sprache. Du setzt dich jede freie Minute deines Lebens hin, mit einem Wörterbuch, und versuchst es. Aus eigener Kraft, immer wieder und wieder und so lange, bis der einzige Mensch, der sich im Bratwurstland für die ganze Sache interessiert, dein lieber Freund Kupka Jakob, zu dir sagt: Es ist perfekt.

Und dann passiert Folgendes:

Das Gedicht wird in einer großen Tageszeitung veröffentlicht. Das Gedicht wird die Leser der Tageszeitung erschüttern und berühren. Das Gedicht wird die Öffentlichkeit aufrütteln. Das Gedicht wird zu Demonstrationen vor der nordkoreanischen Botschaft führen.

Zu Mahnwachen.

Zu Hungerstreiks.

Vielleicht hackt sich sogar jemand ein paar Finger ab vor der Botschaft, aus Solidarität. Vielleicht filmt das jemand, rein zufällig.

Zehntausend Klicks pro Tag auf YouTube.

Zwanzigtausend Postings auf Facebook.

I like!

I like!

Und am Ende wird der geliebte eineiige Zwillingsbruder des Dichters Pak Dongbang gerettet sein. Er wird auf irgendwelchen Wegen aus dem Land der Morgenstille geschleust, er überschreitet die Grenzen nach Südkorea, dort erwartet ihn Dongbang, zwei Flugtickets in der Tasche, gekauft mit Bratwurstgeld.

Die Brüder Pak, vereint für immer.

Und wenn sie nicht gestorben sind, dann leben sie noch heute glücklich im Bratwurstland.

Ein Witz.

Ich schwöre beim Leben meiner Mutter, das hoffentlich bald vorbei ist: Es war ein Witz. Diese ganze Geschichte von der Kraft des Wortes und der lyrisch aufgerüttelten Öffentlichkeit, die ich Dongbang erzählt habe, die war nicht ernst gemeint.

So was glaubt doch kein Mensch!

So was kann doch nur ein Witz sein!

Wenn du jemanden liebst, glaubst du alles.

Ich überfliege die aktuelle Version von Dongbangs Gedicht, zum Glück immer noch beschissen, aber deutlich besser als letzte Woche.

»Gut«, sage ich und wische mir den Mund mit der Serviette ab. »Das ist die beste Version bisher. *Arm in Arm und Ei in Ei* zum Beispiel, viel besser als *Doppelärmel und Doppeldotter*. Du machst geradezu, äh, beängstigende Fortschritte.«

Dongbang lächelt und verneigt sich tief. Wenn ich Glück habe, überschreitet er jetzt die Fünfundvierziggradgrenze. Wenn ich Glück habe, ist der Sicherheitssensor kaputt.

Oh Herr, bitte lass es geschehen. Bitte lass Dongbang umkippen und explodieren. Jetzt oder später, heute oder morgen, mir egal, Hauptsache früh genug. Ich weiß nicht, was passiert, wenn er es schafft. Wenn ich ihm sagen muss, dass alles nur ein Witz war. Ich meine: Ein bisschen Parmaschinken klauen und den besten Kneipenkumpel verarschen, das ist moralisch bedenklich, aber einen nordkoreanischen Flüchtling mit verstümmelter Hand und gefoltertem Zwillingsbruder verarschen, das ist apokalyptisch.

»Na dann, mein Freund, ich muss los, der Baum wartet. Immer schön weiterdichten, nicht aufgeben. Jeolschimi gongbuhe oder so.«

Ich reiche Dongbang das Gedicht über den Schmutzschutz

vorne am Grill und betrachte wie jeden Mittwoch, Donnerstag und Freitag ungläubig meinen ausgestreckten Arm.

Diesen meinen ausgestreckten Arm.

Ein Wunder, dass er nicht auf der Stelle verdorrt.

7

Der Typ, den ich ablöse, will mich unbedingt umarmen, also lasse ich mich umarmen. Dann will der Typ, dass ich aus seiner Thermoskanne einen Schluck Tee trinke, also trinke ich einen Schluck Tee. Dann will er, dass ich sein Fernglas mit Zoomfunktion bewundere, also bewundere ich sein Fernglas mit Zoomfunktion. Und wenn er schon will, dass ich ein paar Züge von seinem Joint mache, dann mache ich eben ein paar Züge von seinem Joint.

Wir sitzen in zwanzig Metern Höhe auf einer Holzplattform, umgeben von Kastanienblättern, und ich will eigentlich nur, dass der Typ sich endlich abseilt, damit ich in Ruhe meine Arbeit machen kann. Damit ich in aller Ruhe diesen Baum schützen kann. Aber der Typ dreht sich noch einen Joint und sagt, dass wir Kameraden sind, er und ich, weil wir gemeinsam gegen die Zerstörung der Natur kämpfen.

Friedlicher Kampf.
Gewaltfreier Krieg.
Blauer Planet.
Grüne Erde.
Der Joint ist fertig, der Typ nimmt ein Streichholz, *zischhhh,* dann sagt er, dass ich ihm von meiner ganz persönlichen Beziehung zur Natur erzählen soll. Also erzähle ich ihm von meiner ganz persönlichen Beziehung zur Natur.
Ich sage: Die Natur heißt nicht umsonst *Mutter* Natur.
Ich sage: Die Natur ist grausam.
Sie will uns Menschen fertigmachen, seit wir auf diesem Planeten leben, und sie arbeitet dabei nicht zufällig mit Mutter Erde zusammen.
Zwei üble Weiber, sage ich.
Erdbeben.
Vulkanausbruch.
Wirbelsturm.
Flutwelle.
Fliegenpilz.
Und Tollkirschen natürlich. Eine Handvoll genügt – zack, ab ins Koma. Atemstillstand. Exitus.
Solche Sachen macht die Natur mit uns, wenn wir ihr vertrauen und frisches Obst essen. Gesunde Ernährung kann tödlich sein.
Ich ziehe am Joint, der Typ glotzt.
Das Elend der Menschheit, sage ich, womit hat es begonnen? Womit hat die ganze Scheiße begonnen, in der wir stecken? Dieses ganze Getue und Gemache, dieses ganze Inderfrühaufstehen und Arbeitengehen und Geldverdienen und Geldausgeben. Lustigsein, Traurigsein, Fickenwollen.
Der Typ nickt, ich ziehe am Joint.

Womit hat das alles begonnen? Und wie ist der Mensch auf die Idee gekommen, dass Lustigsein besser ist als Traurigsein? Dass Ficken mehr Spaß macht als Nichtficken? Wie ist er auf die Idee gekommen, dass er ein schönes Leben will? Ein Leben mit einem schönen Beruf, einem schönen Haus, einer schönen Frau und schönen Kindern. Geldmachen, Kindermachen, Kinderschlagen, all die schönen Dinge im Leben – wie ist der Mensch nur darauf gekommen?

Der Typ glotzt, ich ziehe am Joint.

Bingo. Er ist darauf gekommen, weil das Leben Scheiße ist. Er *will* ein schönes Leben, weil er kein schönes Leben *hat*. Die Frau ist fett, ficken ist fad, das Haus ist ein Fertighaus, und die Kinder sind so dumm und so hässlich, dass man sie nicht einmal schlagen will. Aber am schlimmsten von allem ist der Beruf. Lehrer, Tierarzt, Taxifahrer, Polizist, Psychologe, Flaschensammler, Bratwurstverkäufer, Profidemonstrant – es gibt einfach keinen schönen Beruf, keinen einzigen. Sogar Popstar ist kein schöner Beruf oder Konzernchef, auch wenn du dir dann eine schöne Frau und ein schönes Haus kaufen kannst und deine Kinder in eine Eliteschule und zum Schönheitschirurgen schickst, damit sie ein bisschen weniger dumm und nicht ganz so hässlich sind. Dein Beruf ist und bleibt beschissen. Und warum? Bingo. Weil Arbeit an sich beschissen ist. Weil Arbeit eine Strafe ist.

Der Typ nickt, ich ziehe am Joint.

Arbeit ist eine Strafe. Aber nicht irgendeine Strafe, sondern die erste Strafe überhaupt, die Gott über den Menschen verhängt hat. Denn womit hat Gott Adam bestraft, weil er die Finger nicht von einem Stück Obst lassen konnte? Was hat Gott gesagt zu Adam, bevor er ihn aus dem Paradies geworfen hat?

Der Typ glotzt erwartungsvoll, ich ziehe am Joint und sage, dass ich jetzt gleich mit den Worten Gottes reden werde, und dass der Typ sich festhalten soll, weil das echt krasse Worte sind, die Gott damals zu Adam gesagt hat.

Der Typ glotzt noch erwartungsvoller, ich hole tief Luft und brülle ihm in seine Naturschützerfresse:

Verflucht sei der Acker um deinetwillen! Mit Mühsal sollst du dich von ihm nähren dein Leben lang! Dornen und Disteln soll er dir tragen! Im Schweiße deines Angesichts sollst du dein Brot essen, bis du wieder zu Erde werdest, davon du genommen bist! Denn du bist Erde, und zu Erde sollst du werden! Du bist Staub, und zum Staub musst du zurück!

Der Typ glotzt beeindruckt. Er wischt sich ein paar Speichelspritzer von der Wange, ich nehme einen feuchten Zug vom Joint und sage ganz ruhig:

Preisfrage.

Jetzt die Preisfrage.

Wer

ist

schuld?

Der Typ hebt die Hand wie ein Sonderschüler.

»Na?«, sage ich und ziehe am Joint.

»Eva?«, sagt der Typ vorsichtig.

Trottel.

»Falsch. Einmal darfst du noch raten.«

Der Typ nimmt mir den Joint aus der Hand und inhaliert tief. Seine Stirn legt sich in Falten, ich kann das Getriebe dahinter hören und wie es sich schwerfällig in Bewegung setzt. Knirschende Geräusche, ein paar Synapsen platzen, weil sie der ungewohnten Betriebsamkeit nicht standhalten. Alles in allem klingt der Verstand dieses Typen wie eine alte Obstpresse. Na, da hat sich wohl jemand mit Erfolg eine Matschbirne zusammengekifft im Laufe der Jahre.

»Also, was ist? Her mit dem Fruchtsaft der Erkenntnis!«

Der Typ wirft den Joint über die Plattform nach unten. Gleich wird er sagen, dass die Schlange schuld ist oder das Böse. Satan, Luzifer, etwas in der Art, wetten?

»Der Teufel?«

Gewonnen.

Ich schüttle den Kopf und zeige nach oben.

Der Typ glotzt.

Ich zeige wieder nach oben.

Der Typ schlägt sich auf die Stirn.

»Na klar! Gott ist schuld!«

Ich schüttle wieder den Kopf und zeige nach oben, nach oben, nach oben, wo kein Gott ist und kein Himmel, nur das dichte Blätterdach des Baumes. Dann zeige ich nach links, auf einen Ast des Baumes. Dann zeige ich nach rechts, auf einen anderen Ast des Baumes. Ich zeige auf den Stamm.

Der Typ glotzt, die Obstpresse knirscht. Höchste Zeit für ein paar trottelsichere Hinweise.

»Wenn du im Wald stehst«, sage ich, »dann kannst du den Wald nicht sehen. Und warum nicht?«

Die Obstpresse knirscht.

»Oder nehmen wir ein Brett. Was ist ein Brett, bevor es jemand vor dem Kopf hat?«

Die Obstpresse macht noch ein paar jämmerliche Geräusche, dann steht sie still. Der Typ zuckt mit den Schultern.

Baum, sage ich.

Ich sage Natur.

Schuld an dem ganzen Elend ist nicht Eva, weil sie als Erste von der verbotenen Frucht gegessen hat. Schuld ist nicht Satan in Gestalt einer Schlange oder Gott in Gestalt eines Verbots. Schuld ist die Natur in Gestalt eines Baumes.

Ohne Baum keine Frucht.
Ohne Frucht kein Verbot.
Ohne Verbot keine Übertretung.
Ohne Übertretung keine Strafe.

Wenn der verdammte Baum nicht gewesen wäre, dann würden wir noch heute ganz gemütlich im Paradies sitzen und Däumchen drehen. Wir wären nackt und wüssten es nicht. Wir wären glücklich und wüssten es nicht. Wir wären es einfach. Und deswegen, mein lieber glotzäugiger Kifferkamerad von der Naturschutzfraktion, deswegen gibt es nur einen einzigen Beruf, der wirklich sinnvoll ist: Holzfäller.

Dreißig Sekunden später bin ich allein auf der Plattform. Ich rufe dem Typen noch nach, dass er sein Fernglas vergessen hat, aber er seilt sich weiter zügig ab.

8

Die Welt ist ganz nah, und sie sieht ganz anders aus als sonst.

Die Welt ist eine hellgrüne Kugel mit Noppen.

Die Welt ist eine rötlich braune Landkarte aus grober Rinde.

Unbekannte Flüsse.

Länder ohne Namen.

Ich bewege das Fernglas vom Baumstamm weg, jetzt ist die Welt eine siebenfingrige Hand. Dünnhäutig, zarte Adern. Etwas kriecht über die Hand, und die Hand verwandelt sich. Sie wird zum Parkplatz für dieses kleine rundliche Auto mit dem roten Verdeck. Vier Scheinwerfer vorne, zwei große, zwei kleine, sechs Beinchen statt Rädern, der Käfer fährt bis zur Mitte und parkt.

Jakob im Wunderland.

Ich setze das Fernglas ab, ich lege den Kopf zurück. Über mir kein Gott, kein Himmel, nur der Baum. Ein Dach aus Blättern, der Wind fährt durchs Gebälk, aber nur ganz leicht, ganz sacht. Er streicht über die Äste, er streicht über mein Gesicht, *weiche Wellen, das Haar meiner Mutter, Anna Kupka.*

Anna, das bedeutet Liebreiz.

Es bedeutet Anmut.

Die Blätter machen Raschelraschel, der Wind macht Streichelstreichel, und da ist er wieder, unser altkluger junger Freund, der Sommer. Ein bisschen Rascheln, ein bisschen Streicheln, Jakob im Wunderland – was will man mehr, wenn man ein Sommer ist, denkt der Sommer.

Ich hebe das Fernglas vor die Augen. Äste, Käfer, Lichtreflexe. Jetzt eine Fahrt nach unten, schräg durch die Blätter hindurch. Der Wind teilt die Blätter und öffnet ein Sichtfenster, ich sehe etwas Rotes. Das ist Dongbangs Grillwalkerschirm. Jetzt noch ein bisschen schräger nach unten, ich sehe Dongbang, ich sehe einen Mann. Schwarzer Anzug, schwarze Sonnenbrille. Er redet mit Dongbang, wahrscheinlich geht es um Ketchup oder Senf. Der Mann zieht etwas aus der Hosentasche und gibt es Dongbang.

Ein kleiner schwarzer Mann.

Den kenn ich doch, woher kenn ich den nur.

Zoom.

Ich sehe Dongbangs Hand, sie nimmt den Geldschein. Nein, es ist gar kein Geldschein, es ist ein Kuvert. Ich bewege das Fernglas nach links, dann nach unten. Ein Gesicht, im Profil.

Das kenn ich doch, woher kenn ich das nur.

Der Mann dreht den Kopf. Er sieht nach oben, direkt in meine Richtung. Jetzt sagt er etwas. Seine Lippen bewegen sich langsam und überdeutlich.

Na, sagen seine Lippen, *alles fit im Schritt?*

Unmöglich.

Er kann mich nicht sehen.

Ich kann ihn nicht verstehen.

Alles Einbildung.

Meine Finger umklammern das Fernglas, jetzt nimmt der Mann die Brille ab und grinst mich an. Seine Augen sind blau. Grönlandblau, gletscherblau. Türkise Aura um schwarze Monde, Wolfsblick. Scharf wie ein Biss, hart wie der Hieb einer Pranke.

PENG!

Autsch!

Ich lasse das Fernglas los, es fällt durch die Äste und Blätter nach unten, nach unten, nach unten.

9

Ich soll mir nicht ins Hemd pissen, sagt Sigi. Ich soll locker bleiben. Was ich eigentlich bin, sagt Sigi: Mann oder Memme?

Wir sitzen am Stammtisch, das Loch Nass ist gut besucht, wie immer ab acht.

Männerkneipe.

Memmenkneipe.

Das kann jeder sehen, wie er will, ich finde es sehr okay hier. Rauchschwaden, Bierdunst, Flipperautomat. Musik aus dem letzten Jahrhundert, abgenutztes Mobiliar. Männer an den Tischen, Männer am Tresen, wir sind hier unter uns.

Babsi kommt mit zwei Bier angewackelt, jemand pfeift ihr nach.

»Du, Jakob«, sie stellt die Gläser ab, »kann ich kurz mit dir reden?«

»Jetzt nicht, Schnecke.« Sigi winkt ab. »Wir führen hier gerade ein ernstes Gespräch.«

»Aber …«

»Später!«

Babsi sieht mich hilfesuchend an, ich zucke hilflos mit den Schultern. So viel zum Thema Mann oder Memme. Babsi wackelt wieder davon, davor lächelt sie mir noch zärtlich zu. Die Liebe dieser Frau ist schlimmer als Hämorrhoiden: Du wirst sie *nie* los. Sage ich zu Sigi, und Sigi grinst.

Männerkneipe.

Frauenwitze.

Sigi nimmt einen Schluck, ich nehme einen Schluck, dann setzen wir unser ernstes Gespräch fort. Es geht um die Sache mit der Überwachungskamera bei dem antifaschistischen Flopjob gestern. Scharfes Ding, böser Blick. Ich mache mir da echt ein bisschen Sorgen, habe ich zu Sigi gesagt, weil wer weiß: Vielleicht bin ich schon in irgendeiner Datenbank gespeichert, Rubrik Linksradikaler. Diese Dinger sind ja nicht nur scharf und böse, die sind auch intelligent. Stichwort Biometrie. Stichwort Netzwerk. Da merkt sich zum Beispiel so eine bösartige kleine Kamera am Bahnhof mein Gesicht, und schon wissen es die Kameras auf den anderen Bahnhöfen. Und die Kameras auf den Flughäfen. Bushaltestellen, Fußgängerzonen, Einkaufszentren, die Welt ist voll mit diesen intelligenten Dingern, die sind einfach überall, wie Gott. Und seit gestern wissen diese Dinger, dass ich ein Linksradikaler bin. Korrigiere: Sie halten mich dafür. Ergänze: scheißegal. Wenn ich bei der nächsten friedlichen Demo gegen, sagen wir, laktosehaltige Milch verhaftet werde, dann ist es scheißegal, ob ich ein Linksradikaler bin oder nur so aussehe. Auf jeden Fall bin ich dann arbeitslos und sehe auch so aus.

Sigi nimmt einen Schluck. Er setzt das Glas ab. Er rülpst. Er sagt: »Diese Dinger, du Memme, sind nicht intelligent. Diese Dinger sind fast so blöd wie Babsi.«

»Echt?«

»Echt. Außerdem sehen diese Dinger zwar scharf aus, aber meistens ist da nichts dahinter. Attrappen. Dummys. Außen sexy, innen hohl.«

»Wie Babsi?«

»Wie Babsi. Prost.«

Wir grinsen, wir trinken. Langsam arbeite ich mich von der Memme wieder zum Mann vor. Ich setze die Flasche ab und rülpse, Sigi nickt anerkennend. Dann erklärt er mir, wie das so ist mit der Videoüberwachung. Er erklärt es ausführlich, er lässt sich Zeit.

In den ersten zehn Minuten geht es um CCTV-Systeme, IP-Netze und Mikroprozessoren.

Nach diesen ersten zehn Minuten fühle ich mich wieder wie eine Vollmemme, weil mich der ganze Technikscheiß nicht interessiert.

In den nächsten zehn Minuten geht es um maschinelle Algorithmen und die mathematisch modellierte Mustererkennung von typischem Täterverhalten. Vielleicht geht es auch um die algorithmisch modellierte Tätermaschine mit mathematischem Musterverhalten, keine Ahnung.

Sigi labert.

Alles sehr technisch.

Babsi bringt Nachschub.

Die Beatles singen *All you need is love.*

Mikrosensoren, Mikrokameras, sagt Sigi.

Ist jetzt schon später?, sagt Babsi.

Sensorennetzwerk, Schwarmintelligenz, Zukunftsvision.

Love, love, love.

Babsi bleibt noch einen hoffnungsvollen Moment am Tisch stehen. Zärtliches Lächeln, umflorter Blick. *Love, love, love,* singt sie leise und wiegt die Hüften. Hüften, wie sie nur eine diplomierte Bodystretchtrainerin hat, weich und elastisch, kurvig und straff, und alles nur für mich.

Wie schön du bist, meine Schwester Braut. Wie schön ist das Rund deiner Hüften, es gleicht einem kostbaren Geschmeide, von Meisterhand gefertigt. Wunderbar schön bist du, meine Freundin, mein Mädchen, kein Makel ist an dir, und ich kann nicht, ich kann nicht.

All you need is love, singt Babsi, dann kichert sie verschämt und wackelt davon.

Wer die Beatles zum Kotzen findet, der weiß ja gar nicht, wie recht er hat.

Wer die Autokonfiguration von Mikrosensoren spannend findet, der weiß ja gar nicht, wie sehr ich ihn beneide.

»... also echt, das ist voll krass, was da in Zukunft auf uns zukommt, mein lieber Scholli. Bald werden diese Sensoren nur noch so groß sein wie Staubkörner. Null Komma null fünf Millimeter Durchmesser, mit freiem Auge nicht sichtbar, und wenn sie zu Milliarden in der Gegend herumliegen, dann sehen sie einfach nur aus wie Staub oder wie ganz feiner Sand. Aber diese fiesen kleinen Dinger können nicht nur sehen, die können auch kommunizieren. Außerdem sind sie kompakt gebaut und solar betrieben, und das heißt: Sie sind unsterblich, Mann! Irgendwann in der Zukunft wird der Sensorenstaub uns Tag und Nacht überwachen. Er wird uns immer sehen, einfach immer. Ladendiebstahl, Vergewaltigung, Mord, alles Vergangenheit. Der Staub ist verdammt smart, wie gesagt, und deswegen erkennt er einen Verbrecher, bevor der Verbrecher etwas getan hat. Ich sag nur: Intentionsdiagnostik. Ich sag nur: Präventionssoftware. Wenn irgendwann in der Zukunft irgendein notgeiler Idiot auf Babsi losgehen will, dann hat er keine Chance. Der schlaue Staub wird es dem Kerl ansehen, bevor der Kerl seinen Pimmel ausgepackt hat, und bums – schon ist ein uniformierter Helfer da. Direkte Kommunikation ohne Umwege über irgendwelche Monitore und Kontrollzentralen. Ich muss pinkeln.«

Sigi geht pinkeln, Freddie Mercury singt *Another one bites the dust,* ich zähle bis drei, bei zwei sitzt Babsi neben mir.

»Jakob, ich muss dir was erzählen.«

Wer hätte das gedacht.

»Etwas ganz Tolles.«

Aha.

»Etwas, das vielleicht unser … mein Leben total verändert.«

Soso.

»Es ist einfach großartig, Jakob!«

Lass mich raten: Der zweite Band von *Positiv Denken* ist erschienen.

»Ich bin so aufgeregt, Jakob. Ich weiß gar nicht, wie ich es dir sagen soll.«

Versuch's mit Worten, Babsi.

»Also, ich bin da heute von einem Mann angesprochen worden.«

Mann oder Memme?

»Aber er wollte nichts von mir, also nicht das Übliche.«

Memme.

»Und du weißt ja, dass ich nie mit einem anderen Mann … also wirklich nie, weil ich … weil du … weil es nur einen einzigen Mann in meinem Leben gibt, den ich so richtig … und da würde ich nie …«

Bite the dust! Bite the dust!, singt Freddie Mercury. Ich mag Freddie Mercury.

»Also auf jeden Fall hat mich der Mann ganz höflich angesprochen, ganz seriös, und er hat gesagt, dass ich sehr, naja, hihi, sehr attraktiv bin und supersportlich aussehe, und was ich denn beruflich so mache. Und da habe ich ihm von meinem Diplom erzählt und wie schwierig es heutzutage ist, einen Job zu bekommen, auch wenn man gut ausgebildet ist, und da hat er gesagt, dass er mich gerne einladen würde. Zu einer ganz besonderen Veranstaltung.«

Privatparty. Gangbang.

»Und da bin ich natürlich sofort misstrauisch geworden, aber er war wirklich extrem höflich und waaahnsinnig charmant. Dann hat er mir eine Einladungskarte gegeben und gesagt, dass ich einfach vorbeikommen soll. Ich bin genau die Richtige für den Job, hat er gesagt, und dass ich den Job unter Garantie bekomme. Unter Garantie!«

Babsi zieht ein Kuvert aus ihrer Kellnerschürze, Sigi kommt vom Klo. Babsi zieht eine Karte aus dem Kuvert und legt sie vor mir auf den Tisch. Sigi lässt seine hundert Kilo auf den Stuhl fallen, ich starre auf die Karte.

Es ist die gleiche.

Die gleiche, die mir Dongbang heute gezeigt hat, nach der Baumbesetzung. Schwarzer Mann, hat Dongbang gesagt, und ob ich ihm bitte näher erklären kann, was da steht.

Und Babsi sagt, dass sie total aufgeregt ist, weil sie bald einen richtigen Job hat.

Und Sigi sagt, dass er total sauer ist, weil heute Morgen schon wieder irgend so ein Wichser Parmaschinken direkt von der Wursttheke gefressen hat, und dass er den Wichser umbringt, wenn er ihn erwischt.

Another one bites the dust.

Dann tippt Sigi auf die Karte und sagt, dass er die auch bekommen hat. Von so einem komischen kleinen Kerl mit Sonnenbrille, der heute im Supermarkt aufgetaucht ist.

Another one bites the dust, hey hey.

Schwachsinn, sagt Sigi.

Von wegen Topjob, sagt Sigi.

Und Babsi sagt: Du bist gemein!

Und Babsi sagt: Das ist kein Schwachsinn!

Und ich starre auf die Karte, und Freddie Mercury sagt:

Hey, I'm gonna get you too, another one bites the dust.

10

HAPPINESS
IS our BUSINESS

TOPJOB IM PARADIES

Einladung zum
CASTING

WIR SUCHEN FÜR DAS PARADIES AUF ERDEN QUALIFIZIERTE MITARBEITER IN DEN BEREICHEN ERLEBNISGASTRONOMIE, SICHERHEITSDIENST, SHOWGYMNASTIK, SCHAUSPIEL, KOSTÜMGESTALTUNG U.V.M.

Wann? FREITAG, 13. JUNI, 18 UHR
Wo? *PARK PARADIES*
Wie? SHUTTLE VOM HAUPTBAHNHOF, ABFAHRT 15 UHR

www.parkparadies.com
Nur mit Einladung!

DONNERSTAG

Im Jahr acht der Hoffnung
auf den Tod meiner Mutter
und einen sicheren Arbeitsplatz

1

Guten Morgen Jakob.

Guten Morgen Jakob.

Guten Morgen Jakob.

Es wird ein guter Tag.

Es wird ein guter Tag.

Es wird ein guter Tag.

Mein Spiegelbild nickt mir zu und lächelt, aber es sieht nicht besonders überzeugend aus.

Wollen wir die Übung von gestern wieder machen?, sage ich.

Mein Spiegelbild schüttelt den Kopf.

Naja, Kumpel, dann haben wir ein Problem. Genauer gesagt: Wir haben keines, und das ist unser Problem. Oder willst du etwas gegen die Menstruationsbeschwerden unternehmen, die du nicht hast?

Mein Spiegelbild schüttelt den Kopf.

Ich nehme das Übungsbuch und überfliege die Liste mit den Problemen. Vielleicht habe ich ja etwas übersehen gestern. Etwas, das gestern noch kein Problem für mich war.

Zum Beispiel Wahnvorstellungen.

Zum Beispiel Paranoia.

Ein kleiner schwarzer Mann mit grellblauen Augen verfolgt mich. Vielleicht hat er weiße Mäuse in seinen Hosentaschen, kann sein. Auf jeden Fall hat er schwarze Einladungen ins Paradies, und die verteilt er an meine Freunde.

Blau ist die Farbe für alles Kalte.

Türkis ist die kälteste aller Farben.

Schwarz ist keine Farbe. Schwarz ist die Abwesenheit von Licht.

Na, alles fit im Schritt?

Ich bin gestorben damals, mit neun, auf dem kühlen glatten Tisch. Jemand hat das Licht ausgeknipst, und ich war tot. Vier Stunden später bin ich wiederauferstanden. Kein schönes Erlebnis, mir war übel von der Narkose, die frisch vernähte Wunde hat gebrannt, als hätte sie jemand gesalzen.

Meine Mutter sitzt neben mir.

Sie nimmt meine Hand.

Sie sagt: Alles wird gut, mein Sohn.

Mein Sohn, sagt sie, mein Sohn, immer wieder, mein Sohn, mein Sohn.

Mit neun lässt du dir noch alles Mögliche einreden, zum Beispiel, dass du etwas Böses in dir hast und dass es der Onkel Doktor herausnehmen muss.

Mit fünfzehn kannst du dann noch mal nachfragen, und es wird heißen: ein Tumor. Es wird heißen: bösartig.

Mit zwanzig gehst du in das Krankenhaus, wo man dich mit

neun von dem Bösen erlöst hat, und forderst Einsicht in die Patientenakte. Und da steht es dann. Und du gehst zu deiner Mutter und sagst: Wie konntest du nur, Mama. Wie konntest du das nur zulassen.

Damals nach der Operation hat sie meine Hand gehalten, so zart, wie man ein frisch geschlüpftes Küken hält. Ich soll noch ein bisschen schlafen, hat sie gesagt. Wenn ich brav schlafe, dann kommt der kleine Jesusjunge mich in meinen Träumen besuchen. Er wird mich trösten, hat sie gesagt.

Und Jesus kam und sprach: Wer seine Mutter nicht hasst, der kann nicht mein Jünger sein.

Und Jesus sprach: Jeder wird mit Feuer gesalzen werden. Das Salz ist gut.

Und Jesus sprach: Wahrlich, ich sage euch, der Tag wird kommen, da wird es heißen, selig sind die Unfruchtbaren und die Leiber, die nicht gezeugt und nicht geboren haben.

Ich klappe das Übungsbuch zu. Da steht nichts von Paranoia, sage ich zu meinem Spiegelbild. Wie es aussieht, müssen wir ohne positives Denken in den Tag starten.

Und was machen wir, wenn wir heute weiße Mäuse sehen?

Wir treten sie tot.

Und wenn wir dem schwarzen Mann begegnen?

2

Nur Dilettanten arbeiten mit Gummihandschuhen oder Greifzangen. Sie wühlen oder stochern blind in den Schatztruhen herum und spüren es nicht, das gläserne Gold.

Die Diamanten aus Plastik.

Die Smaragde aus Metall.

Ich bin Profi, Paul ist Profi, ich fühle vor, Paul holt raus, alles mit bloßen Händen.

Jetzt versenke ich meinen Arm in einem Mülleimer vom Typ Briefkasten. Bauchiger Behälter, schmale Öffnung. Schwer ranzukommen an die Juwelen. Scheißding. Wer immer diesen Mülleimer konstruiert hat, sei verflucht, sagt Paul immer. Er möge in der Hölle schmoren, zusammen mit den anderen Geizhälsen. Und wie die anderen Geizhälse wird er an seinen Händen aufgehängt sein, mit glühenden Haken, weil er zu Lebzeiten diesen Mülleimer konstruiert hat. Weil er den Ärmsten unter den Armen nicht geben wollte, was den Ärmsten unter den Armen gebührt.

Ich schließe die Augen, damit meine Finger besser sehen können.

Erste Schicht: Papier. Wahrscheinlich eine Zeitung.

Zweite Schicht: glatt und glitschig, daneben trocken und schleimig zugleich. Eine Bananenschale, ein angerotztes Taschentuch.

Dritte Schicht, jetzt wird's spannend, das gläserne Gold ist schwer, es sinkt gerne nach unten. Ich taste mich vorsichtig durch etwas Hartfeuchtes, könnte der Deckel von einem Pappbecher sein, egal, ich taste weiter, jetzt etwas Weichfeuchtes, Tendenz matschig, wahrscheinlich ein Burger mit ketsuppi, oder doch etwas anderes.

Ich ziehe meine Hand aus der Schatztruhe.

»Und?«, sagt Paul. »Was gefunden?«

Ja, sage ich und hebe meine Hand.

Hundescheiße.

Vorbildlich entsorgt von einem vorbildlichen Hundebesitzer, er möge in der Hölle schmoren, zusammen mit den anderen Hundebesitzern, und alle stecken sie bis zum Hals in kochendem Kot.

Paul schnallt seinen Rucksack ab und nimmt die Wasserflasche heraus, die auch eine Dusche ist. Er nimmt die Seife heraus, die auch ein Haarshampoon ist. Jetzt das Kopfkissenhandtuch mit Tischdeckenfunktion.

Paul nimmt meine Hand und duscht sie. Er nimmt die Seife und shampooniert meine Hand. Er duscht meine Hand, er trocknet sie mit dem Kopfkissen ab.

»Alles klar, Tschäcko?«

»Jaja. Ist doch nur Scheiße.«

»Nein, ich meine überhaupt. Alles klar bei dir? Siehst nicht gut aus heute. Siehst aus wie ich in meinen dreckigsten Zeiten.«

Pauls dreckigste Zeiten liegen drei Jahre zurück. Da hat er versucht, sich umzubringen. Zweimal, knapp hintereinander. Beim ersten Mal ist er ins Wasser gegangen, aber sie haben ihn rausgefischt. Beim zweiten Mal hat er sich aufgehängt, aber sie haben ihn runtergepflückt. Seitdem will Paul nicht mehr sterben. Es ist ihm zu anstrengend, sagt er. Diese Leute, die einen ständig retten wollen, weil sie keinen Respekt vor Selbstmördern haben, die sind ihm einfach zu anstrengend.

»Ich mach mir Sorgen um dich, Tschäcko. Ist was passiert? Gibt's Probleme?«

»Ach wo.«

»Sag schon.«

Naja, Paul, mein Freund. Ich bin neuerdings paranoid. Ist aber kein Problem. Nägelbeißen ist ein Problem oder Harmoniesucht, aber Paranoia nicht. Die steht nicht im Verzeichnis.

»Alles okay, Paul, wirklich. Bin nur ein bisschen deprimiert.«

Paul legt seine Hand auf meine Schulter. Das macht er immer, wenn er mich aufmuntern will. Er legt seine große Hand mit den rissigen Fingernägeln auf meine Schulter und sagt: »Wenn du dich umbringen willst, Tschäcko, dann gib mir Bescheid. Ich steh Schmiere, damit keiner dich rettet, okay?«

»Okay. Danke, Paul.«

Wir arbeiten weiter, von einer Schatztruhe zur nächsten. Ich greife in Rotz und Scheiße, ich ertaste Gold und Juwelen, Paul fährt die Ernte ein. Scharfkantiges Metall, Glasflaschen mit abgebrochenem Hals, alles kein Problem für Pauls große Schaufelhände. Andere Penner holen sich Schnittwunden, Schürfwunden, Quetschwunden. Andere Penner haben blauviolette aufgequollene Hände mit eitrigen Krusten. Paul kann im Altglascontainer wühlen wie in einer Spielzeugkiste mit Kuscheltieren. Außerdem kann Paul bloßfüßig über Scherben gehen.

Er kann Nägel schlucken.

Kronkorken zerbeißen.

Benzin trinken.

Solche Sachen macht Paul nach Feierabend. Sein Freizeitspaß, sein Hobby. Er sitzt mit ein paar Szenebrüdern im Park oder unter einer Brücke und zeigt seine Kunststücke. Dafür spendieren sie ihm Schnaps. Ich war ein paarmal dabei, zuletzt im Frühjahr. Da hat Paul einen fetten Maikäfer aufgespießt, mit einem rostigen Stück Draht. Dann hat er sich den Draht tief in den Rachen geschoben, wie ein Schwertschlucker, und wieder herausgezogen. Der Käfer war noch dran.

Am liebsten zerdrückt Paul Energiesparlampen. Wenn er eine im Müll findet, wartet er nicht bis zum Feierabend. Quecksilber ist Balsam, sagt Paul jedes Mal und kichert dunkel.

Mein Freund Paul.

Psychopaul.

Gierig nach dem Schmerz, der sich nicht einstellt, hungrig nach dem Tod, der jeden Tag so viele Leute satt macht, nur Paul will er nicht füttern mit dem Sterben. Paul hat aufgegeben, aber er spielt mit dem Tod wie ein kluges Kind. Der Sandkuchen ist essbar, der Weihnachtsmann bringt Geschenke, der schwarze Mann bringt das Sterben. Alles nicht wahr, aber man kann ja so tun als ob. Und irgendwann kommt er dann doch, der schwarze Weihnachtsmann mit seinem süßherben Geschenk, und macht uns alle satt. Auch den Paul.

Wer hat Angst vorm schwarzen Mann?
Niemand! Niemand!
Und wenn er aber kommt?
Dann laufen wir davon!

Einmal habe ich Paul gefragt, warum er nicht einfach in die Todeszone geht zum Sterben. Warum er solche Angst hat vor den Partykids, wo sie doch die Erlösung sein könnten.

Nö, das geht nicht, hat Paul gesagt. Wer so was macht, muss in der Hölle auf allen vieren kriechen und bis in alle Ewigkeit denen dienen, die ihm Gewalt angetan haben. So sieht die gerechte Strafe für Leute aus, die sich zum Opfer machen. Der Mensch darf nicht an der Gewalt anderer sterben, das ist seiner nicht würdig. Der Mensch darf nur an sich selbst sterben.

Kurz vor dem Clubbingbunker machen wir Pause, damit Paul sich mit ein paar Miniflaschen Wodka Mut antrinken kann. Ich frage so nebenbei wie möglich, ob ihm gestern irgendetwas Seltsames passiert ist. Ob ihm vielleicht ein seltsamer kleiner Mann begegnet ist.

Paul schüttet Sprit in sich hinein und sagt nö.

»Schwarze Klamotten, schwarzes Haar, Sonnenbrille?«

»Nö.«

»Schwarze Einladung?«

»Nö.«

»Keine schwarze Einladung ins Paradies?«

»Hör mal, Tschäcko, was immer dein Problem ist: Vergiss es. Probleme sind Teufelszeug, du solltest die Finger davon lassen. Da, trink aus, wird dir guttun.«

Ich kippe den letzten Rest Wodka hinunter, das Zeug reißt mir die Speiseröhre auf wie Schmirgelpapier, ich huste, Paul klopft mir auf den Rücken.

»Besser?«, sagt er.

»Besser«, sage ich.

Wir schultern unsere Rucksäcke und die Stoffbeutel, und während wir in die Todeszone gehen, sagt Paul, dass er letzte Nacht etwas Seltsames geträumt hat.

3

Der Parmaschinken schmeckt heute nach nichts. Die hauchdünne Scheibe klebt mir am Gaumen wie eine Hostie. Ich stecke zwei Finger in den Mund und ziehe sie ab, ich würge das Ding hinunter.

Am Kühlregal mit den Milchprodukten versuche ich es mit einem Becher Trinkjoghurt. Himbeer-Zitrone, meine Lieblingssorte. Ich nehme einen Schluck, schmeckt nach nichts.

Letzter Versuch: Frischkäsetheke.

»Hallo, Sigi.«

Sigi nickt mir zu, Sigi geht weiter.

Der original Schweizer Emmentaler schmeckt nach nichts.

Der original Olmützer Quargel schmeckt nach nichts.

Camembert, Gorgonzola, nichts. Am Ende beiße ich sogar in einen Klotz Parmesan, dann gebe ich auf.

Wenn du eines schönen Morgens frühstücken willst und die ganze prachtvolle Welt des Essbaren schmeckt nach nichts, dann frag nicht, warum. Du weißt es. Du kennst den Grund. Psychische Belastung, innere Nöte. Verdrängung möglich, aber zwecklos. Davonlaufen sportlich, aber kontraproduktiv.

Wer den Hasen spielt, den wird der Jäger kriegen.

Also sei kein Feigling, und geh der Sache auf den Grund. Oder willst du nie wieder Gorgonzola essen, der nach Gorgonzola schmeckt?

4

Achterbahn, Geisterbahn, Drehgondelbahn. Flugsimulator, Wellenrutsche, Autoscooter. Ein Tirolerdorf mit Fastnachtsperformance, ein Zuludorf mit Voodooshow. In der Westernstadt kannst du Gold waschen und Rodeo reiten, auf der Fritten-Ranch servieren dir kurvige Cowgirls Pommes.

Blaue Lagune: karibische Fischspezialitäten.

Roter Salon: französisches Kerzenlichtdinner.

Freaktown: traditionelle Attraktionen. Wahrsagerinnen, Messerwerfer, Bauchredner. Zurzeit wegen Renovierungsarbeiten geschlossen.

In Wuzzipups Wunderwelt kannst du auf einem kindersicheren Riesentrampolin herumhüpfen oder mit dem Kettenkarussell ein paar Runden drehen. Im Märchenwald begegnet dir Rotkäppchen, auf dem Kletterberg Reinhold Messner. Alle zwei Stunden stürzen sich die berühmten Acapulco-Springer aus dreißig Metern Höhe in ein Wasserbecken, alle drei Stunden wird im Piratenland ein Schiff gekapert. Wilde Fechtszenen, Kanonendonner, kein Zutritt für Kinder unter fünf und Personen mit Herzschrittmacher.

Für Frischverliebte: Kanalblütenfahrt Walzertraum.

Für Senioren: Old McDonald's Eisenbahn.

www.parkparadies.com

Ich sitze im Internetcafé und suche nach etwas, von dem ich nicht so genau weiß, was es sein soll.

Irgendetwas.

Zum Beispiel den Beweis dafür, dass ich ein Mensch mit Verfolgungswahn bin, der *wirklich* verfolgt wird. Aber wie es aussieht, ist das Paradies ein ganz normaler Freizeitpark. Wie es aussieht, bin ich ein ganz normaler Irrer.

Ich klicke im Menü auf Jobs&Karriere. Gleich öffnet sich eine schwarze Einladung, wetten?

Verloren.

Blaue Schrift auf weißem Grund, ein Standardtext:

Wir freuen uns über Ihr Interesse, im PARADIES auf Erden tätig zu sein. Das PARADIES hat viel zu bieten: einen sicheren Arbeitsplatz, Unterkunft vor Ort, individuelle Entwicklungsmöglichkeiten und Aufstiegschancen.

Ihr Profil:

Sie sind eine kommunikative Persönlichkeit.

Sie können sich und andere begeistern.

Sie arbeiten gerne in einem dynamischen Team.

Sie sind flexibel und belastbar.

Aber vor allem sind Sie ein Mensch, der gerne lächelt, denn HAPPINESS IS OUR BUSINESS!

Bitte schicken Sie uns Ihre vollständigen Bewerbungsunterlagen mit Lichtbild zu, und wir kontaktieren Sie nach Prüfung der Unterlagen. Mehr

Ich klicke auf Mehr. Wieder blaue Schrift auf weißem Grund.

Bewerbungstipps.

Praktikum.

FAQ.

Ich klicke auf FAQ. Wie immer sind die Fragen in dieser Rubrik so blöd, dass sie von Babsi sein können.

Was soll im Bewerbungsschreiben stehen?

Wie wär's mit einer Bewerbung.

Was soll im Lebenslauf stehen?

Wie wär's mit einem Lebenslauf.

Welche Kleidung ist beim Vorstellungsgespräch angemessen?

Baströckchen, Gummistiefel, Nippelpiercing.

Wann findet das nächste Gruppencasting statt?

Casting. Endlich ein brauchbares Stichwort. *Klick*, links unten poppt etwas Schwarzes auf, nicht größer als die Sprechblase in einem Comic, und in der Sprechblase steht mit weißer Schrift: *Na, Jakob, alles fit im …* die Schrift verschwimmt vor meinen Augen, ich blinzle, einmal, zweimal, ich starre wieder auf den Bildschirm, jetzt steht da etwas ganz anderes.

Ich schließe die Augen.

Höchste Zeit für ein Stoßgebet.

Oh Herr, erbarme dich meiner und lass mich nicht verrückt werden, wenn ich es nicht schon bin.

Halluzinationen.

Flashbacks.

Bitte verschone mich, oh Herr.

Ich öffne vorsichtig die Augen, ich atme auf. Der Text ist unverändert:

Den nächsten Castingtermin entnehmen Sie bitte Ihrer Einladung. Teilnahmeberechtigt sind ausschließlich Personen mit Einladung. Die Einladungen werden von unserem Talentescout persönlich ausgehändigt.

Klick. Ein Foto, ein Name. Der Typ auf dem Foto blickt frontal in die Kamera. Pechschwarzes Haar, türkisblaue Augen. Das ist er, eindeutig. Ich starre in diese Eisaugen und warte auf das PENG!, aber nichts. Seidiger Blick, umrahmt von langen Wimpern. Perfekt geschwungen und schwarz bis in die Spitzen, man könnte sie für falsch halten. Ich betrachte die schmale Nase und die hohen Wangenknochen und die vollen Lippen, und ich muss sagen: Das ist mir jetzt echt voll peinlich. Ich meine: Der Typ sieht aus wie ein Mädchen. Oder wie eine Schwuchtel. Und wenn man seine Körpergröße von geschätzten eins sechzig dazunimmt, dann ist der Mann ein Lacher. Und vor *dem* hab ich mir ins Hemd gepisst, ich Memme. Ein Glück, dass Sigi nichts davon weiß.

Und jetzt eine Durchsage an alle Memmen, die sich von schwarzen Männern verfolgt fühlen: Geh zum Therapeuten oder reiß dich zusammen. Zusammenreißen ist billiger.

Klick, ich schließe das Pop-up. *Klick*, ich schließe die FAQ-Seite. *Klick, klick*, jetzt ist nur noch das Foto da. Kein Wunder, dass Babsi den Typen so waaahnsinnig charmant gefunden hat, die steht auf optische Weicheier, sonst würde sie ja nicht auf mich stehen.

Tschüs, du Weichei, sage ich. Auf Nimmerwiedersehen.

Klick.

Der Talentescout namens Jürgen Stern verschwindet.

5

Im Traum geht Paul durch eine Art Tunnel oder Schlauch. Jemand führt ihn, eine seltsame Gestalt. Zuerst ist die Gestalt winzig und konturlos, der Schatten eines Zwergs, dann wird sie größer und heller, immer heller, strahlend hell. Ein Engel, denkt Paul, aber kein Schutzengel wie Sigi. Der Engel, der kein Schutzengel ist, sagt zu Paul: Dieser Schlauch ist um den Nabel der Welt geschlungen und führt direkt in die Hölle.

Dann sind sie in der Hölle, der Engel und Paul, und Paul ist enttäuscht. Keine glühenden Haken für die Geizhälse, kein kochender Kot für die Hundebesitzer. Die Hölle sieht aus wie ein Wartesaal. Vielleicht auf einem Bahnhof, vielleicht in einem Krankenhaus, Paul weiß das nicht so genau, es könnte auch das Finanzamt sein oder das Arbeitsamt. Es könnte der Auffangraum in einem Obdachlosenasyl sein.

Der Auffangraum oder Wartesaal ist voll mit Leuten. Männer, Frauen, Kinder. Alle sitzen schweigend da, alle haben geschlossene Augen und konzentrierte Gesichter. Es sieht aus, als würden sie angestrengt lauschen.

Worauf warten die?, sagt Paul.

Auf die Stimme Gottes, sagt der Engel. Auf seine tröstenden Worte.

Seit wann gibt es in der Hölle Trost?, sagt Paul.

Seit jeher, sagt der Engel. Dann greift er sich tief in die Brust und zieht ein flammendes Schwert heraus. Damit schlägt er den Männern, Frauen und Kindern die Ohren ab. Zack, mit einem einzigen Streich.

Niemand schreit.

Niemand weint.

Kein Blut, keine Wunden, alle bleiben einfach so sitzen, mit geschlossenen Augen und konzentrierten Gesichtern. Alle warten und lauschen, obwohl sie keine Ohren mehr haben.

Der Engel schiebt das Schwert zurück in seine Brust und sagt:

So, erledigt.

Warum hast du das getan?, sagt Paul.

Weil Gott es so will. Er will, dass die Verdammten seine Worte nicht hören. Er tröstet sie, aber sie sind taub. So war es auf Erden, so soll es in der Hölle sein. Das ist die gerechte Strafe.

Paul seufzt, Tränen des Mitleids schießen aus seinen Augen.

Warum weinst du, sagt der Engel. Bist du barmherziger als Gott.

6

Schon spannend, so eine Hausgeburt. Vor allem ohne Hebamme.

Wir stehen vor dem Gesundheitsministerium, gerade haben wir ein paar Fruchtblasen zum Platzen gebracht, das war lustig. Fruchtblasen zertreten macht immer Spaß, auch wenn es nur wassergefüllte Luftballons sind. Jetzt stehen wir im Kreis, Schulter an Schulter, in der Mitte liegt eine Frau. Gespreizte Beine, schweißnasses Gesicht. Ihr riesiger Bauch wölbt sich unter dem knöchellangen Nachthemd. Wir halten Fähnchen in den Händen. Auf den rosa Fähnchen steht *Hebammen haben Herz und Hirn*, auf den himmelblauen Fähnchen steht *Kinder kommen durch Frauenpower.*

Keine Ahnung, was da drin ist in dem Bauch, aber es sieht nach Drillingen aus.

Die Frau atmet schwer. Die Frau stöhnt. Jetzt hebt sie ihr Becken und schreit. Markerschütternd, wie man so sagt, die Demonstrantin links von mir zuckt zusammen.

Das Becken erschlafft, die Frau röchelt.

»Pressen!«, ruft jemand. »Press-en! Press-en!« Und alle stimmen mit ein. Alle Demonstrantinnen skandieren rhythmisch »Press-en! Press-en!«

Ich bin hier der einzige Mann.

Ich halte lieber die Klappe.

Es gibt ein paar Dinge, aus denen sollten wir uns raushalten, wir Männer, weil wir nichts davon verstehen.

Zum Beispiel Nägel lackieren.

Zum Beispiel High Heels tragen.

Bikinizone wachsen.

Presswehen haben.

Schmerzen ertragen.

Tapfer sein statt mutig, grausam sein statt brutal, blöd statt bescheuert.

Wir können so vieles nicht, weil wir keine Frauen sind, wir Männer, aber vor allem können wir die Klappe nicht halten, auch wenn wir keine Ahnung haben, und deswegen brülle ich »Press-en! Press-en!« und wedle mit meinem himmelblauen Fähnchen.

Die Frau schreit und röchelt und presst, ihre Finger krallen sich in das Nachthemd, jetzt hebt sie den Oberkörper und beugt sich vor. Sie steckt die Hände unter das Nachthemd, sie greift sich tief zwischen die Beine, sie zieht etwas heraus.

Ein Kind, was sonst.

Ein neugeborenes Menschenkind. Blutverschmiert, nackt. Außerdem geschlechtslos. Es gibt keine Spielzeugpuppen mit Pimmel oder Möse, nicht im Säuglingsformat. Eine Marktlücke, wenn Sie mich fragen, und wer immer sie schließen wird irgendwann, er wird ein reicher Mann sein. Es gibt so viele Pädophile.

»Mein Gott! Mein Gott! Es erstickt!« Die Frau schüttelt den blutigen Säugling wie ein wildgewordener Barkeeper seinen Shaker. Rote Farbe spritzt auf die Demonstrantinnen, allgemeines Gekreische und Gejuble, meine Bundfaltenhose bekommt auch etwas ab, armer Herbert.

»Hilfe! Hilfe!«, schreit die Frau und schüttelt den Säugling. Der Säugling verliert ein Bein, der Säugling verliert einen Arm.

»Nabelschnur!«, brüllt eine Demonstrantin.

»Na-bel-schnur!«, brüllt eine andere.

Jetzt alle: »Na-bel-schnur! Na-bel-schnur!«

Ich wedle mit dem Fähnchen.

Die Frau hebt den verstümmelten Säugling in die Höhe und greift nach der lila Kordel, die ihm aus dem Bauch wächst. Sie reißt an der Kordel, der Bauch des Säuglings platzt auf, Blut strömt aus der Wunde.

»Mein Gott! Mein Gott! Es verblutet!«

Mir ist schlecht, sagt die Demonstrantin links von mir leise. Ich halte das nicht mehr aus, sagt sie. Sie sagt: Wasser bitte.

»Nach-ge-burt! Nach-ge-burt!«

Die Frau wirft den Säugling zur Seite und greift sich zwischen die Beine. Was sie diesmal herauszieht, ist schwer zu beschreiben. Ich versuche das erst gar nicht, das soll sich jeder selbst vorstellen.

»Bitte. Wasser.« Die Stimme der Demonstrantin links von mir ist kaum noch zu hören.

»Was soll ich damit machen?!« Die Frau schwenkt die Nachgeburt. »Mein Gott, was soll ich damit machen?!«

»Auf-essen! Auf-essen!«

Ich wedle mit dem Fähnchen. Die Demonstrantin links von mir klappt zusammen.

Sie heißt Sabine und ist im vierten Monat schwanger. Jetzt sitzt sie neben mir auf dem Bordstein und nippt an einem Becher Wasser. Ich habe sie aufgefangen, gerade noch, sonst wäre sie hingefallen, und wer weiß, wer weiß.

Die erste Heldentat meines Lebens. Irgendwann muss man ja damit anfangen.

»Schon besser?«, sage ich.

Sabine nickt. Sabine nippt.

»Soll ich dir was zu essen holen?«

Sabine schüttelt den Kopf. Schade. Am Verpflegungsstand der Hebammen gibt es selbstgebackene Glückskekse und Kaiserschmarren. Motto: Kaiserschmarren statt Kaiserschnitt. Ich hätte jetzt Lust auf eine Portion, Heldentum macht hungrig.

»Weißt du schon, was es wird?«

Sabine lächelt. »Nein. Wir wollen uns überraschen lassen, mein Mann und ich.«

»So soll es ein. Das Leben ist voller schöner Überraschungen. Und vielleicht wird es ja etwas ganz Besonderes. Vielleicht wird es ja ein«, ich überlege, »ein Dackel.«

»Ein was?«

»Vergiss es. Kleiner Scherz. Hahaha.«

»Egal, was es wird, Junge oder Mädchen«, Sabine streicht sich über den Bauch, »wir sind schon jetzt ganz vernarrt in den süßen kleinen Bauchbewohner.«

Wie konntest du nur, Mama, habe ich damals zu ihr gesagt. Wie konntest du das nur zulassen.

»Spätzchen oder Spältchen, das spielt keine Rolle, sagt mein Mann immer. Hauptsache, es ist gesund.«

Weil Gott es so wollte, Jakob.

»Und deswegen will er auch unbedingt, dass ich in ein Krankenhaus gehe, also nur für den Fall, es ist *nicht* gesund.«

Es ist eine Prüfung.

»Aber ich möchte lieber eine Hausgeburt. Mit einer guten Hebamme, der ich vertrauen kann.«

Gott prüft, wen er liebt. Und wen er am meisten liebt, den prüft er am härtesten. Gott liebt dich sehr, Jakob.

»Ich meine, liebe Güte, das war ja nur Theater gerade eben. Und es war ja nur deswegen so grauenvoll, weil *keine* Hebamme dabei war. Hast du Kinder, Andi?«

Ich nicke.

»Wie schön! Und wie viele?«

»Keins.« Ich zeige auf meine schwarze Armbinde, die wie ein Schal von HA&EM aussieht. »Es ist gestorben.«

»Mein Gott! Das ist ja schrecklich!«

Mein Gott, warum hast du mich aus meiner Mutter Leib kommen lassen. Ausgelöscht sei der Tag, an dem ich geboren bin, und die Nacht, da man sprach: Ein Knabe kam zur Welt. Unfruchtbar jene Nacht, und kein Jauchzen darin.

Ich lege eine Hand über die Augen.

»Möchtet du … möchtest du darüber reden, Andi? Wir kennen uns zwar kaum, aber vielleicht ist es ja … vielleicht hilft es dir ja, wenn du mit jemandem darüber redest, auch wenn du ihn nicht gut kennst.«

Ich nehme die Hand von den Augen, sie ist innen nass.

»Wer geduldig alles ertragen kann, was Gott ihm auferlegt hat, den preisen wir glücklich. Das hat meine Mutter immer gesagt.«

Meine Mutter, das Miststück.

»Und jetzt solltest du wirklich etwas essen, Sabine. Der süße kleine Bauchbewohner hat sicher Hunger.«

Zwei Minuten später stehen wir am Verpflegungsstand. Eine Hebamme schaufelt Kaiserschmarren auf zwei Pappteller, Sabine greift in den Korb mit Glückskeksen.

»Für dich, Andi«, sie hält mir lächelnd ein Keks hin, »damit du bald viel Glück hast.«

7

GEDICHT
von Pak Dong-bang
für seinen geliebten Bruder Pak Yong-yo

Meines Bruders Name, er bedeutet: Glanz der Morgensonne.
Meiner Heimat Name, er bedeutet: Land der Morgenstille.
Wo Glanz ist, da ist Licht für zwei.
Wo Stille ist, ist Schlaf für zwei.
Der Schlaf: ein Tuch.
Der Traum: die Falten.
So träumte ich
in meines Bruders Glanz,
in meines Bruders Augen,
von allen Namen, die der Morgen hat,

ein ganzes kurzes Kinderleben lang.
Wir lagen da wie Zwillingsküken, Arm in Arm und Ei in Ei.

Unschuld?
Ja.
Wenn Unschuld heißt: in weichen Falten liegen,
bis das Tuch sich strafft.

Die Mutter kommt und spannt das Laken.
Die Mutter kommt und streicht uns glatt.
Gewalt, das ist der Name unsrer Mutter.
Die Mutter findet einfach statt.

Sie hat ein Messer genommen und meinem Bruder
den Glanz aus den Augen gestochen,
seitdem schlafe ich in leeren Augenhöhlen.
Ich schlafe in einem fremden Land.
Der Name des fremden Landes, er bedeutet: verkohlte Bratwurst.
Mein Bruder aber geht blind umher in den Nächten Pjöngjangs.
Pjöngjang bei Nacht, das bedeutet: die finstere Ebene.

Geliebter Bruder, verzweifle nicht!
Die Nacht, die uns die Mutter brachte, auch sie kennt einen Morgen.
Wir werden wieder samtig träumen, Arm in Arm und Ei in Ei.
Der Name dieses Morgens: Hoffnung.
Wo Hoffnung ist, ist Platz für zwei.

8

»Ich will ganz ehrlich sein, mein Freund: Das ist die schlechteste Version bisher. Keine Ahnung, warum du von gestern auf heute so abgebaut hast, rein lyrisch betrachtet, aber es ist so. Nehmen wir zum Beispiel diese Stelle hier«, ich tippe auf das eierschalenfarbene Blatt Papier, »diese Stelle, wo du schreibst: *Die Mutter kommt und spannt das Laken. Die Mutter kommt und streicht uns glatt.* Das ist zwar grammatikalisch korrekt, und für die Engführung von *Mutter* und *Gewalt* im darauffolgenden Satz gebührt dir das goldene Lyrikverdienstkreuz, aber ich vermisse die poetische Wucht der gestrigen Variante. Wie war die noch mal?«

Dongbang greift mit den Restfingern seiner rechten Hand nach der Ketchupflasche. Er sagt: »Mutter kommt und streckt das Bettlaken. Mutter kommt und fegt uns direkt.«

»Genau. Wunderbar. Viel intensiver. Um nicht zu sagen: expressiver. Die Metaphorik hat etwas Vibrierendes, zugleich verstört sie durch eine geradezu hypnotische Präsenz. Dagegen ist der heutige Entwurf ein peinlicher Absturz ins Prosaische. Ähnliches gilt für die Wendung *ein ganzes kurzes Kinderleben lang.* Die war gestern auch deutlich expressiver. Wie war die noch mal?«

Dongbang quetscht mit seinen Restfingern Ketchup aus der Flasche. Er sagt: »Kurze Lebensdauer des gesamten Kindes.«

»Tja, auch nicht optimal, aber eindeutig weniger, wie soll ich sagen, weniger verholzt und ausgeglüht. Man kann ein gewisses Beharren erahnen, das sich im Nachhall der beschworenen Zeit albtraumhaft verschärft. Ich mag so was.«

Dongbang gibt mir mein Mittagessen. Er hat heute zwei original Thüringer Rostbratwürste ins Brötchen gestopft, wahrscheinlich aus Dankbarkeit für meine detaillierte Analyse. Keine Ahnung, wie viel Dongbang von dem versteht, was ich sage, ich verstehe ja selbst nur die Hälfte, aber er hört mir hingebungsvoll zu.

Ich beiße in die Zwillingswürste, ich kaue, ich sage: »Aba vo allm mussd du annem Ende abeidn, das is dodal schiefgangn.« Ich schlucke. »*Wo Hoffnung ist, ist Platz für zwei.* Also wirklich, Dongbang, das geht ja gar nicht. Da warst du schon mal besser, ich kann mich an die eine oder andere Formulierung erinnern, die sowohl unter dem Aspekt der musikalischen Stringenz als auch unter jenem des semantischen Resonanzraums eindeutig vielversprechender war. Zum Beispiel …«, ich beiße wieder in die Zwillingswürste, ich kaue, ich nicke Dongbang aufmunternd zu, er sagt:

»Wo die Hoffnung, haben beide Platz?«

Ich schüttle den Kopf.

»Wo ist die Hoffnung, für Zweizimmerwohnung hoffen?«

Ich schüttle den Kopf.

»Wenn es Hoffnung gibt, dann ist es ein Zimmer für zwei Personen?«

»Das gefällt mir. Ja, nicht schlecht, aber es könnte besser sein. Du musst daran arbeiten, Dongbang. Und an dem Rest auch. Meine Empfehlung: Alles wegschmeißen, was du die letzten Monate so fabriziert hast, und komplett neu anfangen. Klingt hart, *ist* hart. Aber dein Bruder wird es dir danken, irgendwann.«

Dongbang schwankt leicht, als hätte ihn jemand gestoßen. Sein Knabenkörper sieht plötzlich noch fragiler aus als sonst. Man könnte ein Etikett draufkleben: Vorsicht Glas.

»Jetzt nicht schwächeln, mein Freund. Du schaffst das.«

Dongbang steht still und richtet seinen Blick über meinen Kopf hinweg in eine Ferne, die nur er sieht. Seine braunen Mandelaugen werden für einen Moment fast schwarz. Etwas hat sich über diese Augen gelegt und sie verdunkelt, ich weiß nicht was, aber es könnte dieser Schatten sein, den Gott für uns Menschen erfunden hat, damit wir nicht geblendet werden. Geblendet vom Licht am Ende des Tunnels.

Wir nennen diesen Schatten: Keine Chance.

Wir nennen diesen Schatten: Es hört nie auf.

Wir nennen ihn: Ich kann nicht mehr.

»Kopf hoch, Dongbang! Denk an deinen Bruder!«

Dongbang nickt. Sein großer koreanischer Schädel senkt und hebt sich, aus seinem Mund kommt ein komisches Geräusch.

Schlchz.

Jetzt senkt er den Schädel und lässt ihn hängen wie eine Last, die man nie wieder nach oben kriegt.

Schlchz.

Vielleicht sollte ich Dongbang trösten. Meinen Arm ausstrecken zum Beispiel und ihm auf die Schulter klopfen. Ja, das sollte ich. Aber wissen Sie was: Ich habe Angst.

Wenn ich ihn jetzt ausstrecke, wenn ich diesen meinen Arm jetzt ausstrecke und diese zerbrechliche Schulter berühre, dann verdorrt er.

9

Mein Haus ist sonnenblumengelb und hat blaue Fensterrahmen. Mein Haus hat ein Dach aus roten Ziegeln. Mein Haus hat eine Veranda und einen Garten. Auf der Veranda steht ein Korbstuhl, im Garten steht ein Zwerg. Rote Zipfelmütze, weißer Bart, Schubkarre. Neben dem Zwerg ist ein kleiner Teich mit Schilf und Seerosen, aus der Schubkarre wachsen gelbe Begonien.

Das Haus harmoniert mit den Begonien.

Das Dach harmoniert mit der Zipfelmütze.

Der Bart harmoniert mit den Seerosen.

Der Himmel harmoniert mit den Fensterrahmen.

Babsi harmoniert mit allem.

Sie sitzt auf der Veranda und sonnt sich. Weiße Caprihose, gelbe Sommerbluse, blaue Sandaletten, rotlackierte Zehennägel.

Knips. Ich mache ein Foto.

»Jetzt noch eins mit geöffneten Augen. Hand heben, winken, lächeln. Direkt in die Kamera.«

Babsi öffnet die Augen und winkt lächelnd in die Kamera.

Knips.

Ihre grünen Augen harmonieren mit dem Teich.

Ihr schlanker Arm harmoniert mit dem Schilf.

Ihr Lächeln harmoniert mit nichts. Viel zu echt, viel zu ehrlich.

Wenn du auf der Veranda von einem Musterhaus sitzt, das zwischen einem Baumarkt und einem Möbelcenter steht, dann ist so ein Lächeln eigentlich gar nicht möglich. Da musst du schon ein verdammt guter Schauspieler sein, um so ein Lächeln hinzukriegen, so ein tiefempfundenes Trautes-Heim-Glück-allein-Lächeln. Oder du bist eine Frau wie Babsi, dann kriegst du das auch hin.

Eine liebende Frau.

»Jetzt steh auf und tu so, als würdest du ins Haus gehen. Tu so, als hätte ich gerade gesagt: Liebling, bring mir doch bitte ein Glas Eistee.«

Babsi steht auf und geht zur Tür, die von der Veranda ins Haus führt. Dabei dreht sie den Kopf zur Kamera und lächelt ein ehrliches Ich-hole-meinem-geliebten-Ehemann-jetzt-einen-Eistee-Lächeln.

Knips.

In diesem Haus ist nichts. Keine Küche, kein Kühlschrank, kein Eistee. Dieses Haus ist leer, man kann es nur von außen besichtigen, und wer will, kann sich genau so ein Haus kaufen. Aus Fertigteilen.

Übrigens: Die Begonien sind aus Plastik.

Die Seerosen auch.

Der Zwerg sowieso, aber auf den Fotos sieht man das nicht, da könnte er auch aus gebranntem Ton sein, handbemalt. Der

Teich wirkt auch ziemlich echt, obwohl er nur eine grüne Plastikplane ist, die jemand in einer Mulde versenkt hat.

Ich nehme das Stativ und schraube die Kamera fest. Ich nehme ein getöntes Glas und einen Strohhalm aus meinem Rucksack.

»Jetzt mit Selbstauslöser. Zwei Aufnahmen. Ich setze mich in den Korbstuhl, und du gibst mir das Glas. Dann stellst du dich hinter den Korbstuhl, und wir lächeln in die Kamera. Alles klar?«

»Soll ich dir einen Kuss geben?«

»Nein.«

»Nur auf die Wange.«

»Nein.«

Ich drücke auf den Selbstauslöser, in dreißig Sekunden geht's los. Schnell zur Veranda, ich gebe Babsi die Requisiten, ich setze mich in den Plastikkorbstuhl. Babsi hält mir das Glas hin, ich greife nach dem Glas, wir erstarren.

Vier.

Drei.

Zwei.

Knips.

Schneller Wechsel. Babsi stellt sich hinter mich, dichter als nötig. Sie riecht nach etwas, das ich nicht zuordnen kann, auf jeden Fall harmoniert es mit dem großen Werbeplakat rechts vom Baumarkt. *Alles, was ein Mann braucht.* Ich atme durch den Mund, Babsi legt mir ihre Hände auf die Schultern, das war so nicht vereinbart.

»Hände weg!«

»Aber das sieht doch schön aus.«

»Weg!«

Knips.

Wieder ein Foto versaut. Sie kann es einfach nicht lassen. Ich mache jetzt seit einem halben Jahr Fotos von Babsi und mir und dem Musterhaus, und die Hälfte davon hat Babsi versaut, weil sie ihre Pfoten nicht von mir lassen kann. Weil sie mich küssen will. Umarmen, streicheln, tätscheln. Was Frauen eben so machen, wenn sie lieben. Auf den Fotos sieht man dann, wie ich mich dagegen wehre. Wie ich ihre umarmungssüchtigen Arme wegstoße. Wie ich ihrem kusssüchtigen Mund ausweiche. Wie ich sie anfauche.

Weg!

Lass!

Nicht!

Man sieht Babsis erschrockenes Gesicht. Die aufgerissenen Augen, den aufgerissenen Mund, sogar den spitzen Schrei kann man sehen, der aus ihrem Mund schießt wie ein kleines Tier aus seiner Höhle.

Auf diesen versauten Fotos harmonieren wir sehr, Babsi und ich.

Wir harmonieren mit den Farben der Angst.

Wir harmonieren mit den Farben der Kränkung.

Enttäuschung ist grau wie Asche, Erniedrigung gelb wie Urin. Von der Traurigkeit muss es heißen: braun wie Schlamm. Von der Verzweiflung: rot wie Wut.

Zeig mir deinen Regenbogen, Baby, und ich zeig dir meinen.

Vor einem halben Jahr hat mir Schwester Olga geschrieben, dass sich meine Mutter zwar sehr über den tollen Job freut, den ich als leitender Angestellter in einer Bank habe, und auch über das tolle Auto und den tollen Fernseher, aber dass es jetzt langsam Zeit für eine Frau wird.

Für ein Haus.

Für eine Familie.

Ich habe den Brief damals verbrannt, rituell, im Waschbecken. Und wenn ich schon damals mit meinem Spiegelbild gesprochen hätte, dann hätte ich gesagt: Wir werden das *nicht* tun, du und ich. Nur über unsre Leiche.

Eine Familie?

Morbus Alzheimer!

Sie hat es vergessen. Meine Mutter hat vergessen, dass »eine Familie« bei mir nicht möglich ist. Sie hat es einfach vergessen, das alte Miststück.

Demenz ist angeblich eine Krankheit, ich halte es für eine Bosheit.

Im Möbelcenter ist wenig los heute, gut so. Ich mag es nicht, wenn fremde Leute durch mein Wohnzimmer latschen. Babsi sitzt auf einem riesigen Ecksofa der oberen Preisklasse. Ich müsste zweihundert Stunden demonstrieren, um das Ding kaufen zu können. Kotzgrüner Bezug, blassgelbe Kissen. Jeder andere hellhäutige Mensch würde mit diesen Farben harmonieren wie ein Krebskranker mit seiner Chemotherapie, bei Babsi haben tödliche Krankheiten und tödliche Therapien keine Chance. Sie sieht aus wie ein Obstteller. Pfirsichfarbene Wangen, erdbeerroter Mund, kiwigrüne Augen.

»Zieh die Sandalen aus und leg dich hin.«

Babsi zieht die Sandalen aus und legt sich hin. Ihre glattrasierten Waden schimmern, ihr goldblondes Haar glänzt. Jetzt dreht sie den Kopf zu mir und lacht, weiß der Himmel warum, ihre Zähne blitzen, ihr Lachen funkelt. Gott hat diese Frau aus Licht geschaffen, der dunklen Welt zum Hohn.

Knips.

Später werde ich in den Copyshop gehen und das Foto ausdrucken. Auf Hochglanzpapier, mit einem schmalen Rand ganz unten für die Bildunterschrift, und ich werde schreiben: Barbara erholt sich in unserem Wohnzimmer vom Golfspielen.

»Jetzt wieder im Sitzen. Und lächeln bitte.«

Knips.

Später werde ich unter das Foto schreiben: Barbara hat sich gut vom Golfspielen erholt.

Knips.

Barbara liebt die Seidenvorhänge in unserem Schlafzimmer.

Knips.

Barbara sucht im Kleiderschrank nach einem passenden Abendkleid für die Oper.

Knips.

Barbara findet die kleinen blauen Elefanten sehr süß.

Im Musterkinderzimmer habe ich noch nie Fotos gemacht, aber irgendwann muss es ja sein, also warum nicht heute. Heute ist ein guter Tag, um eine Familie zu gründen, das ist mir bei der Hebammendemonstration klargeworden.

Während Babsi weiter mit den Fingern über die Elefantentapete streicht und immer wieder sagt, wie süß sie die findet, nehme ich unser Kind aus dem Rucksack. Es ist nackt, der linke Arm fehlt, das rechte Bein fehlt, den langen Riss vom Bauch bis tief zwischen die Beine habe ich mit Klebeband verarztet, das Blut habe ich abgewaschen.

Ich drücke Babsi unser Kind in die Arme.

Ich sage: Wir haben es adoptiert.

Ich sage: Wir lieben es wie unser eigenes.

Ich sage: Wir sind jetzt eine Familie.

Später werde ich in dem Brief an meine Mutter schreiben, dass Babsi leider keine Kinder kriegen kann, wie wir vom Arzt unseres Vertrauens erfahren haben. Hormonelle Dysfunktion, verklebte Eileiter. Gott ist groß, werde ich schreiben, und wir nehmen diese Prüfung als Zeichen seiner unermesslichen Liebe in Demut an. Aber weil du dir so sehr ein Enkelkind wünschst, liebe Mama, habe ich mich zu einem kleinen Trick hinreißen lassen. Ich habe ein Kind adoptiert. Gott vergebe mir.

Die Rotte der Ruchlosen wird unfruchtbar bleiben. Sie gehen schwanger mit Mühsal und gebären Unglück. Ihr Schoß bringt Trug zur Welt.

Babsi glotzt auf die verstümmelte Puppe in ihren Armen.

»Woher hast du, äh, das?«, sagt sie.

»Adoptiert, wie gesagt.«

»Und warum ist es so, äh, verkrüppelt?«

»Hausgeburt ohne Hebamme.«

»Jakob«, seufzt Babsi, »Jakob, ich helfe dir gerne dabei, deine Mutter glücklich zu machen, weil ich das sehr rührend von dir finde und weil ich mir vorstellen kann, wie schwer es einem so aufrichtigen Menschen wie dir fallen muss, die eigene Mutter anzulügen, damit sie sich keine Sorgen macht um ihren einzigen Sohn. Das ist wirklich rührend von dir, Jakob, und ich helfe dir wirklich gerne, wegen deiner Mutter und weil ich dich … weil ich dich wirklich sehr … also, was ich sagen will, Jakob: Nein. Ich kann das nicht. Ich kann nicht so tun, als ob ich dieses Ding lieben würde wie mein eigenes Kind. Warum können wir … du und ich … warum können wir nicht …«

Sie errötet.

»Was?«, sage ich.

Sie schlägt die Augen nieder. »Warum können wir nicht ein richtiges Kind haben, du und ich?«

»Das dauert zu lange. Wenn wir jetzt damit anfangen, deinen Bauch auszustopfen, dann brauchen wir Monate, bis es da ist. Meine Mutter kann jeden Moment sterben, also müssen wir ihr das Enkelkind so schnell wie möglich liefern. Außerdem habe ich nichts zum Ausstopfen dabei.«

Babsi sieht mich an. Ihre Augen harmonieren mit sich selbst, ihr Blick harmoniert mit den kleinen Tapetenelefanten. Die Hoffnung ist grün, die Sehnsucht ist blau. Sie kann es einfach nicht lassen.

»Komm schon, Prinzessin. Wir machen jetzt ein paar schöne Fotos von dir und dem Säugling. Du musst ihn so halten, dass man die Verstümmelungen nicht sieht, sonst ist es unglaubwürdig. Wer adoptiert schon einen Krüppel.«

Babsi sieht mich immer noch an. Und plötzlich passiert etwas. Ihre großen Augen werden schmal, sie verengen sich zu schwarzen Schlitzen. Das Grün der Hoffnung sickert aus den Schlitzen und vermischt sich mit dem, was von Babsis sehnsuchtsvollem Blick noch in der Luft hängt.

Grün und Blau ergibt Türkis.

Im Musterkinderzimmer ist es plötzlich sehr kalt.

»Unter einer Bedingung«, sagt sie. »Ich spiele die glückliche Adoptivmutti nur unter einer Bedingung. Du gehst morgen mit mir ins Paradies und bewirbst dich als Schauspieler.«

»Na klar«, sage ich. »Kein Problem. So machen wir's.«

Babsis Augen werden groß.

»Echt?«

»Echt.«

»Ehrlich?«

»Ehrlich.«

»Schwöre!«

»Ich schwöre.«

»Beim Leben deiner Mutter!«

»Beim Leben meiner Mutter.«

»Oh, Jakob!«

»Und jetzt an die Arbeit. Stell dich vor die süße Tapete und mach Tutzitutzi bei unserem kleinen Krüppelkind.«

»Sag nicht Krüppelkind. Das ist grob.«

»Aber es ist doch ein Krüppel.«

»Trotzdem.«

»Na gut. Dann stell dich jetzt bitte vor die süße Tapete und mach Tutzitutzi bei unserem anders begabten kleinen Liebling.«

»Ist es ein Junge oder ein Mädchen?«

»Ist doch egal.«

»Nein, das ist nicht egal. Ich behandle ein Mädchen anders als einen Jungen.«

»Es ist eine Puppe, Babsi, nur eine Puppe. Es hat kein Geschlecht.«

»Aber unser Kind *muss* ein Geschlecht haben, sonst kann ich nicht damit umgehen.«

»Babsi, bitte. Können wir jetzt anfangen.«

»Nicht ohne Geschlecht.«

»Babsi! Bitte!«

»Nein. Es muss ein Geschlecht haben, unbedingt. Ich will kein Kind ohne Geschlecht. Krüppel geht ja noch, aber kein Geschlecht geht gar nicht, das wäre ja ... aua! Jakob! Du tust mir weh!«

Ich reiße das Kind aus ihren Armen, ich reiße das Klebeband von der Wunde, ich halte Babsi das Kind hin, mit den Beinen voraus, sie starrt auf den Riss zwischen den Beinen, ich sage: Gratulation. Es ist ein Mädchen.

10

Es war ein guter Tag.

Es war ein guter Tag.

Es war ein guter Tag.

Mein Spiegelbild lächelt. Das Lächeln sieht halbwegs echt aus.

»Na, das ist ja eine Überraschung, Kumpel«, sage ich. »So gut drauf warst du schon lange nicht mehr. Was hast du denn so getrieben heute?«

»Och, nichts Besonderes«, sagt mein Spiegelbild, »was man eben so treibt. Ich habe eine Schwangere vor dem Kollaps bewahrt und einen misshandelten Säugling adoptiert.«

»Angeber.«

»Du bist ja nur neidisch. Was hast *du* denn heute so gemacht, hä?«

»Lauter tolle Dinge. Ich habe in Scheiße gegriffen und Kaiserschmarren gegessen.«

Mein Spiegelbild rümpft die Nase. Arrogantes Arschloch.

»Außerdem«, sage ich, »*außerdem* habe ich Fotos von deinem verkrüppelten Balg und deiner ätzenden Frau gemacht. *Ich* habe das Balg wieder zugeklebt und mich bei deiner Frau entschuldigt. *Ich* habe nicht gemeckert, weil deine Frau unfähig war, den Krüppel so zu halten, dass man die Verkrüppelung nicht sieht. *Ich* habe die Fotos im Copyshop ausgedruckt und nette Bildunterschriften erfunden. *Ich* habe einen Brief an deine Mutter geschrieben.«

»Es ist *deine* Mutter.«

»Nein, deine.«

»Deine.«

»Deine.«

»Deine, deine, deine, deine!«

»Jetzt reg dich ab, Kumpel, lass uns nicht streiten. Es war ein guter Tag für uns beide, der beste seit langem. Und weißt du, warum?«

»Weil wir so viel Spaß mit den blauen Fähnchen hatten?«

»Hä?«

»Na, die blauen Fähnchen bei der Hebammendemonstration. Wedelwedel. Das hat echt Spaß gemacht.«

Manchmal kann ich einfach nicht glauben, dass dieser Volltrottel mein Spiegelbild ist.

»Unsinn. Es war ein guter Tag, weil wir die Sache mit dem Verfolgungswahn geklärt haben. Der Wahn war da, die Verfolgung nicht, und jetzt ist auch der Wahn weg. Ich meine, im Ernst: So ein solider Verfolgungswahn mit solider Verfolgung, das hätte uns gerade noch gefehlt zu unserem kleinen Lebensglück, nicht wahr, hahaha.«

Mein Spiegelbild schweigt. Es hat glasige Augen, die Unterlippe zittert. Jetzt schnieft es und sieht für einen Moment nicht aus wie ich, sondern wie Herbert, nur ohne Hautproblem.

»Das mit dem Volltrottel *schnief*, das hab ich gehört. Und das mit dem *schnief* Arschloch vorher auch. Du bist gemein, Jakob!«

»Bitte mach jetzt keinen Beziehungsterror, Süßer.«

»Sag nicht Süßer zu mir, wenn du mich für ein vertrotteltes Arschloch hältst!«

Mein Spiegelbild bricht in Tränen aus.

Na super.

Ich zähle bis drei, dann bis fünf, mein Spiegelbild heult. Ich zähle bis zehn, bis fünfzehn, mein Spiegelbild heult, *das Haus, die Begonien, die Kindertapete,* ich zähle bis zwanzig, *Babsis Waden, Babsis Lachen, ich halte das nicht mehr aus,* mein Spiegelbild heult, ich zähle fünfundzwanzig, ich zähle sechsundzwanzig, *die versauten Fotos, die Harmonie der Farben, aschgrau, pissgelb, schlammbraun, ich halte das alles nicht mehr aus,* mein Spiegelbild greift sich heulend ins Haar und zerrt daran, total hysterisch, *Krüppelkind! Krüppelkind!,* ich zähle weiter bis dreißig, bis vierzig, ganz gelassen, hilft ja doch nichts.

Wenn du in einer festen Beziehung lebst, zum Beispiel mit dir selbst, zum Beispiel ein Leben lang, bis dass der Tod dich scheidet, dann ist Gelassenheit alles. Einfach alles.

Bei fünfzig werde ich doch nervös.

Bei sechzig bekomme ich Angst.

Bei siebzig denke ich an das Fludrocortison und ob noch genug da ist.

Bei achtzig brülle ich: »Hör auf! Hör sofort auf! Oder willst du sterben! Willst du, dass wir sterben!«

Es war ein guter Tag. Der Ausklang nicht so, aber was soll's. Beziehungskrisen gehören zum Alltag.

Ich liege mit verquollenen Augen im Bett, meine Kopfhaut brennt, weil dieser Volltrottel von einem Spiegelbild mich fast skalpiert hätte mit seinem Haargezerre. Der Wecker sagt mir, dass es kurz nach Mitternacht ist und dass ich längst schlafen sollte, damit ich morgen früh fit bin fürs Flaschensammeln. Korrigiere: heute.

»Ist ja gut«, sage ich zum Wecker, »keine Sorge, gleich machen wir Heia, weil heute schon morgen ist. Aber davor naschen wir noch eine Kleinigkeit, wie es sich für verheulte Memmen gehört.«

Ich breche das selbstgebackene Glückskeks vom Aktionsbündnis freier Hebammen auf. Sabines Geschenk, damit ich bald viel Glück habe. Ein winziger Zettel fällt heraus und auf die Bettdecke, ich stopfe mir das Keks in den Mund.

Süß und zart, weich und buttrig, banal und erfüllend – Gott segne die freien Hebammen.

Ich nehme kauend den Zettel von der Bettdecke. Wahrscheinlich steht da jetzt irgendein Sinnspruch von wegen *Was du heute kannst besorgen, das verschiebe nicht auf morgen.* Ich schlucke den letzten Rest Glückskeks hinunter und halte mir den winzigen Zettel mit der winzigen Schrift vor die Augen:

Wahrlich, ich sage dir: Heute noch wirst du mit mir im Paradies sein.

FREITAG

Im Jahr acht der Hoffnung
auf den Tod meiner Mutter
und einen sicheren Arbeitsplatz

1

6 Uhr 30.

Paul ist weg.

Auf der Parkbank im Schlafzimmer liegt die Zeitung von gestern, aber kein Paul. Ich gehe ins Badezimmer, nichts.

»Paul?«, rufe ich ins Gebüsch.

Stille.

Keine gute Stille, sogar die Vögel schweigen. Der Sommer ist über Nacht gealtert, reif geworden, erwachsen. Er hat jetzt keine Zeit mehr für albernen Zwitscherkram und schiebt dunkle Wolken über den Himmel, die wie geballte Fäuste aussehen.

Ich hebe den Arm, ich horche an meiner Uhr, vielleicht ist sie ja stehengeblieben, sie tickt.

Um diese Zeit ist Paul immer in seiner Wohnung, bei jedem Wetter, von März bis Oktober, eisern. »Und wenn ich einmal nicht da bin, Tschäcko«, hat er zu mir gesagt, »dann weißt du ja, wo ich mich herumtreibe. Dann weißt du, wer mich geholt hat.«

Dieser Schlauch ist um den Nabel der Welt geschlungen und führt direkt in die Hölle.

Vielleicht ist Paul gerade unterwegs, auf direktem Weg. Vielleicht zieht er in diesem Augenblick seine löchrigen Schuhe aus, damit sie nicht nass werden, wenn er ins Wasser geht.

Ein Strick. Paul zieht gerade die Schlinge zu.

Ein Gleis. Paul wartet auf den Zug.

Ein Benzinkanister. Paul trinkt, das macht ihm nichts aus, aber dann schluckt er ein brennendes Streichholz. So geschickt, dass es nicht verlöscht, bis es im Magen ist.

Mein Freund Paul.

Ich darf ihn jetzt auf keinen Fall suchen gehen, sonst komme ich womöglich zu früh. Feuerwehr rufen, Rettung rufen, ab in die Klinik, Magen auspumpen. Paul würde mir das nie verzeihen. Er würde sagen, dass ich ein respektloser Wichser bin. Dass ich dafür in der Hölle schmoren werde, zusammen mit den anderen respektlosen Wichsern, und der Engel mit dem Schwert schlägt mir nicht nur die Ohren ab, sondern auch noch etwas anderes.

»Jakob«, sage ich laut zu mir selbst, obwohl gar kein Spiegel da ist, »Jakob, du darfst deinen besten Freund Paul jetzt auf keinen Fall suchen gehen. Du darfst ihn auf keinen Fall retten.«

Und Jakob geht Paul suchen.

8 Uhr 54.

Mein Hemd ist durchgeschwitzt, die Hose klemmt mir im Schritt wie eine nasse Windel, diese verdammte Stadt ist so verdammt groß, er könnte überall sein. Ich war überall, wo er sein könnte, aber er war nirgends.

Schwüle Luft, immer mehr Fäuste ballen sich am Himmel, ich gehe durch die Tür.

Im Supermarkt ist es kühl. Ein Schluck Buttermilch würde jetzt guttun, aber ich habe keine Zeit. Ich muss sofort Sigi fragen, ob er Paul heute schon gesehen hat.

Obsttheke, Wursttheke, der Gang mit den Süßwaren, der Gang mit den Waschmitteln, kein Sigi weit und breit, jetzt zum Pfandautomaten, da hat man die beste Übersicht.

Iiiiiiiiiiik.

Eine Omi mit adretter Frisur und Einkaufsrollator quält arme Seelen, sie grinst breit, scheint ihr Spaß zu machen. Ich suche den Supermarkt nach Sigi ab, nichts.

Sigi ist weg.

Mein Kumpel Sigi.

Der große Mann mit dem großen Vertrauen.

Im Gang mit den Konservendosen stapelt eine Supermarktangestellte Konservendosen. Ich gehe hin, ich frage. Zwei Minuten später weiß ich, dass die Sicherheitsfachkraft Siegbert Schulze gestern Vormittag vom Filialleiter höchstpersönlich gefeuert wurde, weil irgendjemand die Frischkäsetheke verwüstet hat. Geschändeter Gorgonzola, gequälter Quargel. Mutwilliger Mundraub kommt immer wieder mal vor, aber nicht in dem Ausmaß, hat der Filialleiter gesagt, und dass Siegbert Schulze ein Versager ist.

Oh Gott, ich schäme mich, denn meine Missetat ist mir über mein Haupt gewachsen, meine Schuld ist groß bis an den Himmel, und wenn ich mich auch mit Lauge wüsche und nähme viel Seife dazu, so bliebe doch der Schmutz meiner Schuld.

»Und wissen Sie, was der Herr Schulze dann gesagt hat«, kichert die Angestellte, »er hat gesagt: Leck mich, du Filialfuzzi, dann geh ich eben ins Paradies!

Filialfuzzi!
Paradies!
Hihihi.«

10 Uhr 33.

Ich stehe frisch geduscht in der Young-Fashion-Abteilung. Das Schild für die Arbeitslosendemo um zwölf lehnt an einem Ständer mit Glitzerohrringen, unter dem Schonbezug steht:

Zickezacke Zickezacke, heute haun wir auf die Kacke!
Zickezacke Hoihoihoi, arbeitslos und stolz und frei!

Sigi geht ins Paradies, Paul liegt vielleicht auf irgendeinem Bahnhofsgleis in den letzten Zügen, aber ich muss jetzt meine Arbeit machen, ich brauche das Geld. Der Einzelzimmerzuschlag, der Verpflegungszuschlag, die Frisur meiner Mutter, ich brauche das Geld. In knapp zwei Stunden ist der Job erledigt, dann suche ich weiter, pfeif auf die Baumbesetzung, pfeif auf die Frisur.

Herbert wird mir heute übrigens kein Kostüm zusammenstellen, in dem ich aussehe wie ein Arbeitsloser. Herbert wird heute nicht meckern, weil die Bundfaltenhose mit Säuglingsblut versaut ist. Er wird nicht HALLO! sagen und nicht DANKE!

Herbert ist weg.

Wir wollten kochen heute. Den Schnittlauch habe ich gestern nach dem Fototermin mit Babsi besorgt, die Karaffe auch. Sie steht in meiner Einzimmerwohnung auf dem Tisch. Gerade hat mir Sandra erklärt, warum ich ihren langjährigen Mitarbeiter Herbert Möller nirgends finden kann, und dass sich gerne ein anderer Mitarbeiter um mich kümmert. Jetzt frage ich sie, warum sich das Unternehmen von seinem langjährigen Mitarbeiter Herbert Möller trennen musste.

»Ich bin nicht befugt, darüber Auskunft zu erteilen.« Säuerliche Stimme, misstrauischer Blick.

»Und ich bin weder von der Gewerkschaft noch ein Investigativjournalist. Ich bin nur ein begeisterter Kunde von HA&EM. Ich liebe HA&EM, vor allem diesen vorbildlich gemanagten Store hier, einfach vorbildlich.«

Sandra nickt geschmeichelt.

»Und bei Herbert habe ich mir schon oft gedacht: Da stimmt doch was nicht, da ist doch was faul mit dem.«

Sandra nickt bestätigend.

»Hat er vielleicht etwas angestellt? Viele Mitarbeiter hintergehen ihre Arbeitgeber und Vorgesetzten. Entwenden Waren, fälschen Unterschriften, missbrauchen Vertrauen. Ich kenne mich in diesen Dingen aus, glauben Sie mir, ich habe da Erfahrung.«

Sandra schüttelt den Kopf. »Er hat nichts angestellt. Aber die Kunden haben sich beschwert, weil er so, naja, so eklig aussieht. Und gestern hab ich ihm gesagt, dass er ab jetzt im Lager arbeitet, weil man das den Kunden nicht zumuten kann, und da hat er mich beschimpft.«

»Echt? Herbert?«

»Echt. Herbert.«

»Und dann?«

»Dann habe ich mich im Namen des Unternehmens von ihm getrennt.«

»Hat er geweint?«

Sandra kichert, als hätte ich einen Witz gemacht.

»Ja«, kichert sie, »das habe ich auch erwartet, weil die heulen ja ständig, diese ...«, sie sucht nach einem Wort, »diese Homosexuellen. Aber wissen Sie was: Er war erstaunlich gefasst.«

»Hat er was gesagt?«

Sandra bricht in Gelächter aus.

»Ja!«, wiehert sie. »Er hat gesagt: Ich brauch den scheiß Job nicht mehr, ich mach Karriere im Paradies.

Karriere!
Im Paradies!
Wuaaahaha!«

12 Uhr.

Wir sind zu dritt.

Es gibt dreihunderttausend Arbeitslose in dieser Stadt, und wir sind zu dritt.

Sie heißt Petra.

Er heißt Manfred.

»Ich heiße Andi. Andi Anti, und ihr habt mich gebucht.«

Petra und Manfred von der Erwerbslosenselbsthilfegruppe Pro Protest e. V. stehen vor der Zentralen Agentur für Arbeit wie Sperrmüll, den keiner abholen will. Ich lege meinen Rucksack ab und das Schild.

Petra fällt mir um den Hals.

Manfred klopft mir auf die Schulter.

»Danke, Andi«, schluchzt Petra, »danke, dass du gekommen bist.«

»Ja, danke, Andi«, Manfred klopft.

Ich schiebe Petra von mir weg. Sie riecht wie ein in Essig mariniertes Huhn. Frauenschweiß.

»Wo sind denn die anderen zweihundertneunundneunzigtausendneunhundertsiebenundneunzig?«, sage ich.

»Wahrscheinlich noch im Bett.« Manfred klopft und klopft. »Wir hätten die Demo später ansetzen sollen, so gegen drei oder vier, da wären vielleicht ein paar gekommen nach dem Frühstück. Außerdem hätten wir ein bisschen Werbung machen sollen, aber das ist nicht so leicht für eine kleine Protestgruppe, das ist wirklich nicht leicht für meine Frau und mich, unsere Mittel sind begrenzt.«

Meine Schulter wird langsam taub, meine Zeit ist knapp, wir sollten anfangen.

»Lasst uns anfangen. Wie ist der Ablauf? Irgendwelche Änderungen im Schlachtplan?«

Laut Plan halten jetzt ein paar tausend Erwerbslose Plakate in die Höhe und skandieren Parolen. Laut Plan dringen ein paar tausend Erwerbslose in die Arbeitsagentur ein und besetzen die Büros. Sie besetzen die Gänge, die Warteräume, die Klos. Wenn es gut läuft, hat Manfred zu mir am Telefon gesagt letzte Woche, dann bleiben wir über Nacht, und du bekommst einen Zuschlag, Andi.

Nichts läuft gut.

Nichts läuft je gut.

Du hast einen einzigen treuen Freund im Leben, und was passiert? Er bringt sich um.

Du hast einen einzigen Kumpel, der dir vertraut, und was passiert? Er haut ab ins Paradies. Noch dazu im selben Bus wie dein Kostümbildner, der dich süß findet und alles für dich tun würde, sogar kochen.

Eine einzige Frau auf dieser Welt liebt dich. Eine einzige. Und sie ist schön. Ihre Lippen sind wie scharlachfarbene Schnüre, Honig und Milch sind unter ihrer Zunge, ihre Wangen schimmern wie die Scheiben eines Apfels vom Granatbaum, ihre Brüste gleichen jungen Gazellen, die zwischen Lilien weiden.

Ein herrlicher Garten ist meine Schwester Braut,
ich kann ihn nicht betreten.
Ein köstlicher Quell ist meine Geliebte,
ich kann nicht davon trinken.

Manfred klopft unermüdlich auf meiner Schulter herum, die mittlerweile so taub ist wie ein Gehörloser, und Petra sagt, dass wir jetzt erst mal eine schöne Tasse Kaffee trinken.

Also trinken wir erst mal eine schöne Tasse Kaffee.

Manfred holt drei Pappbecher aus seiner Umhängetasche, Petra holt eine Thermoskanne aus ihrer Umhängetasche. Manfred verteilt die Becher, Petra gießt ein.

»Zucker, Andi?«

Ich schüttle den Kopf.

Petra stellt ihren Becher ab, Petra holt eine Tupperware aus ihrer Umhängetasche.

»Vier Stück, Liebling, wie immer?«

Manfred nickt. Vier Stück Würfelzucker wandern aus der Tupperware in Manfreds Becher, Manfred schwenkt den Becher, Manfred schlürft, Manfred sagt: »Ah, so mag ich meinen Kaffee. Schwarz wie der Teufel, heiß wie die Hölle, süß wie die Sünde.«

Ich starre ihn an.

Schwarz denke ich.

Ich denke *Hölle*.

»Das ist nicht von ihm«, Petra lächelt mich entschuldigend an, »das ist von einem Dichter. Und du zitierst ihn immer falsch, Liebling. Im Original heißt es schwarz wie die Hölle, heiß wie die Sünde, süß wie der Tod.«

»Ist doch egal. Hauptsache, es schmeckt.« Manfred schlürft.

Tod.

»An den Namen des Dichters kann ich mich nicht so genau erinnern«, Petra lächelt wieder entschuldigend, »aber ich glaube, er heißt Nietzsche, nur ohne Z.«

Ohne Z.

Z ohne.

Zone.

Paul! Er ist in der Todeszone!

Ich lasse den Becher fallen, ich renne los.

13 Uhr.

Donnergrollen, der Himmel voller Fäuste, zorniger Wind. Er wirbelt Sand und Dreck auf, er schiebt leere Dosen über den Asphalt. Der Clubbingbunker ist in traniges Licht getaucht, ich gehe darauf zu, Glasscherben knirschen unter meinen Sohlen, kein Mensch weit und breit.

Nur ich.

Und Paul.

Er liegt neben dem Eingang, regungslos. Über ihm eine Schmiererei in grellem Gelb. *Reiche Eltern für alle!*

Ich gehe langsamer. Ich habe Angst vor dem, was ich gleich sehen werde. Wer weiß, was sie mit ihm gemacht haben. Gehänselt, geschlagen, getreten. Gegen den Kopf, zwischen die Beine. Hört man ja immer wieder, dass die Kids so was gerne machen.

Die wollen nur eines von dir: ihren Spaß.

Was macht Spaß?

Brennende Zigaretten ausdrücken? Erst am Arm, dann im Gesicht?

Halb so schlimm, Paul hält so was locker aus.

Eine Bierflasche in den Hintern rammen? Mit dem Fuß nachschieben, bis sie ganz drin ist?

Schon unangenehmer.

Trink deine Pisse, Penner!

Friss deine … ich würge den Gedanken ab.

Im schlimmsten Fall haben sie Paul kein Haar gekrümmt. Im schlimmsten Fall haben sie ihm einfach nur befohlen, auf allen vieren zu kriechen wie ein Hund und die halbe Nacht lang Smartphones zu apportieren. Wenn es das war, was sie mit ihm gemacht haben, dann ist Paul mit Sicherheit tot. Gestorben vor Scham. Und die reglose Gestalt, auf die ich gerade zugehe, ist nicht Paul, weil Paul schon längst auf allen vieren in der Hölle herumkriecht, mit abgeschlagenen Ohren, und bis in alle Ewigkeit Smartphones apportiert.

»Paul?«, ich beuge mich zu ihm hinunter. »Paul? Hörst du mich?«

Kein Blut, keine Wunden. Wie es aussieht, ist der schlimmste Fall eingetreten. Ich knie nieder, ich streiche ihm ein paar Haarsträhnen aus dem Gesicht. Fahle Haut, spröde Lippen, leicht geöffnet. Ich kann die braungelben Zähne sehen, in den Mundwinkeln klebt getrockneter Speichel, strenger Geruch nach Schnaps und Altkleidercontainer.

»Paul? Bitte sag was, Paul.«

Platsch.

Ein Regentropfen fällt auf seine Stirn.

Platsch.

Wieder einer, vielleicht ist es auch gar kein Regentropfen, vielleicht ist es eine Träne, ich streiche Paul übers Haar, *platsch,* ich streiche meinem toten Freund über sein weichwelliges Haar, das ich so oft gewaschen habe, *platsch,* Paul schlägt die Augen auf.

13 Uhr 13.

»... und da hab ich gesagt: Bist mir sympathisch, Jürgen, also kein Problem. Kannst mir gern einen ausgeben, und da hat Jürgen einen ausgegeben. An der Tanke. Aber keine läppischen Miniflaschen mit Fusel, nönö du, wir haben eine anständige Zweiliterbombe Smirnoff vernichtet, das Beste, was es an der Tanke gibt. Und dann hat Jürgen gesagt, dass er jetzt noch in den Clubbingbunker geht, auf einen Absacker, und ob ich mitkommen will. Keine Chance, mein Freund, hab ich gesagt, weil wegen der Kids. Und da hat mir Jürgen einen Deal vorgeschlagen. Wenn ich mit ihm in die Todeszone gehe, wenn ich mich meiner größten Angst stelle, dann gibt er mir einen Job. Und ein Zimmer. Im Paradies. Feste Anstellung, Warmwasser, Heizung.

Heizung, Tschäcko!

Da war dann kein Halten mehr, klar. Ich bin mit, die Kids waren voll nett, wir haben gesoffen und gesoffen, ich hab ihnen ein paar von meinen besten Kunststücken gezeigt, deine Lieblingsnummer war auch dabei, die mit dem Käfer, voll der Knaller, hat Jürgen gesagt, und dass er schon weiß, *welchen* Job er mir geben wird im Paradies. Der Shuttle geht um drei, kannst mich ja mal besuchen kommen bei Gelegenheit. Bist übrigens spät dran heut mit der Tour, hast wohl gesoffen und verpennt, was, hahaha.«

»Ich bin nicht auf Tour, Paul. Ich habe dich gesucht. Ich war in Sorge um dich.«

»Was laberst du da, Tschäcko. Klingst wie ein Weib. Herrgott, bin ich verkatert, hast du was zu trinken dabei?«

»In meinem Rucksack ist eine Flasche Wasser, aber …«

»Sprit. Ich rede von Sprit.«

»… aber mein Rucksack steht vor der Zentralen Agentur für Arbeit. Ich habe die Zentrale Agentur für Arbeit vor einer Stunde überstürzt verlassen. Deinetwegen. Ich habe meinen Rucksack dort vergessen. Deinetwegen. In dem Rucksack befinden sich neben der Wasserflasche folgende Gegenstände: meine Geldbörse, mein Wohnungsschlüssel, mein Handy, meine Medikamente. Ich werde diese Gegenstände voraussichtlich nie wiedersehen. Deinetwegen. Weil ich gedacht habe, du bringst dich um oder bist umgebracht worden. Weil ich dich retten wollte oder wenigstens deinen Leichnam. Weil ich dein Freund bin.«

Paul sieht mich ein paar Sekunden schweigend an.

Augen wie Steine, rauer Glanz.

Dann sagt er ganz ruhig: »Du verdammter respektloser Wichser.«

13 Uhr 55.

Es regnet in Strömen, ich blute. Die Fußgängerzone ist voller Menschen mit Regenschirmen, ein paar glotzen mich im Vorübergehen an, keiner bleibt stehen.

Könnte ja mal einer stehen bleiben und mich fragen.

Ob ich Hilfe brauche.

Ob ich geschlagen wurde.

Ob ich Anzeige erstatten will.

Nein, keine Hilfe, keine Anzeige. Ja, ich wurde geschlagen. Auf die Nase. Sehr kräftig. Von meinem besten Freund Paul. Er war tot und ist wiederauferstanden, er war in der Hölle und ist zurückgekehrt. Das habe ich zumindest gedacht, als er die Augen aufgeschlagen hat, weil Jesus das auch gedacht hätte an meiner Stelle. Jesus irrt nie, so viel steht fest. Was mich betrifft: Ich bin ein einziger Irrtum. Seit meiner Geburt bin ich ein Irrtum.

Ein Missverständnis.

Ein Fehler.

Vor sechsunddreißig Jahren hat Gott einen Fehler gemacht, natürlich absichtlich, und er gab diesem Fehler einen Namen und nannte ihn Jakob. Jakob Kupka. Vor siebenundzwanzig Jahren wollte ein aufrechter Chirurg den Fehler korrigieren, aber da war nichts zu machen. Gott lässt sich nicht in seinen Irrtümern herumpfuschen.

Gott liebt seine Fehler.

Gott prüft, wen er liebt.

Und deswegen stiefelt der Fehler nach wie vor tapfer durch die Welt und macht alles falsch, wie es sich für einen Fehler gehört. Falscher Beruf, falsche Frau, falsche Hoffnungen.

Ich wollte es richtig machen mit Paul, und es war falsch.

Ein Mann mit Regenschirm rempelt mich an. »Tschuldigung«, sage ich, er hastet weiter, ich gehe ganz gemächlich die Fußgängerzone hinunter, ganz entspannt. Ich glaube, so was nennt man schlendern. Meine Klamotten sind nass, meine Turnschuhe sind durchgeweicht, Blut und Regen tropfen mir vom Kinn, ich sollte nach Hause gehen. Ins Trockene. Ins Bett. Aber das werde ich nicht tun.

Erstens, weil ich keinen Wohnungsschlüssel habe.

Zweitens, weil ich kein Handy habe, um den Schlüsseldienst anzurufen.

Drittens, weil ich kein Geld habe, um den Schlüsseldienst zu bezahlen.

Viertens, weil ich keine Chance habe, mich mit einer Überdosis Fludrocortison aus meinem Badezimmerschrank umzubringen. Ich bekomme davon vielleicht erhöhten Blutdruck und Muskelzittern, aber ich bekomme kein süßherbes Geschenk vom schwarzen Weihnachtsmann, und deswegen werde ich jetzt weiter die Fußgängerzone entlangschlendern und pünktlich um zwei meine Arbeit machen. Ich werde einen dreihundert Jahre alten Kastanienbaum besteigen und irgendeinen Naturschützer mit Regenpelerine und Gummistiefeln ablösen. Ich werde es mir in zwanzig Metern Höhe gemütlich machen. Vielleicht ziehe ich mich nackt aus, zur Feier des Tages. Ja, das mache ich, das ist eine gute Idee.

Nackt bin ich von meiner Mutter Leibe gekommen, nackt werde ich wieder dahinfahren. Der Herr hat's gegeben, der Herr hat's genommen, der Name des Herrn sei gelobt.

Meine Mutter, das Miststück, jetzt überlebt sie mich doch. Ach, naja, was soll's. Sie hat es immer nur gut gemeint mit mir, Gott segne sie dafür. Gott segne sie so lange und mit so harter Hand, bis ihr das Blut aus der Nase schießt.

Hoffentlich steht Dongbang heute nicht direkt unterm Baum. Ich würde ungern auf einen nordkoreanischen Dichter fallen, das wäre pietätlos. Aber komisch: Irgendetwas sagt mir, dass mein mandeläugiger kleiner Freund heute gar nicht da ist. Der Shuttle geht um drei, wahrscheinlich ist Dongbang schon unterwegs zum Bahnhof.

Ich schlendere an einem Schaufenster mit Haushaltswaren vorbei, meine Nase blutet, die Teflonpfannen sind im Angebot, wie schön. Ich schlendere an einem Café mit verglaster Front vorbei, ein paar von den Leuten glotzen mich durch die Scheibe an, wie nett. Ich winke ihnen zu, ich schlendere weiter, jetzt nach rechts, gleich bin ich da, vielleicht werde ich beten oben im Baum. Ein letztes Mal beten, damit Jesus nicht sauer ist.

Bevor ich mich zur Ruh begeb, zu dir oh Herr mein Herz ich heb.
Und sage Dank für jede Gabe, die ich von dir empfangen habe.
Dein Kreuz, oh Jesu, schütze mich, vor allem Bösen gnädiglich.
In deine Wunden schließ mich ein, dort schlaf ich sicher,
keusch und rein.

14 Uhr.

Der Baum ist weg.

Abgesäbelt. Abgeschlachtet.

Sogar den Stumpf haben sie aus dem Boden gerissen und das Loch zubetoniert. Auf dem kreisförmigen Beton steht eine Bank.

Eine Bank zum Sitzen.

Ich glotze auf die Bank.

Wenn ich mich von dieser Bank stürze, falle ich einen halben Meter. Was soll ich mit dieser Bank?

Ich setze mich auf die Bank.

Ich sitze auf der Bank.

Ich warte.

Der Regen wird noch stärker, meine Nase blutet, die Minuten vergehen, vielleicht sind es Stunden, keine Ahnung, es könnten auch Lichtjahre sein, ich warte. Auf Jesus. Auf seinen Trost. Auf seinen Rat.

14 Uhr 14.

Und Jesus kam und sprach: Wenn ihr vom Satan bedrängt und verfolgt werdet und ihm endlich seinen Willen erfüllt, dann, so sage ich euch, wird er euch lieben. Er wird an euch fürsorglich denken und wird euch mir gleich machen. Denn auch der Satan liebt euch, wie es vorgesehen ist, in dem Maße, in dem ihr Erwählte seid.

14 Uhr 59.

Auf dem Shuttle steht PARK PARADIES, ganz hinten sitzt Babsi und drückt ihre Nase an der Scheibe platt. Blasses Gesicht, fast grau, die Augen rot verheult.

Hallo, Babsi, mein kleiner Regenbogen.

Jetzt sieht sie mich und kreischt. Ich kann es nicht hören, aber ich kann es sehen.

»Jakob!«, kreischt sie. Ihr Gesicht leuchtet auf wie eine Glühbirne mit tausend Watt. »Jakob! Jakob!«

Ja, so heiße ich wohl. Auf diesen Namen wurde ich getauft, Jakob Kupka. Und ich bin ein Irrtum Gottes. Vielleicht bin ich aber auch ein Erwählter. Vielleicht beides.

Der Fahrer startet den Motor, gleich wird er die Tür schließen, aber davor werde ich einsteigen und mit ins Paradies fahren.

Ich habe keine Einladung ins Paradies.

Ich habe keine Einladung zum Casting.

Ich habe das Gefühl, dass ich keine brauche.

ZWEI

DIENSTAG

Im Jahr zwei der Freude
über das Sterben meiner Mutter
und einen sicheren Arbeitsplatz

1

»Guten Morgen. Ein neuer Tag ist angebrochen im Paradies, und ich begrüße euch wie immer sehr herzlich zu unserem gemeinsamen Start in diesen Tag. Wir werden auch heute wieder viel Gutes tun. Wir werden auch heute wieder viele Menschen sehr glücklich machen. Menschen, die ihre Alltagssorgen vor den Toren des Paradieses zurücklassen und in eine wunderbare Welt der Träume eintreten.

Wir machen Träume wahr!

Wir sind die Traum-Arbeiter!

Die Wunsch-Erfüller!

Die Glücks-Bringer!

Die Spaß-Macher!

Wir haben den schönsten Beruf der Welt! Happiness is our business!«

Ramona lächelt. Ein astreines Lächeln mit astreiner Bilanz. Sie setzt sich auf ihre Yogamatte aus echten Kokosfasern, wir sitzen schon. Auf unseren Gymnastikmatten aus echtem Kunststoff. Wir tragen lockere Kleidung, wir sind bloßfüßig.

»Ich bitte euch nun, die Form einer Lotosblüte anzunehmen. Und bitte ganz sanft. Wer es nicht schafft, geht wie immer in den Schneidersitz.«

Dongbang, Herbert und Babsi nehmen die Form einer Lotosblüte an. Sigi, Paul und ich gehen in den Schneidersitz. Bei Sigi sieht es nach einem Schneider mit Gelenkskrankheit aus, bei Paul nach einem Schneider mit Hodenbruch.

Unter uns gesagt: Ich schaffe den Lotossitz locker, immerhin starten wir jetzt seit einem Jahr jeden Morgen mit Ramona Schröder in den Tag. Vierzig Minuten Motivationstraining, auf nüchternen Magen. Wir frühstücken nie vor dem Training, weil das unsere Bauchatmung beeinträchtigt, sagt Ramona.

Es beeinträchtigt unser Bauchgefühl.

Unser Nabelchakra.

Willenskraft, Sensibilität, Selbstvertrauen, das alles ist in deinem Nabelchakra zuhause, das alles wohnt in deinem Magen. Und jetzt stell dir vor, du lässt frühmorgens einen gierig verschlungenen Klotz Brot mit Butter und Marmelade auf deine Willenskraft krachen. Was glaubst, wie es deiner Willenskraft dann geht, hä?!

Ich schaffe den Lotossitz locker, aber wer will schon mit einer Schwuchtel, einer Blondine und einem Dichter gemeinsame Sache machen. Da halte ich es lieber mit Sigi und Paul. Die sind so steif, wie es sich für richtige Männer gehört.

Ramona nimmt einen kleinen Gong und einen Klöppel.

Ramona schlägt mit dem Klöppel gegen den Gong.

Klonk.

Ramona lauscht versonnen dem Klang nach, der nicht da ist. Jeder normale Gong macht *gong* und hallt ein wenig nach. Ramona Schröders Gong macht *klonk*, und das war's.

Sie legt den Gong und den Klöppel zur Seite.

Sie streicht ihr rosafarbenes T-Shirt glatt.

Sie faltet die Hände vor der Brust.

Auf dem T-Shirt steht WOHLFÜHLFEE.

Sie sagt: »Ich möchte euch nun bitten, die Augen zu schließen und dreimal tief zu atmen. Ganz tief aus der Mitte eures Bangaschrupnas heraus.«

Fragen Sie nicht, ich habe keine Ahnung. Bangaschrupna könnte alles Mögliche bedeuten. Und vielleicht sagt Ramona auch gar nicht Bangaschrupna, vielleicht sagt sie Pannaschrukna oder Bammaschrubna, ich weiß es nicht. Ich höre dieses Wort jetzt seit einem Jahr jeden Morgen, und dann atme ich dreimal tief aus meinem Pankaschrumpna heraus, und es tut immer gut.

Das muss man einfach so sagen: Es tut verdammt gut.

Ramona nimmt den Klöppel und den Gong.

Klonk.

Ich schließe die Augen.

Ich atme.

Leben und Wohltat hast du an mir getan, oh Herr.

Ich atme.

Deine Obhut hat meinen Odem bewahrt.

Ich atme.

Klonk.

Ich öffne die Augen. Ramona legt den Gong und den Klöppel zur Seite. So viel zum angenehmen Teil des Trainings. Jetzt wird's ernst.

Ramona lächelt uns an. Jeden Einzelnen von uns, mit einem Nicken, und wieder ist ihr Lächeln astrein.

Astreine Bilanz.
Außen pfui, innen pfui.
Wir nennen es: Das Lächeln der Königskobra.
Wir nennen es: Die Kreuzspinne ist gut gelaunt.
Und jetzt eine Durchsage an alle, die sich Ramona Schröder wie eine reizende kleine Wohlfühlfee mit Sinn für lustige kleine Klöppel vorgestellt haben:
Gott hat diese Frau erschaffen, damit die sieben biblischen Plagen zu acht sind.
Erstens Finsternis.
Zweitens Blutstrom.
Drittens Frösche.
Viertens Stechmücken.
Fünftens Hagel.
Sechstens Heuschrecken.
Siebtens Säuglingssterben.
Achtens Ramona.
Sie hat Wirtschaftspsychologie studiert und ein paar Jahre freiberuflich Seminare gegeben. Mentaltraining für Manager, Leadershipworkshops, Personalcoaching. Leidenschaft wecken, Kompetenz steigern, Zukunft gestalten. Dann hat Ramona alles hingeschmissen und ist für ein paar Monate nach Indien. Wahrscheinlich war ihre Work-Life-Balance im Arsch. Burn-out und so, Sie wissen schon. In Indien dann irgendwelche Erweckungserlebnisse, Ramona hat uns nie davon erzählt, da gibt es nur Gerüchte. Auf jeden Fall ist Yoga im Spiel. Und der kleine Prinz. »Meine Bibel«, hat Ramona bei unserem ersten Motivationstraining hier im Paradies zu uns gesagt und mit einem zerlesenen Taschenbuch gewedelt, »Lö pötit Prons von Sont-Äxüperi«. Dann hat sie uns erzählt, dass dieses Buch ihre einzige Lektüre war, damals in Indien, und dass es ihr die Augen

geöffnet hat. Oder vielmehr das Herz. Man sieht nur mit dem Herzen gut, hat sie gesagt, das Wesentliche ist für die Augen unsichtbar.

Wenn Sie mich fragen, dann ist Ramona Schröders Herz eine Art Führerbunker: Keiner kommt rein, und drin ist alles tot.

Fragen Sie mich nach Ramonas Augen, und ich werde sagen: Diese Augen sind zwei Scharfschützen. Jeder Blick ein Treffer.

Feel-Good-Managerin.

Die offizielle Berufsbezeichnung von Ramona Schröder.

Kein Witz.

Und sie ist nicht die Einzige im Paradies, die kein Witz ist. Es gibt hier eine ganze Menge Feel-Good-Managerinnen. Sie kümmern sich um dein Wohlbefinden, wenn du zu den festangestellten Mitarbeitern gehörst. Produktivitätssteigernde Maßnahme. Nur ein glücklicher Arbeiter ist ein produktiver Arbeiter. Außerdem vergeben die Feel-Good-Managerinnen Punkte. Strafpunkte und Bravpunkte. Wenn du nicht glücklich sein willst und lieber frühstückst, als mit Ramona in den Tag zu starten, dann bekommst du einen Strafpunkt. Wenn du eine Woche lang nicht glücklich sein willst, bekommst du sieben Strafpunkte und eine Abmahnung von der Leitung.

Acht Punkte: zweite Abmahnung.

Neun Punkte: letzte Abmahnung.

Zehn Punkte: Tschüs, schönes Leben noch.

Keine Ahnung, was die anderen Wohlfühlfeen so machen, wenn sie die Mitarbeiter glücklich machen, ich kenne nur Ramona. Irgendjemand aus dem Piratenland hat Sigi erzählt, dass es dort teamfördernde Grillabende gibt und Anti-Burn-out-Partys mit DJ.

»Und nun, meine Lieben«, sagt Ramona, »nun wollen wir uns mit der ganzen positiven Energie, die wir aus der Bankaschrukna-Atmung gewonnen haben, der GfK zuwenden.« Ramona verbreitert ihr Spinnenlächeln, es spannt sich übers ganze Gesicht, ein gefährlich schillerndes Netz. »Wir wollen uns in der G-Sprache üben, denn die G-Sprache ist die einzige Sprache, die wir hier im Paradies sprechen. Es ist die Sprache des Herzens. Es ist die Sprache der Empathie. Der Offenheit, der Wertschätzung, der Toleranz, kurz: Die Sprache der Liebe. Wir sprechen diese Sprache nicht nur mit unseren Kunden, sondern auch mit unseren Kollegen. Jedes Wort, das wir in der G-Sprache formulieren, ist ein Geschenk, und wir verschenken jedes Wort so, wie … na, Barbara, *wie* verschenken wir jedes Wort?«

»So, wie Kinder Enten füttern«, sagt Babsi.

»Und *wie* füttern Kinder Enten, Barbara?«

»Mit Freude, Hingabe, Unschuld.«

»Genau. Oder wie Sänt-Äxuperi sagen würde: Du musst geben, bevor du nimmst, und bauen, bevor du wohnst. So viel zur Theorie, jetzt zur Praxis. Jakob, mein Lieber!«

Ramon feuert einen Blick ab, ich ziehe den Kopf ein, zu spät.

Schuss.

Treffer.

»Findest du nicht auch, Jakob, dass dieser neue Tag hier im Paradies ein ganz besonders guter Tag ist?«

»Ja«, sage ich. »Oh ja, ganz besonders, keine Frage. Ein ganz besonders guter Tag.«

Ramonas steil gezupfte Augenbrauen wandern nach oben.

Verdammt. Fehler.

»Was ich damit sagen will, ist natürlich nicht, dass dieser Tag *an sich* ein guter Tag ist. Das ist dieser Tag ganz und gar nicht, das wäre ja … also das muss ja jeder selbst entscheiden können, ob das heute ein guter Tag ist oder nicht. *Ich* auf jeden Fall finde, dass dieser Tag ein guter Tag ist. Ja, das finde ich.«

Die Augenbrauen wandern nach unten.

Uffa.

»Barbara, meine Liebe. Wie fühlst du dich heute, wenn ich fragen darf?«

»Ich fühle mich sehr gut, Ramona. Und ich möchte meiner Freude über dein Interesse an meinem Gefühlszustand Ausdruck verleihen. Danke, dass du mir gerade deine Wertschätzung zum Geschenk gemacht hast.«

Fehlerfrei, wie immer. Babsi hat sich in den letzten Monaten zur Musterschülerin gemausert. Am Anfang war sie Ramonas tägliches Schlachtopfer. »Barbara, meine Liebe«, hat Ramona immer gesagt, »deine Leistungen beim Motivationstraining nötigen mir auch heute wieder den allergrößten Respekt ab. Sie erinnern mich auch heute wieder an die jährlich stattfindende Behindertenolympiade.«

Jetzt ist Babsi Spitzensportlerin. Fit, schnell, smart. Sie steht immer eine Stunde vor dem Morgentraining auf und trainiert für das Training. Wer um sechs an ihrer Zimmertür vorbeigeht, kann sie hören. Babsi trainiert laut. Beispielsätze, Musterdialoge, Fangfragen.

Jürgen sagt, dass es mit Babsi ist wie mit jeder lahmen Ente: Mach ihr Angst, und sie wird fliegen.

»Deine Wertschätzung meiner Wertschätzung macht mich sehr glücklich, Barbara. Jetzt zu dir«, Ramonas Scharfschützen sondieren das Gebiet, wo ist das nächste Opfer, Herbert zieht den Kopf ein, »Herbert, mein Lieber!«

Schuss.

Treffer.

»Wie fühlst du dich heute, Herbert? Fühlst du dich wohl in deiner Haut?«

»Ja, wohl. Ich fühle mich heute sehr wohl in meiner, äh, Haut.

Und ich möchte meiner Freude über dein Interesse an meinem Gefühlszustand Ausdruck verleihen. Danke, dass du mir gerade deine Wertschätzung …«

Ramona unterbricht ihn mit einer Handbewegung, die entfernt an ein herabstürzendes Fallbeil erinnert.

»Wenn du erlaubst, Herbert, dann würde ich dir gerne *meine* Wahrnehmung deines werten Befindens zur Verfügung stellen. Erlaubst du?«

Herbert erlaubt es mit einem ängstlichen Nicken.

»Danke. *Meine* Wahrnehmung sagt mir, dass du dich keineswegs wohlfühlst in deiner Haut. Schon gar nicht sehr wohl.«

Naja, wo sie recht hat, hat sie recht, die Ramona. Herberts Haut ist ein Desaster. Zum Glück kann man nicht viel davon sehen. Herbert trägt ein langärmeliges Sweatshirt, die Kapuze hat er tief ins Gesicht gezogen. Und so ist das mit der berufsbedingten Kontaktallergie nach dem Prinzip der Bäckerkrätze: Wenn die Sache einmal ausgebrochen ist, dann wirst du sie nicht mehr los. Du kannst den Beruf wechseln, die Krätze bleibt.

Ob Herbert Schmerzen hat?

Ach wo.

Herbert hat keine Schmerzen, die Schmerzen haben Herbert.

»Was löst meine Wahrnehmung deines Befindens bei dir aus, mein Lieber? Löst sie vielleicht eine gewisse, nun ja, Beschämung aus? Wie du weißt, gehört es zu den Grundregeln der GfK, weder sich selbst noch andere zu belügen. Wir bemühen uns um Aufrichtigkeit, um Authentizität. Wir nehmen keine Umwege über Heuchelei und Schwindel. Unser Weg ist der direkte Weg, der direkte Kontakt von Mensch zu Mensch, man könnte auch sagen … na, Barbara? Wie könnte man auch sagen?«

»Von Herz zu Herz, von Bauch zu Bauch.«

»Genau. Also, Herbert: Wenn du mit meiner Wahrnehmung einverstanden bist, dann möchte ich dich jetzt um eine aufrichtige Bauch-zu-Bauch-Antwort auf meine Frage bitten, wie du dich heute fühlst.«

Herbert räuspert sich, es klingt wie ein Stöhnen.

»Ich … mir … ehrlich gesagt, nicht so gut. Ganz wie du sagst, Ramona: nicht so gut. Und auch wenn ich den tollen Job hier im Paradies nicht hätte ohne mein, nun ja, mein außergewöhnliches Talent, wie Jürgen immer sagt, dann wäre es mir doch lieber, ich wäre ein bisschen weniger talentiert, weil die Schmerzen …«

»Danke, Herbert. Sehr interessant.«

Herbert verstummt, Ramonas Scharfschützen machen sich wieder auf die Suche. Wer den Kopf einzieht, hat verloren. Dongbang zieht den Kopf ein.

»Dängböng, mein Lieber!«

Schuss.

Treffer.

»Wie fühlst *du* dich heute, Dängböng?«

»Gut, Ramona. Danke. Fühle gut.«

Ramona lächelt, das Netz schillert.

»Wenn du einverstanden bist, Dängböng, dann möchte ich dich jetzt bitten, mir ganz genau zuzuhören. Ich werde die Frage gleich noch einmal stellen, und du bist ganz herzlich eingeladen, ganz genau zuzuhören. Also: Bist du bereit?«

Dongbang senkt und hebt seinen koreanischen Riesenschädel. Der kleine Körper darunter zittert leicht.

»Dängböng, mein Lieber: Wie fühlst *du dich* heute?«

»Fühle gut. Wenn du dich gut fühlst, verehrte Ramona, fühle auch gut.«

Halten wir an dieser Stelle Folgendes fest:

Ramona weiß, dass Dongbang nicht Dängböng heißt.

Ramona weiß, dass Dongbang kein Chinese ist.

Außerdem weiß Ramona, dass die Koreaner nicht gerne *Ich* sagen. Dass sie nicht gerne von sich selbst reden. Aus Höflichkeit.

Ich finde.

Ich brauche.

Ich möchte.

In der G-Sprache musst du ständig *Ich* sagen. Aus Liebe. Zu dir selbst und deinen Bedürfnissen, weil nur dann kannst du auch Liebe empfinden für die anderen und ihre Bedürfnisse.

Liebe oder Höflichkeit – du musst dich entscheiden.

»Dängböng, wenn du erlaubst, dann möchte *ich* dir jetzt gerne zu verstehen geben, dass *ich* gerade ein bisschen traurig bin. *Ich* bin traurig, weil *ich* das Gefühl habe, du hast keine rechte Freude an der G-Sprache. *Ich* spüre, dass du dich mit der G-Sprache genauso quälst wie mit der deutschen Sprache, und das macht *mich* traurig. Kannst du das verstehen, Dängböng?«

Dongbang nickt traurig.

»Aber *ich* möchte nicht traurig sein, und *ich* weiß, dass du im tiefsten Inneren deines Herzens auch nicht möchtest, dass *ich* traurig bin. Du möchtest, dass *ich* fröhlich bin, nicht wahr?«

Dongbang nickt traurig.

»Und schon haben wir ein gemeinsames Bedürfnis! Wir wollen beide, dass *ich* fröhlich bin. Mein lieber Dängböng, es würde *mich* sehr, sehr fröhlich machen, wenn du jetzt mit viel, viel Freude an der G-Sprache sagen würdest: *Ich,* Dängböng, fühle *mich* gut. Du kannst den Satz auch gerne erweitern, wenn es dir hilft, und zum Beispiel sagen: *Ich,* Dängböng, fühle *mich* auch heute wieder sehr gut hier im Paradies, weil *ich* nicht irgendwo weit entfernt in einem Lager sitze und gefoltert werde, so wie *mein* armer Bruder. Keine Stromschläge, keine Isolationshaft, das finde *ich* sehr schön.«

Dongbang fährt sich mit einer schnellen Bewegung über die Augen. Dann sagt er:

»Finde schön, dass … fühle auch heute wieder … sehr gut … weil nicht gefoltert wie armer Bruder … wie *mein* armer Bruder …«, Dongbang senkt den Kopf.

Schlchz.

Ich weiß auch nicht, warum die Koreaner immer ohne u schluchzen, aber sie tun es.

»Sehr schön, Dängböng. Wirklich schön, was du gerade machst, und ich bitte dich im Namen aller, damit weiterzumachen. Du zeigst uns gerade deine Gefühle. Deine echten, aufrichtigen Gefühle, und das finden wir alle sehr schön, nicht wahr, Siegbert?«

Sigi schreckt aus einer Art Wachkoma auf.

»Äh, was?«

Ramonas Augenbrauen wandern ein Stück nach oben.

»Wir finden es alle sehr schön, dass Dängböng uns gerade seine Gefühle zeigt.«

Sigi wirft einen Blick auf Dongbang.

Schlchz.

»Na klar«, Sigi nickt, »superschön, aber hallo.«

Ramonas Brauen wandern noch ein Stück nach oben.

Sigi dreht sich zu Dongbang. »Weißt du, Kumpel, das ist alles halb so schlimm mit deinem Bruder. Vielleicht wird er ja gar nicht gefoltert. Vielleicht sitzt er ja irgendwo gemütlich in einer Kneipe und trinkt Reisschnaps, oder was ihr da so trinkt da drüben. Aber du kannst natürlich ruhig weiterheulen, wenn's dir guttut. Immer raus damit, Dongbang! Hau weg die Scheiße! Das hat mein Vater auch immer gesagt. Hau weg die Scheiße, Sigi, mein Sohn, hat er gesagt, und dann bin ich aufs Klo und *laberlaber* …«

Sigi erzählt wortreich die charmante kleine Geschichte aus seiner Kindheit zu Ende, Ramonas Brauen kleben am Haaransatz.

Das Wort *fühlen* kommt in Sigis Geschichte nicht vor.

Das Wort *empfinden* kommt in Sigis Geschichte nicht vor.

In Sigis Geschichte werden keine Geschenke gemacht, keine Bedürfnisse respektiert, keine Enten gefüttert.

Sigi wird es nie kapieren.

Gewaltfreie Kommunikation.

Giraffensprache.

Sigi wird nie irgendetwas davon kapieren, weil Sigis Synapsen dafür einfach nicht geeignet sind.

Gott segne Siegbert Schulzes Synapsen.

Übrigens: Die Giraffe hat von allen Landsäugetieren das größte Herz, deswegen ist sie das Symboltier der gewaltfreien Kommunikation.

Nebenbei: Die gewaltfreie Kommunikation hat ein gewisser Rosenberg erfunden. Ramonas Leitfigur nach Sänt-Äxüperi. Rosenberg sagt, dass jede Form von Gewalt nur der Ausdruck eines tiefer liegenden Bedürfnisses ist, nach Anerkennung zum Beispiel oder nach Nähe. Zugehörigkeit, Verständnis, Liebe. Wir müssen auf unsere wahren Bedürfnisse hören, sagt Rosenberg, und Jürgen sagt, dass Rosenberg recht hat. Also fast. Gewalt drückt in der Tat ein tief liegendes Bedürfnis aus: das Bedürfnis nach Gewalt.

Sigi hat die Geschichte vom Klo fertig erzählt und mit einer neuen Geschichte begonnen, Ramonas Brauen kleben nach wie vor am Haaransatz. Sie sehen aus wie zwei spitze kleine Dächer, die gleich einstürzen werden. Lange hält Ramona das nicht mehr durch. In Sigis neuer Geschichte geht es um irgendwelche verstopften Rohre, die Sigis Vater zusammen mit Sigis Onkel und unter dem Gekeife von Sigis Mutter *krach.*

Ramonas Brauen sind eingestürzt.

»Danke, Siegbert! Es reicht!«

»... und dann hat meine Mama zu meinem Papa und meinem Onkel gesagt, dass sie totale Dumpfgummis sind, alle beide, weil das doch jeder weiß, wie man so eine scheiß Ratte aus dem Rohr kriegt, und dann hat meine Mama die Sache selbst in die Hand genommen und einen Zweiliterbottich mit Bleichmittel angeschleppt und ...«

»Siegbert! Genug!«

Sigi verstummt.

Schade, es war gerade spannend.

Das findet Paul auch. »Jetzt sag nicht, dass sie's unverdünnt reingekippt hat, Sigi. Wenn ja, dann Hut ab vor deiner Mutter, ich meine: Ratten vergiften ist das eine, aber Trinkwasser verseuchen – Hut ab! Also: Hat sie, oder hat sie nicht?«

Sigi grinst. »Sehe ich aus wie der Sohn einer Frau, die vor irgendetwas zurückschreckt?«

Nein, das kann man so nicht sagen. Sigi sieht eher aus wie jemand, vor dem die eigene Mutter zurückschreckt. Er hat sich in den letzten Monaten ein paar neue Tätowierungen zugelegt, aus beruflichen Gründen. Sigi arbeitet nicht mehr im Bereich Security, er hat hier im Paradies zu seiner wahren Bestimmung gefunden, wie wir alle.

Die wahre Bestimmung.

So nennt es Jürgen immer.

Fünfzig neue Motive, behauptet Sigi, Jürgen sagt achtundvierzig, weil er die Blutstropfen nicht mitzählt, die für immer aus Sigis tätowierter Halswunde quellen.

Babsis Lieblingsmotiv ist ein großer Schmetterling auf Sigis linker Schulter. Nur schade, dass er einen Drachenkopf hat und Feuer speit, sagt Babsi immer.

Dongbang findet den Stacheldraht um Sigis Handgelenke am schönsten. Es erinnert ihn an seine Heimat.

Paul mag den Skorpion am liebsten. Er wohnt in Sigis rechter Hand und wartet auf einen Händedruck.

Was Herbert am liebsten mag, kann man gerade nicht sehen. Überhaupt kann man vieles von dem nicht sehen, was später am Tag das Publikum zu Begeisterungsstürmen hinreißen wird. Die ganze Pracht liegt unter Sigis Jogginganzug verborgen, und später wird er ihn ausziehen. Er wird nackt sein bis auf einen Stringtanga in dezentem Schwarz. Er wird Herberts Lieblingsmotiv freilegen. Er wird seine Arbeit machen.

Aber auch so, wie Sigi jetzt dasitzt, breitbeinig auf der Gymnastikmatte, und stolz von seiner umweltschädigenden Mutter erzählt, auch so ist er ein prachtvoller Anblick.

Ich mag jedes Motiv.

Jedes einzelne.

Den grinsenden Totenkopf in Sigis Nacken zum Beispiel, oder die schwarze Rose auf seiner rechten Wange, und die Ornamente natürlich. Verwirrende Formen, verstörende Farben, leuchtend und düster zugleich. Sigis kahlrasierter Schädel ist damit überzogen, ich glaube, die Ornamente sind Symbole, aber ich weiß nicht, was sie bedeuten.

Jürgen sagt: nichts.

Jürgen sagt: Schönheit hat keine Bedeutung.

Am besten gefällt mir der Stern. Jürgens Meisterwerk, wenn Sie mich fragen. Alle bildenden Künstler hinterlassen ihren Namen auf ihren Werken, bei Jürgen ist es der Stern auf Sigis Stirn.

Ein Morgenstern.

Das ist wichtig, sagt Jürgen: ein Morgenstern, kein Abendstern. Der am Abend erhellt die Finsternis, der am Morgen entzündet die Welt. Der eine tröstet, der andre erhitzt bis zur Weißglut.

»... und ein paar Tage später ist dann die Nachbarin krank geworden, das war so eine alte Hexe, die sich immer über alles beschwert hat, und fett war sie auch, mein Gott, war die fett, und da hat mein Papa ein schlechtes Gewissen bekommen und ist regelmäßig zu ihr rübergelatscht mit neuen Zeitschriften und Mineralwasserflaschen, damit sie nicht mehr aus der Leitung trinkt, aber es hat alles nichts genützt, weil die war schon voll verseucht, die Frau, und dann ist sie ins Krankenhaus gekommen, auf die Intensivstation, und mein Papa war voll fertig, aber meine Mama hat gesagt, dass es der alten Fettgondel recht geschieht und dass man eben ein bisschen aufpassen muss, wenn man alt und fett ist und ein beschissenes Immunsystem hat.«

Paul nickt anerkennend. »Kluge Frau, deine Mutter, es gibt nichts Wichtigeres als ein starkes Immunsystem, das sag ich auch immer, weil wenn du kein starkes Immunsystem hast, dann bist du gearscht, dann geht es dir wie dem feuchten Fritz, das war ein Szenebruder von mir, sehr sympathischer Kerl, aber total geschwächt vom Saufen, und eines Tages ist der feuchte Fritz doch glatt ...«

»Schluss!« Ramona springt von ihrer Yogamatte aus echten Kokosfasern auf. »Noch *ein* Wort, und es hagelt Strafpunkte! Noch *ein* Wort, und ich ...«

Die Tür geht auf.

Ramona würgt sich selbst ab.

Jürgen kommt herein. Lässig wie ein Spaziergänger an einem Sonntagnachmittag. Er schlendert zu Ramona, er nimmt ihre Hand, er deutet einen Handkuss an. Das würde bei jedem anderen lächerlich aussehen, bei Jürgen sieht es elegant aus.

»Ramona, meine Liebe, du bist eine Augenweide, wie immer.

Und ich bin zu spät, wie immer. Bitte verzeih. Aber wie sagt unser gemeinsamer Freund Saint-Exupéry so schön: Es ist wichtig, dass wir auf etwas zugehen, nicht, dass wir irgendwo ankommen, denn man kommt nirgendwo an, außer im Tode. Dort allerdings, meine liebe Ramona, und wenn du mir diesen Zusatz gestattest, dort sollten wir dann pünktlich sein.«

Er lässt Ramonas Hand los, die Hand schwebt für einen Moment in der Luft. Verzückt, verzaubert. Eine Märchenhand. Der Prinz hat sie geküsst.

Jürgen dreht sich zu Babsi und zwinkert ihr zu. Babsi kichert kokett.

Jürgen schlendert zu Herbert und berührt ihn sanft am Kopf. Herbert seufzt auf wie ein Leprakranker, den der Wunderheiler berührt.

Jürgen schlendert zu Dongbang und verneigt sich leicht. »Meine Verehrung, Pak Dong-bang.« Dongbang verneigt sich so tief, wie es im Sitzen geht.

Jürgen schlendert zu Sigi und begrüßt ihn mit einem Handschlag. »Na, Großer, alles klar?« Sigi grinst. »Klar wie Klobrühe, Chef.«

Jürgen schlendert zu Paul. Handschlag. Er beugt sich zu Paul hinunter und flüstert ihm etwas ins Ohr. Paul grinst.

Jürgen schlendert auf seinen Platz. Sein Platz ist vorne neben Ramona, in gebührendem Abstand. Der Abstand gebührt Jürgen, nicht Ramona, versteht sich.

Dort auf Jürgens Platz ist keine Yogamatte und keine Gymnastikmatte, nur eine Markierung. Rotes Klebeband, herzförmig, Ramona hat sie gemacht.

Jürgen setzt sich auf die Markierung und gleitet in den Lotossitz wie jemand, der den ganzen Tag nichts anderes tut, als in den Lotossitz zu gleiten. Ramona setzt sich auf ihre Kokosmatte und gleitet auch, aber es sieht im Vergleich zu Jürgen verdammt nach Behindertenolympiade aus.

Jürgen schließt die Augen.

Jürgen lächelt.

Das ist seine Art, *mich* zu begrüßen. Er hat es mir nie gesagt, aber ich weiß es. Manche Dinge weiß man einfach. Andere Dinge wird man nie wissen, auch wenn sie einem gesagt werden.

Außen hui, innen hui?

Außen pfui, innen pfui?

Gute Frage, hier die Antwort: weder noch.

Jürgens Lächeln ist ein Rätsel. Es ist ein Geheimnis. Astreine Bilanz, so viel steht fest, aber ich kann das Außen so wenig benennen wie das Innen. Ich kann nicht sagen, *was* da harmoniert. Ich kann nur sagen, dass es von außen so aussieht, als sei Jürgens Inneres mit schwarzem Samt ausgeschlagen.

Der kleine schwarze Prinz.

Ein Kuss, der Himmel voller Sterne.

Glaube, Hoffnung, Liebe, diese drei.

Doch am größten unter ihnen ist die Liebe.

Jürgen öffnet die Augen.

»Und nun«, sagt er, »nun wollen wir uns wie immer dem interessanten Teil des Trainings zuwenden.«

2

Alles fängt damit an, dass du dir einen schönen Tag machen willst. Mit deiner Familie zum Beispiel oder mit deinen Freunden. Und weil du die Gutscheine aufbewahrt hast, die letzte Woche in deinem Briefkasten waren, deswegen sagst du zu deiner Familie oder zu deinen Freunden: Fünfundzwanzig Prozent Rabatt! Auf geht's! Ins Paradies!

Und du fährst los.

Autobahn, Autobahnraststätte, wieder Autobahn. Noch fünf Kilometer, noch drei, da ist die Abfahrt, da ist das Schild. Ein Schild wie ein Monument: PARK PARADIES.

Du fährst in die erste Kurve, die Schallschutzmauer wird flacher, jetzt die zweite Kurve, die Mauer ist weg, und neben dir auf dem Beifahrersitz zeigt deine Frau oder deine Freundin oder sonst wer aus dem Fenster und sagt: Wow!

Wow! Geil! Sagt hinter dir auf dem Rücksitz dein Sohn oder deine Tochter oder sonst wer.

Dann ziehen alle ihre Handys heraus und machen Fotos.

Du sagst nichts. Du fährst weiter die Serpentinen hinunter in das Tal, in dem das Paradies liegt.

Es ist nicht wow.

Es ist nicht geil.

Es ist so, dass es dir den Atem nimmt, die Sprache verschlägt, die Zunge lähmt, und ein paar Tage später wirst du einem Arbeitskollegen oder sonst wem davon erzählen, und du wirst sagen: überwältigend. Das Paradies ist überwältigend.

Neunhunderttausend Quadratmeter, hundertachtzig Attraktionen, fünf Erlebnishotels. Ein künstlicher See, ein künstlicher Wasserfall. Im Zentrum und alles überragend: der Screamtree. Gesamthöhe: zweihundert Meter. Höhe der Aussichtsplattform: hundertfünfzig Meter.

Der Screamtree ist aus Stahl. Wenn die Sonne scheint, reflektiert er das Licht und sieht aus wie ein riesiges, glänzendes Schwert, das sich aus der Erde in den Himmel bohrt.

Unten im Tal fährst du noch einen Kilometer, dann bist du da. Ein junger Mann in Phantasieuniform kassiert satte 8,50 von dir für den Parkplatz. Er sieht so schneidig aus und er lächelt so charmant, dass du ihm nicht böse sein kannst. Auf der Suche nach einem freien Parkplatz fährst du an einem Schild vorbei.

SMILE! YOU ARE ON TV!

Unter der Schrift ist eine Überwachungskamera abgebildet. Du wirst diesem Schild heute noch öfter begegnen, ziemlich oft sogar, und jedes Mal wirst du die Mundwinkel nach oben ziehen, ganz automatisch.

Achttausend Parkplätze, zwölftausend Schilder, null Kameras. Null sichtbare Überwachungskameras. Sigi sagt, dass sie wahrscheinlich versteckt sind. Jürgen sagt, dass sie überall sind und dass sie deswegen keiner sieht.

Es ist egal, an welcher Kasse du dich anstellst, die Schlangen sind alle lang. Jetzt bist du kurz davor, doch ein bisschen böse zu werden, weil du sowieso dein halbes Leben mit Warten verbringst, im Supermarkt zum Beispiel oder beim Zahnarzt. Und jetzt auch noch im Paradies, oder was! Aber bevor du böse werden kannst, kommt eine junge Frau in Phantasieuniform angetrippelt. Sie hat strahlende Augen und ein umwerfendes Lächeln. Sie hat einen Korb in den Händen. Auf ihrer Schirmmütze steht CANDYGIRL. Das Candygirl holt zwei Bonbons aus dem Korb und gibt sie dir.

Zur Versüßung der Wartezeit, sagt das Girl.

Danke, sagst du, das gibt es beim Zahnarzt nicht.

Ein guter Witz, findet das Girl und entblößt lachend zwei makellos weiße Zahnreihen.

Durchschnittliche Wartezeit an den Kassen: zwanzig Minuten. Durchschnittliche Wartezeit bei den Attraktionen: fünfzig Minuten. Verteilte Bonbons pro Tag: achtzigtausend.

An der Kasse löst du die Gutscheine ein und zahlst den Restbetrag. Auf den Eintrittskarten ist ein Strichcode. Die Kassiererin gibt dir einen Parkplan und einen Zeitplan, dann sagt sie lächelnd: Viel Spaß im Paradies!

Sechzig Snackbuden, fünfzig Eisdielen, dreiundvierzig Restaurants, einunddreißig Cafés. Alkoholische Getränke: null. Souvenirshops: acht. T-Shirts, Boxershorts, Krawatten, Babymützen, Plüschtiere, Rucksäcke, Handytaschen, Federmäppchen, Schlüsselanhänger, Puzzles, Kaffeetassen, Kugelschreiber und vieles mehr. Keine Scheren. Keine Taschenmesser.

Auf dem Parkplan ist das Paradies aus der Vogelperspektive aufgemalt und genau so bunt wie in echt. Wenn du den Plan waagerecht hältst, hat das Paradies in etwa die Form eines Auges. Wenn du ihn senkrecht hältst, sieht es aus wie ein Tropfen. Jürgen sagt: wie eine Träne. Rund um die Träne ist das Papier weiß. Der Wald im Westen ist nicht eingezeichnet, die Autobahn im Süden ist nicht eingezeichnet. Kein Brachland im Norden, und im Osten ist auch alles weiß. Dort liegt die Wohnsiedlung für das Personal. Vier nüchterne Bauten, im Quadrat angeordnet, die meisten nennen es Die Kaserne, ein paar Witzbolde sagen Guantánamo.

Mitarbeiter zur Hauptsaison: fünftausend. Mitarbeiter zur Nebensaison: dreitausend. Ganzjährig festangestellt: vierhundert. Größe der Zimmer: zwölf Quadratmeter. Block A und B: Frauen. Block C und D: Männer. Anzahl der Zimmer pro Stockwerk: zwanzig. Toiletten: vier. Duschen: drei. Eine Küche. Der große Supermarkt in Block B ist gut sortiert, die Apotheke auch. Es gibt alles, außer Alkohol, und alles kostet ein Drittel mehr als in normalen Supermärkten und Apotheken. Wer die Preise nicht akzeptiert, muss achtzig Kilometer ins nächstgelegene Dorf fahren. Wer sich betrinken will, kauft Desinfektionsmittel mit siebzig Prozent Ethanol und verdünnt es mit Wasser oder Fruchtsaft.

Puh!, sagst du zu deiner Frau oder Freundin und zeigst auf den Zeitplan, da müssen wir aber echt Gas geben, damit wir das alles schaffen.

Ja, es ist viel los im Paradies. Shows, Events, Paraden. Wenn es nach dem Zeitplan geht, hast du heute mächtig Stress, aber weißt du was: Relax & Keep Smiling!!! So steht es rechts oben auf dem Plan, mit drei Rufzeichen, also relax!!! Wenn du die absolut geile Stuntshow um zwölf verpassen willst, kein Problem. Oder das absolut geile Ritterturnier um eins, das kannst du auch verpassen, auch kein Problem. Die Freakshow um zwei, das Piratenspektakel um drei, die Hits-für-Kids-Highlights um vier, die Magic-Bubble-Revue um fünf – kannst du alles verpassen. Nur *einen* Termin musst du unbedingt einhalten, weil da geht echt die Post ab, das ist ein Top Event, so steht es auch im Plan, mit drei Rufzeichen.

Top Event!!!

Um elf in Wuzzipups Wunderwelt!!!

Die große Parade mit Wuzzipup und seinen Freunden!!!

Wuzzipup ist das Parkmaskottchen. Du schaust auf die Uhr, es ist schon zehn, jetzt aber nichts wie los.

Die Parkleitung weiß von den gestreckten Desinfektionsmitteln. Die Parkleitung weiß von den rezeptpflichtigen Medikamenten, die rezeptfrei unterm Ladentisch durchgereicht werden. Antidepressiva, Stimmungsaufheller. Die Parkleitung ist streng, aber ein bisschen Luft muss man den Mitarbeitern schon lassen.

Das Tor zum Paradies ist größer als jedes Tor, das du je gesehen hast. Es ist größer als jedes Tor, durch das du je gegangen bist. So kommt es dir zumindest vor. Du gehst langsam durch dieses gigantische Tor aus falschem Marmor, ganz langsam, weil es so ein großartiges Gefühl ist, und plötzlich hörst du Musik. Sie kommt von oben, du siehst hinauf, und was du da siehst, wird dir ein Leben lang in Erinnerung bleiben, das weißt du schon jetzt. Noch während du mit offenem Mund die Engel betrachtest, die da oben im Gewölbe schweben, weißt du: Das werde ich nie vergessen. Silberne Flügel, seidene Gewänder, langes lockiges Haar, goldene Füllhörner in den Händen, und sie singen. Zumindest sieht es so aus, weil sich ihre Lippen perfekt synchron zu der Musik bewegen, die aus zwei Wolken links und rechts im Gewölbe kommt.

Halleluja!, singen die Engel.

Halleluja!

Willkommen!

Halleluja!

Willkommen!

Jetzt greifen sie in ihre Füllhörner und streuen mit weiten, weichen Bewegungen etwas aus, das wie glitzerndes Pulver aussieht. Es rieselt auf dich herab, es legt sich auf dein Haar, auf deine Schultern, auf deinen Rucksack. Es legt sich auf das Haar deiner Frau oder deiner Freundin, und sie sieht bezaubernd aus mit diesem zarten Schimmer in der Frisur. Später wird dir ein lächelndes Infogirl erklären, dass der pulverisierte Glitzer absolut hautverträglich ist und keinerlei Rückstände auf Textilien hinterlässt. Es ist übrigens gar kein Pulver, wird das Infogirl sagen und dir zuzwinkern, es ist Zauberstaub. Er verwandelt die Menschen in Zauberwesen. Er macht aus Frauen Feen, aus Männern Magier, aus Mädchen Elfen, und aus den Jungs macht er freche kleine Kobolde. Aber das wirst du alles erst später erfahren. Jetzt machst du ein Foto von den Engeln und ein Foto von deiner Frau mit ihrem Feenhaar. Wenn du eine Tochter hast, dann machst du ein Foto von deiner Tochter mit ihrem Elfenhaar.

Halleluja!

Halleluja!

Übrigens: Du musst deine Eintrittskarte niemandem zeigen. Du musst sie in keinen Schlitz stecken, du musst dich durch kein Drehkreuz quetschen. Ein Laser scannt den Strichcode automatisch, wenn du durch das Tor gehst. Außerdem scannt der Laser dich.

Anzahl der Scans pro Jahr: sechs Millionen. Kriminalitätsrate im Paradies: null.

Null Diebstahl.

Null Sachbeschädigung.

Null Körperverletzung.

Sigi sagt, dass die Kollegen von der Security echt auf zack sind hier. Er sagt, dass er keine Ahnung hat, wie die das machen. Bei denen am Tor ist es klar, die sitzen versteckt in den gewaltigen Marmorpfeilern und glotzen auf ihre Monitore, aber bei den anderen – keine Ahnung.

Wenn es irgendwo brenzlig wird, wenn irgendein Besucher Stunk macht – zack sind sie da. Jemand drängelt sich in der Warteschlange vor, gleich gibt's Streit – zack, sie sind da. Ein Candygirl wird angepöbelt – zack. Eine Handtasche ist in Gefahr – zack. Sogar wenn jemand etwas verliert, ohne es zu merken, zum Beispiel sein Kind – zack, der kleine Racker wird an der Hand genommen, und ab geht's zu Mami.

Sigi sagt, dass die Jungs wahrscheinlich Knöpfe im Ohr haben und über eine Kontrollzentrale mit den versteckten Kameras vernetzt sind. Dass die Kameras mit Präventionssoftware arbeiten. Jürgen sagt, dass Sigi wahrscheinlich nicht ganz falschliegt, aber auch nicht ganz richtig.

Gegenüber vom Tor ist eine Haltestelle, du stellst dich in die Schlange, zwanzig Minuten später sitzt du im Eden-Express.

Der Eden-Express fährt durch das ganze Paradies, du kannst an vierzig Haltestellen ein- oder aussteigen. Er sieht aus wie eine alte Eisenbahn mit Dampflok, nur kleiner. Die Sitze sind gepolstert, die Fenster haben Vorhänge, aus den Lautsprechern unter den Sitzen kommt Musik. Nicht zu laut, nicht zu leise, gerade richtig, und die Melodie passt genau zu deiner Stimmung. Du bist gerade ziemlich gut drauf, so eine Kombination aus fröhlich und aufgekratzt. Deine Frau ist auch gut drauf, sie hat sich an dich gelehnt und deine Hand genommen. Wenn du einen Sohn hast, sagen wir so um die acht, dann zappelt er jetzt auf seinem Sitz herum und zeigt alle paar Sekunden aus dem Fenster.

Wow!, ruft dein Sohn und zeigt auf die riesige Schiffschaukel, in der gerade sechzig Leute mit achtzig Kilometern pro Stunde hin- und herschwingen. Die Leute kreischen.

Wow!, dein Sohn zeigt auf den See und auf die Spiralröhrenrutsche, in dem die Leute mit hundert Stundenkilometern nach unten rasen. Sie kreischen.

Wow! Die Achterbahn ist noch schneller, bis zu hundertzwanzig Stundenkilometer, am höchsten Punkt ist sie sechzig Meter hoch, der maximale Neigungswinkel beträgt fünfundneunzig Grad, *kreisch!*

Der Eden-Express geht langsam in die Kurve, die Musik wird ein bisschen lauter und ein bisschen dramatischer, dein Sohn springt von seinem Sitz auf und ruft Wow! Wow! Wow!

Der Screamtree.

Das riesige, glänzende Schwert.

Du hast gedacht, dass es nur ein Turm ist mit Aussichtsplattform, aber jetzt siehst du, was es *noch* ist, und dir stockt der Atem.

Oh mein Gott.

Sagt deine Frau, sie hat es auch gerade gesehen, und sie presst deine Hand zusammen. So fest, dass es weh tut.

Es gibt größere Freizeitparks als das Paradies, und sie haben wildere Schiffschaukeln und steilere Achterbahnen, aber der Screamtree ist Rekord. Er ist einzigartig. Der höchste Freifallturm der Welt. Die Sitze sind kreisförmig angeordnet, sie bilden einen Kranz rund um den Turm. Später am Tag wirst du auf einem dieser Sitze Platz nehmen und deinem Sohn zuwinken, der mit deiner Frau vor der Absperrung steht. Er darf noch nicht mit, er ist noch zu klein, er hat ein Eis bekommen zum Trost. Die Sicherheitsbügel schließen sich automatisch, der Kranz wird hochgezogen.

Nach fünfzig Metern denkst du: Toll!

Nach achtzig Metern denkst du: Was für eine Aussicht!

Nach hundert Metern denkst du: Wie hoch denn noch, um Himmels willen?!

Der Kranz stoppt mit einem Ruck, du baumelst in hundertvierzig Metern Höhe und denkst das, was deine Frau unten im Eden-Express gesagt hat: Oh mein Gott!

Ja, du bist ihm ganz nah.

Herr über Leben und Tod.

Jetzt kippen die Sitze plötzlich nach vorne, du schreist auf, alle schreien auf, und es klingt wie *ein* Schrei aus *einem* Mund. Dann fällst du nach unten.

Du fällst wie ein Stein in die Schlucht.

Du fällst wie ein Selbstmörder vom Hochhaus.

Dir kann nichts passieren, du wirst nicht sterben, das weißt du, aber dein Herz weiß es nicht, deine Lunge weiß es nicht, dein Magen, dein Blut. Und deswegen zieht sich dein Magen zusammen und dein Herz hämmert und dein Blut tobt und du stirbst. Ein paar Sekunden lang, im freien Fall, es ist schrecklich. Der herrlichste Schrecken, den du je erlebt hast.

Baum der Freiheit. So nennt Jürgen den Screamtree. Manchmal sagt er auch Baum der Schmerzen, und dabei lächelt er sein samtschwarzes Lächeln.

Der Eden-Express tuckert durch einen Tunnel aus künstlichen Weinranken, dann über eine Brücke im Venedigstil. Du wirfst einen Blick auf den Parkplan, die Markierung sagt dir, dass du dich ab jetzt in Wuzzipups Wunderwelt befindest. Wurde auch Zeit, es ist schon Viertel vor elf.

Du passierst ein Kettenkarussell. Wuzzipups Wichtelwirbler.

Du passierst eine Kippschaukel. Wuzzipups Wapsiwipper.

Jetzt einen Wasserspielplatz mit krakenförmigem Klettergerüst. Octowuzzi.

Der Eden-Express hält, du steigst aus. Fast alle Passagiere steigen hier aus, weil fast niemand das Top Event um elf verpassen will. Du nimmst deinen Sohn an die Hand und deine Frau um die Hüften und gehst den anderen Leuten nach, die sich zielsicher auf etwas zubewegen, das sehr imposant aussieht. Ein Schiff. Aber kein schlanker Dreimaster wie im Piratenland, sondern kastenförmig und mit einer einzigen großen Flagge. Es ist windstill heute, die Flagge flattert trotzdem. Fröhlich und frei, wie auf hoher See. Das Gebläse kannst du nicht sehen, es ist im Mast versteckt. Die Lautsprecher sind auch versteckt, die Musik ist so ähnlich wie die Musik im Eden-Express, nur viel lauter und viel spannungsgeladener.

Arche Nova steht auf der Flagge.

Verdammt, denkst du, wir hätten früher dran sein sollen. Hunderte Menschen stehen schon Spalier, die ganz vorne an den Absperrungen haben sich ihre Plätze vor einer Stunde gesichert. Noch fünf Minuten, dann ist es so weit.

3

Noch fünf Minuten, dann ist es so weit. Dann dürfen wir raus.

Im Schiffsbauch riecht es scharf nach Schweiß, wir warten schweigend. Keine Fenster, keine Lüftung, durch die Ritzen der Bretter, aus denen die Arche Nova gemacht ist, sickert ein bisschen Licht und ein bisschen Luft. Draußen dröhnt die Musik, hier drin ist sie nur ein dumpfes Wummern. *Wumm wumm*, machen die Bässe, *wumm wumm.* Der Boden zittert leicht, wir zittern leicht. Jedes *Wumm* ein sanfter Stromschlag.

Fünf Minuten können sehr lang sein.

Fünf Minuten können immer länger werden.

»Das dauert ja ewig«, sagt der Kollege neben mir. Er steckt in einem Kostüm aus weißem Plüsch, die langen Flossen sind grau. Gelbe Halskrause, riesiger Kopf, die Augen so groß wie Fischteller, der Schnabel fast einen Meter lang.

Darf ich vorstellen: Pingi, der Pinguin. Charaktereigenschaften: gutmütig, ein bisschen täppisch, nicht besonders intelligent, aber gerade deswegen ganz besonders liebenswert.

»Mein Gott, ist das heiß hier«, sagt Pingi, der Pinguin.

Keine Ahnung, wer da in dem Kostüm steckt und was für einen Charakter *er* hat, aber es dürfte ein Neuling sein. Ein Anfänger. Nur die Anfänger glauben, dass sie es mit den Vorschriften nicht so genau nehmen müssen, und dann jammern sie rum von wegen heiß und so.

Vorschrift Nummer eins für Charakterdarsteller: absolutes Redeverbot. Zuwiderhandeln: zwei Strafpunkte.

»Wann kommt denn endlich das Zeichen?«, sagt Pingi, der Pinguin.

Ich sage nichts. Ich halte mich an die Vorschriften.

»Das muss doch bald kommen, das Zeichen, oder?«

Ich sage nichts. In der Reihe vor uns dreht sich ein Kollege um. »Jetzt halt endlich den Schnabel!«, zischt er. Seine Barthaare vibrieren, seine Plastikaugen glänzen. Hinter den Sehschlitzen in der Schnauze glänzen zwei Menschenaugen.

Darf ich vorstellen: Rudi, die Ratte. Charaktereigenschaften: gesellig, immer gut gelaunt, immer für einen Spaß zu haben.

Keine Ahnung, wer da im Rattenkostüm steckt und welchen Charakter *er* hat, aber es dürfte sich um eine eher aggressive Persönlichkeit handeln.

Rudi dreht sich wieder nach vorne, Pingi hält den Schnabel, ich atme tief und regelmäßig.

Bangaschrupna, denke ich beim Einatmen.

Bangaschrapna, denke ich beim Ausatmen.

Immer schön regelmäßig.

Ein, Bangaschrupna.

Aus, Bangaschrapna.

Die richtige Atemtechnik ist sehr wichtig für uns Charakterdarsteller. Wenn wir zu schnell atmen oder zu flach, dann kann das unangenehme Folgen haben. Die Kostüme sind wie Särge aus Plüsch, da kommt keiner so schnell raus ohne Hilfe, und so mancher ist schon in Panik geraten deswegen. So mancher Neuling, aber auch der eine oder andere Veteran.

Es gibt Dinge, an die gewöhnst du dich nie.

Lebendig begraben.

Nur die Ruhe.

Bangaschrupna.

Bangaschrapna.

»Du«, sagt Pingi leise und klatscht mit einer Flosse gegen mein Fell. »Schwitzt du auch wie ein Schwein?«

Ich sage nichts, Vorschrift ist Vorschrift. Aber weil wir schon mal dabei sind: Ja, ich schwitze auch wie ein Schwein. Wir schwitzen hier alle wie die Schweine, obwohl nur zwei von uns Schweine sind. Schmutzi und Putzi, sie stehen weiter vorne, zwischen Hopsi, dem Frosch, und Flipsi, dem Grashüpfer. Neben Flipsi steht Emmi, die Schildkröte, neben Hopsi steht Orki, der Delphin.

Robbi, die Robbe.

Knuffi, der Hase.

Fiffi, das Äffchen.

Mausi, die Maus.

Und so weiter, wir sind viele, unser Name ist Legion, und unser Chef ist Wuzzipup, von dem man nicht so genau sagen kann, was er ist. Auf jeden Fall sieht Wuzzipup sehr lustig aus mit seinem zotteligen Fell und dem breiten Mund, aber er hat auch etwas Majestätisches an sich. Außerdem hat Wuzzipup einen astreinen Charakter. Ich meine, klar, das haben wir alle, das ist Vorschrift, aber manchen Parkbesuchern ist zum Beispiel Fiffi, das Äffchen, dann doch ein bisschen zu frech, und bei Emmi, der Schildkröte, könnte man die angeborene Trägheit als charakterliches Defizit bemängeln. Es kommt vor, dass sich empörte Eltern bei der Parkleitung beschweren, weil sich ihr Kind mit einem lahmarschigen Reptil identifizieren soll. Frech geht ja noch, aber lahmarschig geht gar nicht, das hat keine Zukunft. Mit Wuzzipup war noch jeder einverstanden, mit mir übrigens auch. Das liegt nicht so sehr an meinem Charakter, an dem könnte man schon das eine oder andere aussetzen, ich bin einfach nicht so prominent wie das Parkmaskottchen, und auch nicht ganz so eng mit ihm befreundet. Wuzzipup ist ziemlich heikel, was seine Freunde betrifft. Mit Knuffi zum Beispiel ist er ganz dicke. Kinder lieben Hasen. Noch dicker ist Wuzzipup mit Wuffi, dem Hündchen, und Puffi, dem Kätzchen. Haustierbonus, Kuschelimage. Deswegen stehen sie auch ganz vorne neben Wuzzipup, während ich ganz hinten stehe, neben dieser Nervensäge von einem Pinguin. Kollege Pingi steht übrigens falsch, Kollege Pingi gehört weiter nach vorne, Kinder lieben Pinguine. Jetzt fragt er mich schon zum dritten Mal im Flüsterton, ob ich auch schwitze wie ein Schwein. Seine Flosse klatscht gegen mein Fell, wenn er nicht bald damit aufhört, kriegen wir Ärger.

Vorschrift Nummer zwei für Charakterdarsteller: kein privater Kontakt zu Kollegen während der Arbeit. Volle Konzentration auf den darzustellenden Charakter. Zuwiderhandeln: zwei Strafpunkte.

Ich schließe die Augen, ich konzentriere mich. Das ist schwer genug mit einem Dreikilokunststoffschädel auf dem Kopf, aber mit einem kontaktfreudigen Pinguin an der Seite ist es noch schwerer.

»Wann geht's denn jetzt endlich los?« *Klatsch.*

Ich konzentriere mich. Auf meinen Charakter.

»Mannmannmann, was für eine Hitze!« *Klatsch.*

Mein Charakter ist eine sympathische Mischung aus folgenden Elementen: fröhlich, quirlig, ein bisschen überdreht und immer voller verrückter Ideen.

»Das hat mir keiner gesagt im Einführungsseminar, dass es so scheißheiß wird unter dem Kostüm.« *Klatsch klatsch.*

Dreißig Grad an kühlen Tagen, bis zu fünfzig an warmen. Rein pädagogisch betrachtet bin ich nicht ganz so wertvoll wie zum Beispiel Anni, die Ameise, mit ihrem Sinn für Fleiß und Teamgeist. Aber ich appelliere an den Mut der Kinder, viele verrückte Ideen zu haben und sie mit viel Kreativität umzusetzen. An ihren Mut, anders zu sein als die anderen. Das hat Zukunft. Damit sind schon viele Leute reich geworden.

»Und dass die Dinger so sauschwer sind, hat mir auch keiner gesagt.« *Klatsch klatsch.*

Fünfzehn bis achtzehn Kilo, je nach Material und Kopfgröße. Wuzzipup schleppt über zwanzig, er ist so groß wie ein Gabelstapler. Mit Wuzzipup verbindet mich übrigens neben einer eher losen Freundschaft die Tatsache, dass wir beide Veteranen sind. Wer länger als eine Saison durchhält, gehört zu den Altgedienten und genießt Privilegien. Zwei, um genau zu sein.

Privileg Nummer eins: Du darfst deinen Charakter behalten. Du musst nicht am Montag Flipsi sein und am Dienstag Orki und am Mittwoch Mausi. Wuzzipup ist schon seit Jahren Wuzzipup, ich bin seit einem halben Jahr durchgehend Freddi, das Frettchen.

»Verdammt, das juckt! Juckt's dich auch so?« *Klatsch.*

Privileg Nummer zwei: Du darfst deine Unterwäsche behalten. Laut Vorschrift ist Privatunterwäsche verboten, sie könnte sich unter dem Kostüm abzeichnen, und das würde die Kinder verstören. *Was hat Knuffi denn da unterm Fell, Mami? Ist er viel-*

leicht krank? Deswegen tragen alle Charakterdarsteller hautenge, nahtfreie Unterwäsche vom Typ Ganzkörperkondom. Die Kondome müssen nach der Schicht in den Garderoben zum Trocknen aufgehängt werden, nur wir Veteranen dürfen sie mit in die Kaserne nehmen und waschen.

»Ich glaub, ich krieg Kopfweh.« *Klatsch.*

Kriegen wir alle, früher oder später, da gibt es keine Privilegien. Deswegen werfen sich alle Charakterdarsteller etwas ein zum Frühstück. Kein Aspirin, das ist zu schwach. Die Apotheke in Block B macht gute Geschäfte mit hochdosierten, rezeptpflichtigen Schmerzmitteln, für die keiner ein Rezept hat. Der eine oder andere Stimmungsaufheller ist auch dabei. Ich frühstücke täglich die fünffache Dosis Fludrocortison. Paul findet übrigens, dass ich gar nicht aussehe wie ein Frettchen, sondern wie irgendetwas anderes, für das ihm die Worte fehlen. Herbert findet mich niedlich, Babsi auch, Dongbang findet gar nichts, wahrscheinlich aus Höflichkeit, und Sigi sagt, dass ich einfach spitze aussehe. Wie die Kreuzung aus einem Hamster und einer Klobürste.

»Kann mir jemand helfen?«, sagt Pingi laut. »Ich würd gern kurz den Kopf abnehmen. Dauert sowieso noch ewig, bis es losgeht.«

Den Kopf abnehmen?

Zwei Strafpunkte.

Dabei helfen?

Drei Strafpunkte.

Nicht verhindern?

Vorladung beim Personalchef. Belehrendes Gespräch über die Pflicht jedes Beschäftigten, Verstöße gegen die Vorschriften durch andere Beschäftigte zu unterbinden.

»Hallo! Jemand zuhause im Zoo?! Kollege Pingi hier! SOS!«

Ich reiße die Augen auf und starre für einen Moment ins Schwarze meines Kunststoffschädels, dann finde ich die Sehschlitze. In der Reihe vor mir haben sich alle umgedreht. Rudi, die Ratte, Bibi, der Biber, Ali, der Aal, und sogar Ulli, der Uhu, sogar der hat sich umgedreht, obwohl der normalerweise eisern nach vorne glotzt mit seinen monströsen Klappaugen.

»Wehe, du nimmst den Kopf ab«, zischt Rudi.

»Ja! Wehe!«, faucht Bibi.

»Untersteh dich!«, blafft Ali.

»Das ist gegen die Vorschrift!«, jammert Ulli.

Nicht so laut, denke ich. Oh bitte, Kollegen, nicht so laut.

»Na kommt schon, ihr Hosenscheißer«, Pingi fummelt an seinem Kopf herum, »ich krieg den allein nicht runter mit den verdammten Flossen.«

»Dir werd ich gleich …«, Rudi hebt drohend eine Pfote, aber Bibi ist schneller. Er schlägt nach Pingi, er verfehlt ihn nur knapp.

»Pfeiffer!«, dröhnt es durch die Arche, »Pfoten weg! Und du, Schneider, Pfote runter! Kowalski! Kupka! Blomberg! Ich hab euch im Visier! Und dich auch, Huber! Schieb deinen Anfängerarsch auf Position drei, Reihe fünf! Zu den Bären, wo du hingehörst! Und wenn du noch *einen* Mucks machst, dann gibt dir der Panda eins aufs Maul! Mit *meiner* Erlaubnis!«

Wuzzipups Stimme übertönt locker das *Wummwumm* der Bässe, Rudi und Konsorten schwenken ihre Schädel nach vorne und stehen stramm. Ich stehe stramm. Mein Atem geht flach und schnell, durch die Sehschlitze kann ich Wuzzipup erkennen, ganz vorne in der ersten Reihe. Er steht mit dem Rücken zu uns, er überragt uns alle, sein Zottelfell sieht aus wie gesträubt.

Im Visier?

Er hat sich nicht umgedreht.

Er kann uns nicht sehen.

Wie geht das nur? Wie machen die das?

Knopf im Ohr. Vernetzt.

Wo sind die Kameras?

Gebe Gott, dass Pingi pariert. Wenn nicht, sind wir alle dran. Mitgefangen, mitgehangen. Ich drehe den Kopf vorsichtig zur Seite, Gott sei Dank, da watschelt er davon, mit gesenktem Kopf. Ein Schweißtropfen löst sich von meiner Stirn und rinnt mir langsam den Nasenrücken hinunter. Ich schließe die Augen, ich atme tief und regelmäßig.

Bangaschrupna.

Bangaschrapna.

4

Ha ha ha! Ha ha ha!
Wuzzipup ist endlich da!
Und er kommt nicht ohne seine
allerliebsten, besten Freunde!

Die Kinderstimmen sind glockenhell, die Lautsprecherboxen sind irgendwo auf dem Paradewagen versteckt.

Sie kommen! Sie kommen!, kreischt deine Frau. Sie hüpft auf und ab wie ein Teenager beim Popkonzert.

Sie kommen! Juhu! Dein Sohn kreischt und zappelt, du hast ihn auf die Schultern genommen, damit er besser sehen kann. Außerdem hast du dich ziemlich nahe an die Absperrung herangearbeitet, das war gar nicht so leicht, da war schon ein bisschen Ellbogentaktik im Spiel, und ein breitschultriger Securitymann hat dir strenge Blicke zugeworfen, aber was soll's. Manchmal muss man eben ein bisschen brutal sein, um ganz nach vorne zu kommen.

Gleich gibt's was zu sehen.

Endlich.

Dein Sohn war schon ganz frustriert, weil er so wenig mitgekriegt hat von dem großen Auftrittsspektakel vor ein paar Minuten, und das hat dir fast das Herz gebrochen. Muss ziemlich toll gewesen sein, die Leute haben getobt. Du hättest auch getobt, wenn du näher dran gewesen wärest. Dann hättest du nämlich gesehen, wie sich die gewaltige Schiffsklappe der Arche Nova langsam öffnet und den Blick freigibt auf ein atemberaubendes Arrangement: vierzig Tiere mit erhobenen Pfoten, Flossen und Flügeln, angeführt von einem zotteligen Ungetüm, das wie die Kreuzung aus einem Wischmopp und einem Gabelstapler aussieht. Du hättest gesehen, wie die Tiere winkend und hüftschwingend im Rhythmus der Musik aus dem Schiffsbauch kommen, während von oben und scheinbar aus dem Nichts Zauberstaub herabrieselt, kiloweise.

Halleluja, hättest du gedacht, Halleluja, ist das geil!

Ha ha ha! Ha ha ha!
Wuzzipup ist endlich da!
Mach's wie er und seine Freunde!
Schwing die Hüften, heb die Beine!
Nie alleine!
Nie alleine!

Der Paradewagen nähert sich langsam, dein Sohn zappelt, deine Frau hüpft, der Wagen sieht aus wie eine überdimensionale Sänfte. Unter dem Baldachin aus rotem Samt thront Wuzzipup, flankiert von Wuffi und Puffi. Du weißt nicht, dass dieser Riesenhund Wuffi heißt und diese Riesenkatze Puffi, aber dein Sohn weiß es. In Kleinkindkreisen sind Wuffi und Puffi sehr berühmt. Es sind Stars. Und wenn du nicht so viel arbeiten würdest und öfter mal im Zimmer deines Sohnes vorbeischauen würdest, dann wüsstest du, dass er einen Wuffi-Turnbeutel hat und in einer Wuffi-und-Puffi-Bettwäsche schläft.

Nie alleine!
Nie alleine!
Tanz und sing und mach klatsch klatsch!
Mach patsch patsch!
Mach viel Quatsch!
Dann gehörst du auch zum Club
von Wuzziwuzziwuzzipup!

Der Paradewagen kommt immer näher, Wuffi winkt nach links in die Menge, Puffi verteilt Luftküsse nach rechts, rund um den Wagen tanzen viele Tiere. Da ist Fiffi, das freche Äffchen. Es springt von einem Bein auf das andere, jetzt macht es eine Art Pirouette, ziemlich gekonnt, wie du findest. Da ist Knuffi, der Hase, er hoppelt im Zickzack vor dem Wagen her. Ab und zu richtet er sich zur vollen Größe von zwei Meter zwanzig auf und wackelt mit den Ohren. Mausi, Hopsi, Flipsi, alle tanzen und winken und verteilen Küsschen, Wuzzipup sitzt regungslos unter dem Baldachin. Zauberstaub glitzert in seinem Zottelfell.

Huhu!, kreischt deine Frau. Huhu! Wuzzipup!

So ausgelassen war sie schon lange nicht mehr.

Huhu! Dein Sohn macht es seiner Mama nach. Huhu! Wuzzipup!

Und tatsächlich. Wuzzipup hebt gravitätisch eine Pfote und winkt euch zu. Dir, deiner Frau, deinem Sohn.

Ein großer Moment.

Dein Sohn wird noch Tage später davon reden.

Der Wagen gleitet vorbei, jetzt kommen die Tiere, mit denen Wuzzipup fast so gut befreundet ist wie mit den Puffiknuffis.

Brummi, der Braunbär, Pauli, der Panda, Pingi, der Pinguin. Dein Sohn kennt sie alle. Pingi hat besonders viel Spaß mit dem Publikum. Er steht dicht an der Absperrung auf der gegenüberliegenden Seite und klatscht Hände ab, während die Bären weitertrotten.

Jetzt kommen die Tiere, mit denen Wuzzipup nicht ganz so gut befreundet ist. Auch die kennt dein Sohn alle. Er jauchzt, er kreischt, er ruft Namen, er benennt Tierarten wie ein Zoologe, du bist ziemlich beeindruckt. Nein, was der Bengel alles weiß! Du bist stolz.

Huhu! Rudi!, kreischt dein Sohn. Rudi, die Ratte!

Das zwei Meter große Tier, das du für ein ungepflegtes Meerschweinchen gehalten hast, hebt eine Pfote und winkt. Die andere Pfote hat es um den zurückgebliebenen Pinguin gelegt, und wenn du nicht wüsstest, dass die Tiere im Paradies alle nett miteinander sind, dann würdest du sagen: Sieht verdammt nach Schwitzkasten aus.

Huhu! Ulli! Ulli, der Uhu!

Der Vogel, den du für eine Eule gehalten hast, kommt flügelschlagend an den Rand der Absperrung. Du hältst die Beine deines Sohns fest und beugst dich vor, damit er Ulli über den Plüschkopf streicheln kann.

Wieder ein großer Moment.

Bibi! Huhu!

Den Biber hast du auch sofort als Biber identifiziert, immerhin.

Und wer ist das?, sagst du zu deinem Sohn. Der neben der Schlange?

Ali ist keine Schlange, Papa. Ali ist ein Aal.

Ah so, verstehe, schön für Ali. Aber wer ist das neben Ali?

Dein Sohn überlegt, deine Frau reckt ihren Hals. Hihi, kichert sie, der sieht ja schräg aus.

Jetzt weiß ich, Papa: Das ist Freddi.

Und was, bitteschön, ist Freddi für ein Tier?

Dein Sohn überlegt.

Weiß nicht, sagt er.

Und du weißt nicht, was da plötzlich über dich kommt, aber du hast so Lust darauf, und deswegen brüllst du, so laut du kannst:

Huhu! Freddi! Freddi, der Freak!

5

Ja, sie stirbt.

Meine Mutter stirbt.

Seit ich im Paradies bin, geht es mit ihr abwärts, seit drei Wochen steil. Der nächste Brief, den ich aus der RESIDENZ bekomme, wird die frohe Botschaft von ihrem Tod enthalten.

Vor drei Wochen hat mir Schwester Olga geschrieben, dass sich der Zustand meiner Mutter einfach nicht bessern will und ob ich mit einer Umstellung der Medikamente einverstanden bin. Ich als gesetzlicher Vormund. Es gibt da ein vielversprechendes neues Präparat gegen demenzielle Erkrankungen, hat Schwester Olga geschrieben. Das Präparat ist noch nicht auf dem Markt, es ist noch nicht zugelassen, aber wenn ich einverstanden bin, dann wird es meiner Mutter ohne Zusatzkosten verabreicht. Ein renommiertes Pharmaunternehmen stellt es gratis zur Verfügung. Mit Nebenwirkungen müsse man rechnen, aber es sei einen Versuch wert.

Der Brief war anders als sonst.

Verwackelte Schrift.

Wasserflecken.

Vor *Nebenwirkungen* ein durchgestrichenes Wort. Unleserlich.

Welches Wort passt zu *Nebenwirkungen*.

Unerwünschte.

Gefährliche.

Tödliche.

Ich lese die vorgedruckte Einverständniserklärung. Sehr direkt, sehr klar. Schwester Olga hätte das Wort weder schreiben noch durchstreichen müssen, es steht sowieso in der Erklärung.

Ich nehme den Kugelschreiber, ich unterschreibe.

Danach sitze ich noch ein paar Minuten da und starre auf meine Unterschrift. Ich lese meinen Namen immer wieder. Jakob Kupka, Jakob Kupka, Jakob Kupka, immer wieder und so lange, bis er keine Bedeutung mehr hat. Bis er so leer ist wie das Musterhaus, in dem ich nie gewohnt habe. Dann falte ich die Einverständniserklärung zusammen und schiebe sie in das vorfrankierte Kuvert.

6

Viele Kilometer, keiner hat sie je gezählt. Viele Schritte, keiner weiß, wie viele. Die Statistik sagt nichts darüber. Die Statistik sagt: Null Ahnung. Sie sagt: Wen interessiert's.

Nach der Parade geht jedes Tier auf seine lange Reise durchs Paradies. Der Braunbär trottet nach Süden, der Pinguin watschelt nach Norden, die Ratte läuft nach Westen.

Im Osten steht der Morgenstern am Himmel, unsichtbar. Überstrahlt von dem Licht, das er selbst entzündet hat.

Ich gehe nach Osten.

Viele Kilometer, viele Schritte, die Heimat ruft, auch ein Frettchen hat ein Zuhause. Sektor D, Zone zwei, Freaktown. Vor einem Jahr nach umfänglichen Renovierungsmaßnahmen neu eröffnet. Traditionelle Attraktionen aller Art, kein Zutritt für Kinder und Jugendliche unter sechzehn. Leitung: Jürgen Stern.

Damals beim Casting war schnell klar, worauf die Sache hinausläuft. Babsi hat große Augen bekommen, Herbert noch größere, Dongbang war kurz vorm Schluchzen ohne u, und Sigi ist rot angelaufen vor Wut. »Eine Falle!«, hat er gebrüllt und mit der Einladung gewedelt, »das hier ist eine verdammte Falle!«

Nur Paul war gelassen. Das Hobby als Beruf, was will man mehr.

Keine Falle.

Eine Chance.

Die wahre Bestimmung. Ziel und Erlösung.

Einmal habe ich Jürgen gefragt, ob er das wirklich glaubt. Ob es wirklich meine wahre Bestimmung ist, im Frettchenkostüm durch einen Freizeitpark zu latschen.

Nein. Hat er gesagt und mich angesehen mit seinen eisblauen Augen. *Du* bist noch nicht am Ziel, Jakob. *Du* bist noch unterwegs. Talent braucht Zeit, um sich zu entfalten. Je außergewöhnlicher das Talent, desto mehr Zeit braucht es und desto glanzvoller ist die Erlösung. Dann hat er mich an der Wange berührt. Nur leicht, nur mit den Fingerspitzen.

Er hat mich berührt wie ein Juwelier sein kostbarstes Stück.

Unterwegs Richtung Osten, ein Frettchen auf Reisen. Die Route ist vorgegeben, die hat sich irgendein Logistikfuzzi ausgedacht, damit es im Park keine unschöne Klumpenbildung von Plüschtieren gibt.

Abweichung von der Route: ein Strafpunkt.

Ich bin nicht Wuzzipup, ich bin nicht Wuffi oder Puffi, und viele Kinder haben keine Ahnung, wer ich bin, aber sie mögen mich trotzdem. Sie winken mir zu, ich winke zurück. Sie kreischen Huhu!, ich versende Luftküsse. Sie kommen angelaufen, ihre Eltern im Schlepptau, ich bleibe stehen.

Kopf tätscheln.

Schulter klopfen.

Kleine Hände streicheln mein Fell, kleine Hände drücken meine Pfote, ich beuge mich tief nach unten, damit die kleinen Hände an meinen Ohren ziehen können. Fester!, sagt der Papi lachend, und die kleinen Hände ziehen fester, manchmal reißt die Naht, dann sitze ich abends in der Garderobe und verarzte Freddi mit Nadel und Faden.

Ich klebe Barthaare wieder an.

Ich stopfe Löcher in der Schnauze.

Alle paar Wochen braucht Freddi einen neuen Schwanz, weil irgendein Papi *Fester!* gesagt hat.

Nur zur Warnung: All diese kleinen Hände werden einmal groß sein. Sie werden nach anderen Dingen greifen als nach dem Schwanz eines Frettchens.

Kinder sind unsere Zukunft. Das nur zur Warnung.

Für Freddis Blessuren ist eigentlich die Kostümabteilung zuständig, aber ich repariere ihn lieber selbst. Die Kostümabteilung braucht mindestens zwei Tage, bis Freddi wieder fit ist, und dann muss ich den Ersatzfreddi anziehen. Verschärfte Sache, liegt an den Sehschlitzen. Bei Freddi sind sie in der Schnauze, bei Freddi 2 im Hals, so oder so: Ich kann meinen Kopf nie gerade halten, weil die Freddis sonst in den Himmel glotzen statt nach unten zu den Kindern, aber bei Freddi 2 ist der Neigungswinkel deutlich steiler. Der Ausdruck Nackenschmerzen ist ein Hilfsausdruck für das, was ich nach einer Achtstundenschicht mit Freddi 2 habe.

Liebe Mama, habe ich vor einem Jahr geschrieben, liebe Mama, ich hoffe, es geht dir gesundheitlich bald besser. Mir geht es gut. Mein neuer Job macht mir viel Freude, und auch Barbara fühlt sich sehr wohl hier im Paradies. Lili blüht und gedeiht, bald schicke ich dir Fotos.

Nur, damit das klar ist: Ich bin hier in leitender Funktion tätig.

Damit wir uns nicht falsch verstehen: Ich bekomme hier doppelt so viel bezahlt wie in der Bank.

Und jetzt mit Nachdruck: Meine Tochter Lili ist nicht verkrüppelt. Sie ist anders begabt.

Ein außergewöhnliches Talent.

Keine Ahnung, was Jürgen damit meint. Es gibt nur eine einzige Sache an mir, die außergewöhnlich ist, und die kann er nicht meinen. Er weiß nichts davon.

»Huhu! Freddi!«

Da kennt jemand meinen Namen. Ich bleibe stehen und drehe den Kopf in die Richtung, aus der das Huhu gekommen ist. Ein Junge, so um die acht. Er steht vor einer Snackbude und winkt, ich winke zurück.

»Freddi! Freddi!«

Jetzt ruft auch die Frau neben dem Jungen, und der dazugehörige Mann schwenkt begeistert eine Tüte Popcorn.

Sympathische Familie.

Ich trabe hin.

»Guten Tag, Freddi.« Der Junge hält mir seine Hand hin. Höfliches Kerlchen. Ich nehme die Hand, ich drücke sie sanft.

»Freut mich, Sie kennenzulernen, Herr Freddi. Wir haben Sie schon bei der Parade bewundert.« Der Mann grinst.

»Aber Papa, das ist nicht Herr Freddi. Das ist Freddi.«

»Natürlich, da hast du ganz recht. Entschuldige. Darf ich Ihnen … darf ich dir Popcorn anbieten, Freddi?« Er hält mir grinsend die Tüte hin. »Oder einen Schluck Wasser?« Er hält mir eine Plastikflasche hin.

Ich bewege Freddis Kopf langsam von links nach rechts und wieder zurück.

»Vielleicht Milchshake? Das trinken Hamster doch gerne, nicht wahr?« Die Frau hält mir kichernd einen Pappbecher vors Maul.

»Aber Mama, Freddi ist doch kein Hamster. Ein Hamster hat nicht so einen langen Schwanz.«

Ich starre durch die Sehschlitze auf den Becher. Viele Leute machen diesen Witz, der ist sehr beliebt. Passiert nicht nur mir, passiert allen Tieren im Paradies. Kichernde Frauen halten uns Pappbecher hin, grinsende Männer Plastikflaschen. In den Bechern ist Milchshake, Cola, Fruchtsaft. In den Flaschen ist Wasser. Und wir starren durch unsere Schnauzen und Schnäbel auf das, was wir in jeder Schicht literweise verlieren: Flüssigkeit.

Vorschrift Nummer drei: Die Annahme von Trinkgeld, Geschenken u. Ä. ist strengstens untersagt. Zuwiderhandeln: zwei Strafpunkte.

Vorschrift Nummer vier: Der Konsum von Getränken, Nahrungsmitteln, Zigaretten u. Ä. ist ausschließlich in den Pausen gestattet. Zuwiderhandeln: zwei Strafpunkte.

Der Becher verschwindet aus meinem Blickfeld, uffa. Die letzte Pause war kurz nach der Parade, das ist jetzt eine Stunde her, und das ist gefährlich. Momente der Verführung, Momente des Zweifels: Kann das Gesetz wirklich stärker sein als mein Durst? Gott schütze uns vor solchen Momenten.

»Natürlich, mein Schatz, Freddi ist kein Hamster. Das war nur so dahingesagt, bitte entschuldige.«

»Weil wir schon mal dabei sind«, der Mann setzt ein interessiertes Gesicht auf, »was bist du denn eigentlich für ein Tier, Freddi, wenn ich fragen darf?«

Ja, du darfst. Aber ich darf nicht antworten. Siehe Vorschrift Nummer eins.

»Aber Papa, Freddi kann doch nicht reden. Er ist doch kein Mensch.«

Kluges Kerlchen. Ich beuge mich zu ihm hinunter, ich klopfe ihm auf die Schulter.

»Und du da drin, du *darfst* nicht reden.« Der Junge sieht mich an. *Mich,* nicht Freddi. Sein Blick bohrt sich durch die Sehschlitze in der Schnauze, ich zucke zurück. Viel zu schnell für Freddi, sein Schädel klappt nach hinten, meine Stirn knallt gegen das Hartplastik.

Aua! Verdammt!

Denke ich und beiße die Zähne zusammen.

»Aber Schätzchen, woher weißt du denn *das* schon wieder?« Die Frau klingt besorgt. Ob sie auch so aussieht, kann ich nicht sagen. Zurzeit kein Sichtkontakt, Freddi starrt mit weit zurückgelegtem Kopf in den Himmel.

»Hab ich gelesen, Mama. Im Internet. Die Menschen in den Tieren dürfen nicht reden, weil das die …«, er stockt, dann sagt er Silbe für Silbe, »Il-lu-sion zer-stört.«

Wo er recht hat, hat er recht, der Bengel. Mein Vorgänger als Freddi war Österreicher. Nicht auszudenken, wenn er gesprochen hätte.

»Bitte entschuldigen Sie, mein Sohn weiß manchmal ein bisschen zu viel.« Der Mann klingt stolz. Und er sieht auch so aus. Freddi hat seine Augen wieder dort, wo sie sein sollen.

Ich nicke dem Mann zu, ich nicke der Frau zu, dann klopfe ich dem Jungen noch einmal auf die Schulter, er sieht mich ernst an, ich trabe davon.

Nur zur Warnung: Dieser kleine Junge wird einmal groß sein. Er wird ein *großer* Klugscheißer sein.

Liebe Mama, habe ich vor drei Wochen geschrieben, liebe Mama, ich hoffe, es geht dir mit den neuen Medikamenten bald besser. Mir geht es gut, und mein Job macht mir nach wie vor viel Freude. Barbara lässt dich herzlich grüßen. Auf dem Foto mit Lili und dem großen Hasen (er heißt übrigens Knuffi) sieht sie ganz besonders hübsch aus, findest du nicht auch? Lili ist wirklich ein süßes Mädchen. Kerngesund und recht groß für ihr Alter. Wenn sie so weiterwächst, müssen wir bald wieder in die Klinik fahren und die Prothesen austauschen.

Ja, ich weiß. Ziemlich unglaubwürdig, das mit den Prothesen. Aber was hätte ich machen sollen? So ein Säugling wächst im Schnitt drei bis vier Zentimeter pro Monat und legt dabei eineinhalb Kilo zu. Wir Menschen kommen als zarte Pflänzchen zur Welt, aber dann wuchern wir wie Unkraut. Die Krüppelpuppe war schnell für den Müll, und dort ist sie auch gelandet. Babsi hat geheult, sie wollte ein richtiges Begräbnis für unsere Tochter. Mein Gott, Babsi, habe ich gesagt, es ist nur ein Ding. Es kann nicht sterben. Es hat nie gelebt.

Dann bin ich auf die Suche gegangen nach einer neuen Tochter für Babsi und mich, war gar nicht so leicht. Im Paradies gibt es tonnenweise Kinder in allen Altersstufen, aber ich kann ja nicht zu irgendeiner Frau mit Kinderwagen gehen und sagen: Borgen Sie mir doch bitte mal kurz Ihr Töchterchen für ein paar Fotos. Ich geb die Kleine auch wieder zurück.

Schätze, das würde den einen oder anderen Strafpunkt bedeuten.

Die Angestellten im Paradies haben keine Kinder. Sie haben keine Familien. Oder sie haben welche, aber nicht vor Ort. Die Familien leben in der Stadt und verbrauchen das Geld, das Papi im Paradies verdient. Zum Glück gibt es Ausnahmen. Gezählte sechs Kinder, ich habe sie alle begutachtet und bin mir dabei vorgekommen wie ein Schnäppchenjäger im Discounter. *Nach* dem Ausverkauf.

Lili ist okay. Bei einer größeren Auswahl an Töchtern hätte ich sie nicht genommen, jetzt würde ich sie gegen kein Kind der Welt mehr eintauschen. Lili ist wirklich sehr okay. Ein bisschen zu alt, knapp zwei Jahre, aber zum Glück ziemlich klein und mickrig, außerdem sprachlich zurückgeblieben. Sie ist die Tochter von einem Kollegen, der in Freaktown arbeitet. Dragan Vučetić, vor Jahren aus irgendeinem Balkanland eingewandert, mit seiner Frau. Die Frau ist nach Lilis Geburt abgehauen, sie hatte keine Lust auf ein Familienleben im Paradies. Ich habe Dragan eine Leihgebühr von 5,50 für Lili angeboten, aber er wollte nicht. Wegen Babsi.

»Schöne Frau«, hat Dragan damals gesagt und mich aus seinen traurigen Balkanaugen angesehen. »Schöne Frau. Gute Mutter. Janja gratis.«

Seitdem mache ich alle paar Wochen Fotos von meiner kleinen Familie.

Janja. So heißt Lili, wenn es nach Dragan und mir geht. Es bedeutet Lamm.

Meine Tochter heißt Lili, und aus, hat Babsi gesagt.

Lili braucht Prothesen, weil Janja kein Krüppel ist.

Richtung Osten, immer weiter Richtung Osten, vorbei am Autoscooter, die Leute in den Autos verursachen kreischend Unfälle, vorbei an der Achterbahn mit Rückwärtslooping, die Leute stehen kreischend Kopf.

»Hallo! Sie!«

Ich trabe hin.

Ein Foto? Aber gerne. Ich nicke stumm.

Knips.

Jetzt noch eins, diesmal mit den Ladys im Arm. Links die Blonde, rechts die Brünette, beide Anfang zwanzig, der Fotograf ist ein Typ Ende fünfzig mit Goldkettchen, und bitte lächeln!

Knips.

Ich trabe weiter, vorbei an der interaktiven Geisterbahn, draußen stehen die Leute Schlange, drinnen schießen sie mit Laserkanonen auf Zombies. Die Schlange ist lang, Interaktionen vom Typ Töten sind sehr beliebt im Paradies.

Siehe auch: Büffel abknallen im Wildwestland.

Siehe auch: Verbrecher niedermetzeln in Crimecity.

Ganz hinten in der Schlange steht eine Gruppe junger Leute. Zwei Kerle, zwei Mädchen, alle um die achtzehn, sie meckern laut über die Wartezeit, ein Candygirl verteilt hysterisch Bonbons. Armes Ding. Aber keine Angst: Freddi, der Retter, naht. Ich trabe hin.

»Hallo!« Das Candygirl klingt erleichtert. »Schön, dass du da bist, Fritzi … äh, nein, Blödsinn, Flitzi natürlich … oder doch Fritzi?« Sie sieht mich hilflos an, ich mache eine wegwerfende Handbewegung. Ist doch egal, wie ich heiße. Andi Anti, Freaky Freddi, Jakob Kupka, völlig egal. Namen sind Schall und Rauch, Namen sind Musterhäuser, wer will schon drin wohnen. Also zisch ab, Kleines. Big Daddy übernimmt den Job.

Das Candygirl lächelt dankbar und zischt ab.

Der junge Kerl mit dem Bürstenschnitt mustert mich. »Mann«, sagt er, »Mann, bist du hässlich.«

Klare Ansage, gefällt mir. Ich halte ihm eine Pfote hin, er schüttelt sie grinsend. Auf seinem T-Shirt steht WEEKEND WARRIOR.

»Also *ich* finde ihn süß.« Das Mädchen mit dem bauchfreien Shirt kichert. Gepiercter Nabel, auf dem Shirt steht PARADIES-PRINZESSIN.

»Schluck Cola gefällig?« Das andere Mädchen hält mir einen Becher hin. Auf ihrem Shirt steht ZUCKERZICKE.

Ich schüttle schweigend Freddis Kopf, dann halte ich dem anderen Kerl die Pfote hin. Er schlägt grinsend ein, auf seinem Shirt steht FUN FIGHTER.

Wie es aussieht, waren die vier schon kräftig shoppen. Die Shirts sind aus dem Sortiment der Souvenirshops. *Made in Paradise,* so steht es kleingedruckt unter den Aufschriften.

»Was bistn du eigentlich für ein Viech, Alter?« Der Wochenendkrieger tippt mir gegen die Brust.

»Is doch klar, Mann. Isn Hamster.« Der Spaßkämpfer weiß es besser.

»Ein Hamster unter Strom.« Die Paradiesprinzessin kichert.

»Mustela putorius furo. Zu Deutsch: Frettchen. Domestizierte Haustierform der Mustela-Untergattung Putorius, zu Deutsch: Iltisse.« Die Zuckerzicke betrachtet mich interessiert. »Das Fell ist nicht wirklich naturgetreu, das müsste kürzer sein und weniger borstig. Außerdem«, sie beugt sich vor und schnüffelt an meinem Fell, »außerdem ist er kastriert, sonst würde er mehr stinken. Oder er wäre schon tot. Genauer gesagt: *Sie* wäre schon tot. Könnte ja ein Weibchen sein, und dann wäre es in unkastriertem Zustand längst an einer Überdosis körpereigener Hormone gestorben. Ohne Sex kein Überleben. Deswegen müssen so früh wie möglich die Eierstöcke entfernt werden und die Gebärmutter.«

Liebe Schwester Olga, werde ich morgen schreiben oder übermorgen oder in ein paar Tagen, lang kann es nicht mehr dauern, und dann werde ich schreiben: Liebe Schwester Olga, die Nachricht vom Tod meiner Mutter trifft mich hart. Ich danke Ihnen trotzdem dafür. Bitte leiten Sie alles Notwendige in die Wege

(Begräbnis etc.). Für die entstehenden Unkosten komme ich selbstverständlich auf. Was den Text für die Todesanzeige betrifft: Ich denke, der Ausdruck *In stiller Trauer* trifft es am besten.

Weg von der Geisterbahn, schnell weg, die Zeit läuft, Freddi läuft, vorbei an den Schießbuden, vorbei an der Eisdiele, Huhu!, ein kleines Mädchen winkt, ich winke zurück, ich bleibe nicht stehen, ich muss weiter. Da vorne ist die Westminster Bridge im Kleinformat, die Miniaturausgabe von Big Ben sagt mir, dass ich spät dran bin, ich lege einen Zahn zu. Um zwei muss ich in Freaktown sein, da beginnt die Show, und davor will ich unbedingt Pause machen.

Unbedingt.

Mittagspause mit Jürgen.

Lauf, Freddi, lauf!

Ich trabe durch Europa, vorbei am Eiffelturm, vorbei am Stephansdom, jetzt das Pantheon, jetzt die Akropolis. Alles voller Senioren hier, wie immer. Alte Bauten, alte Leute, Hoffnungsschimmer. *Der Turm von Pisa steht schon seit achthundert Jahren schief und ist nicht eingestürzt. Das schaff ich auch!*

»Hallo! Sie! Entschuldigen Sie bitte! Könnten Sie kurz …«, der Mann schwenkt seine Kamera. Sportliche Hose, juveniles Shirt, die sehnigen Arme gebräunt, das Haar graumeliert. Vorzeigerentner, Hochleistungsopi. Das sind die Schlimmsten, Widerstand zwecklos. Ich seufze leise, ich trabe hin.

»Wären Sie so freundlich, sich mit meiner Gattin vor dem Kolosseum ablichten zu lassen?«

Die Gattin senkt verschämt den Blick. Sie passt nicht zu ihrem Mann. Altmodische Frisur, Rock und Bluse in unterschiedlichen Beigetönen, mollige Hüften.

»Bitte da hinstellen, ja genau, jetzt noch ein bisschen weiter nach rechts, nein, zu viel, wieder ein Stück nach links bitte, dann ist das Kolosseum genau im goldenen Schnitt. Und du noch ein Stückchen näher ran, Anna. Nur nicht so schüchtern, der nette Herr Marder tut dir nichts.«

Anna?

»Und jetzt bitte lächeln. Drei, zwei, eins, Cheese!«

Anna. Wie meine Mutter.

»Sehr schön. Und jetzt bitte noch eins. Und bitte geh noch ein Stückchen näher ran, Liebling, dann kann der nette Herr Marder den Arm um dich legen, das ist eine schöne Variation.«

Anna kommt näher ran, ich lege meinen Arm um sie.

»Um Himmels willen, Liebling! Nicht so steif! Lehn dich doch richtig an, ganz entspannt!«

Anna lehnt sich an. Weicher Körper.

»Könnten Sie den Arm noch ein bisschen fester um meine Frau legen. Und bitte die rechte Schulter ein wenig nach unten ziehen, dann sieht man das Kolosseum besser. Ja, sehr gut, perfekt. Oder fast. Wenn Sie jetzt mit der anderen Hand … also mit der anderen Pfote noch die Hand meiner Frau nehmen würden, dann wäre es perfekt. Liebling, reich dem netten Herrn Marder doch deine Hand.«

Anna reicht mir ihre Hand, ich nehme die Hand.

In stiller Trauer.

»Hervorragend. Eine wunderbare Komposition.«

Anna drückt meine Pfote.

Wie zum Dank, weil ich so geduldig bin.

In stiller Trauer.

Ich drücke Annas Hand.

Zum Dank.

»Und jetzt den Blick bitte direkt in die Kamera.«

Dafür, dass sie sich an mich lehnt.

»Drei, zwei, eins …«
Dafür, dass sie Anna heißt.
»Cheese!«

7

Die Leute halten das alles hier für echt. Den windschiefen Torbogen zum Beispiel, an dem irgendein dorniges Gestrüpp hochwuchert. Oder das rostige Schild mit der verwackelten Schrift. *Willkommen in Freaktown!* Grob hingekleckste Buchstaben, unter der Schrift steht etwas anderes, man kann es nicht mehr lesen. Die Leute bewundern das Schild, dann gehen sie unter dem Torbogen durch und die ungepflasterte Straße entlang, auf der man knöcheltief im Dreck versinkt oder im Schlamm, wenn es regnet. Das finden die Leute toll. Weil es so echt ist.

Siehe auch: authentisch.

Siehe auch: originalgetreu.

Bevor sie nach Freaktown kommen, waren die Leute schon im Tirolerdorf mit seinen blumengeschmückten Bauernhäusern und den Kuhglocken über jedem Eingang. Sie waren schon in der Westernstadt und haben im schummrigen Saloon alkoholfreien Whiskey getrunken. Jetzt sind sie hier und denken: toll. Ein original abgewrackter Jahrmarkt aus dem letzten Jahrhundert, vielleicht sogar aus dem vorletzten.

Nach vierhundert Metern mündet die Straße in einem kreisrunden Platz. Auf dem Platz: vier Wohnwagen, ein Dampfkarussell, ein kleines Zirkuszelt, ein Wachsfigurenkabinett.

Die Wohnwagen: toll. Verwittertes Holz, Moos auf den Dächern, zerbrochene Fensterscheiben. Könnten schon seit hundert Jahren hier stehen, die Dinger, so echt sehen die aus.

Das Wachsfigurenkabinett: toll. Könnte auch schon hundert Jahre hier stehen mit seiner bröckelnden Fassade und der komischen Aufschrift. *Sterns Großes Panoptikum Curiöser Preziosen.*

Das Zirkuszelt: fast so schief wie der Torbogen am Eingang, die Plane ist mit grobvernähten Flicken übersät, toll.

Und das Dampfkarussell natürlich, das ist nicht toll, das ist sensationell. Nostalgie pur. Ein Schwan mit ausgebreiteten Flügeln, ein Schwein im Ballettröckchen, ein Mohr mit Turban, ein Tanzbär mit Nasenring. Abgeblätterte Farben, das Schwein hat keine Schnauze, der Schwan muss mit abgebrochenen Flügeln fliegen, und der Mohr starrt aus toten Augen vor sich hin, weil ihm der Zahn der Zeit die Pupillen herausgenagt hat. So sieht es zumindest aus.

In den Souvenirshops kann man sepiagetönte Ansichtskarten von Freaktown kaufen, auf denen das Zelt wie neu aussieht und der Mohr noch nicht blind ist. *1911* steht hinten auf den Karten.

Photoshop, klar.

Toll gemacht, keine Frage.

Jürgen sagt, dass es ganz gut ist, wenn die Leute Freaktown für so echt halten wie das Tirolerdorf oder die Westernstadt. Die historischen Fakten, sagt Jürgen, sind selten erfreulich, und sie können einem den Spaß an der Gegenwart gründlich verderben.

Ich trabe unter dem Torbogen durch, ich trabe die Straße entlang, auf dem Platz gehe ich links in die Kurve, vorbei am Dampfkarussell, es dreht sich nicht, es dreht sich nie, wozu auch. Kinder haben in Freaktown keinen Zutritt. Wegen der Show. Früher war das anders, da hatten die Leute noch Sinn für schwarze Pädagogik, sagt Jürgen.

Vor dem Zirkuszelt steht ein hölzernes Podest mit Dach und Banner.

Freaks! Freaks! Freaks!

Auf dem Podest stehen Sigi, Herbert, Babsi, Paul und Dongbang. Sie tragen nachtblaue Umhänge mit Kapuzen, Herbert hat seine tief ins Gesicht gezogen, auf dem Stoff glitzert Zauberstaub.

Jahrmarktsmönche. Jeder in einer anderen Pose.

Pose eins, Sigi: breitbeinig, die Arme vor der mächtigen Brust verschränkt, grimmiger Gesichtsausdruck. Der Stern auf seiner Stirn leuchtet.

Pose zwei, Herbert: gekrümmter Rücken, hochgezogene Schultern, den Kopf nach vorne geschoben, die Arme ausgestreckt, als würde er nach etwas greifen wollen. Krallenhände, überzogen mit Schorf und Blattern.

Pose drei, Babsi: lasziv. Typ Diva, Modell Femme fatale. Ihr Umhang ist auf Taille geschnitten, über dem Brustansatz öffnet sich wie zufällig ein schmaler Spalt, helles Fleisch schimmert durch den Spalt.

Pose vier, Paul: Typ Märtyrer kurz vor der Himmelfahrt. Die Arme zur Seite gestreckt, Handflächen nach oben, Kopf im Nacken, geschlossene Augen.

Pose fünf, Dongbang: keine Pose. Dongbang steht einfach so da, mit herabhängenden Armen und ausdruckslosem Gesicht. Auf seiner rechten Schulter sitzt etwas, nahe am Hals, verborgen vom Umhang. Etwas Rundes, so groß wie ein Fußball.

Keiner rührt sich, man könnte sie für Puppen halten oder für Wachsfiguren. Erstaunlich lebensnah, verblüffend echt.

Meditation.

Das Erste, was Jürgen ihnen beigebracht hat: Meditation. Stundenlanges Training, über Wochen. Still stehen, atmen, nicht denken. Den Geist ausschütten, wie man Wasser ausschüttet in der Wüste. Denken ist überflüssig, es macht nur durstig.

Hungrig.

Müde.

Muskelzittern, Wadenkrampf.

Babsi hat am schnellsten kapiert, wie man den Geist ausschüttet, kein Wunder. Ist ja nicht viel da zum Ausschütten bei Babsi. Ohne Meditation könnt ihr den Job nicht machen, hat Jürgen gesagt, weil es nur zwei Shows gibt pro Tag und die Leute dazwischen etwas sehen wollen für ihr Geld. Sie wollen ein Geheimnis sehen, dann kommen sie auch in die Show, wo es gelüftet wird. Deswegen stehen die fünf regungslos in ihren Kutten auf dem Podest herum und lassen sich begaffen. Von elf bis zwei, bis zur ersten Show, und dann wieder von vier bis sechs, da beginnt die zweite. So was hält kein Mensch aus, wenn er die Lectio divina nicht gelernt hat. Lectio divina, so nennen es die Mönche, wenn sie meditieren. Wenn sie im stummen Gebet das Denken einstellen zu Ehren Gottes.

Wir sind der Ton, du bist der Töpfer.
Und wir alle sind deiner Hände Werk.
Wir sind der Ton, du bist der Töpfer.
Und wir alle sind deiner Hände Werk.

Wir sind der Ton, du bist der Töpfer.
Und wir alle sind deiner Hände Werk.

Das ist euer Mantra, hat Jürgen gesagt, damit vertreibt ihr den Geist, und wer an etwas anderes denkt, zum Beispiel an die nächste Pause oder an den Schmerz im Nacken, im Rücken, in den Knien, der kann einpacken.

Strafpunkte?

Fürs Gähnen, Armeausschütteln, Beinelockern?

Gibt es nicht bei Jürgen, das hat er nicht nötig. Sie lieben ihn. Alle fünf, abgöttisch. Keine Ahnung, wie er das geschafft hat, aber ich befürchte, es ist ein ganz einfacher Trick: Er liebt sie auch. Nicht abgöttisch, aber sehr innig. Er liebt sie wie ein Dompteur seine Tiere, wie ein Zuhälter seine Nutten.

Na, Jakob?

Eifersüchtig?

Vor dem Podest drängeln sich die Leute, zwei breitschultrige Männer mit ernstem Gesicht sorgen für Ordnung, der Eingang zum Zelt ist schon geöffnet, in vierzig Minuten beginnt die Show. Rechts vom Eingang steht Conrad und spult seinen Text ab. Conrad, der Conferencier. Frack, Zylinder, schnarrende Stimme. Alle paar Sekunden klappt sein Kiefer nach unten und wandert dann langsam wieder nach oben, Prinzip sprechender Nussknacker. Conrad ist ein Automat, Jürgen hat ihn gebaut.

»Herrreinspaziert! Herrreinspaziert! Meine Damen und Herrn, Mesdames et Messieurs, Ladies and Gentlemen, herrreinspaziert! Treten Sie näher, treten Sie ein, hier ist für jeden was dabei, hier ist für jeden Geschmack gesorgt! Keiner verlässt den Schauplatz ohne Befriedigung! Große Menschenmenagerie! Großes Assemblée! Extra-Gala-Monstre-Vorstellung! Hier in Freaktown! Ja! Die Welt ist curiös! Die Natur ist kapriziös! Hat ihre Launen, die Natur, aber heilig! Heilig alles, was sie erschaffen hat! Eine Kathedrale, die Natur! Sehen Sie hier in Freaktown ihre schönsten Geschöpfe, ihre launischsten Einfälle, ausgestellt in den Seitenkapellen der Abnormität, und alles echt, alles lebend! Chapeau! Hut ab! Vor den Launen der Natur! Kommen! Sehen! Staunen! Hier geben sich die Ehre: Siegbert, der Schreckliche, genannt Das Tier! Herbert, der Reptilienmensch, genannt Die Kreatur! Paul, der Schmerzkünstler, genannt Die Wunde! Pak Dong-bang und Pak Yong-yo, die koreanischen Zwillinge, genannt Der Doppelpack! Und natürlich, natürlich, meine Herrn, Messieurs, La belle Barbará! Schönste unter den Schönen, genannt Die Schlangenfrau! *Krrrrrschnrrrrrrrrrrrrrrchrchrchr.* Herrreinspaziert! Herrreinspaziert! Meine Damen und Herrn, Mesdames et Messieurs, Ladies and Gentlemen, herrreinspaziert! Treten Sie näher, treten Sie ein, hier ist für jeden was dabei, hier ist für jeden Geschmack gesorgt! Keiner verlässt den Schauplatz ohne Befriedigung! Große Menschen …«

Conrad geht in die Schleife, ich trabe weiter zum Wachsfigurenkabinett. Ort der Erlösung. Essen, trinken, pinkeln.

Hallo, Dragan.

Ich hebe stumm die Pfote, Dragan nickt. Er sitzt neben dem Eingang vom Wachsfigurenkabinett auf einem Klappstuhl und raucht. Dragan darf rauchen, auch während der Arbeit, das hat ihm Jürgen erlaubt. Die Parkleitung war dagegen von wegen keine Ausnahmen und so, aber Jürgen sagt, dass die Zigarette zum Kostüm gehört. Dragan trägt gar kein Kostüm, er hängt hier den ganzen Tag in Privatklamotten ab, aber haben *Sie* schon mal einen traurigen Slawen mit Schnauzbart und tiefen Magenfalten gesehen, der *keine* Kippe im Mundwinkel hat? Na also.

Hallo, mein Lämmchen.

Ich beuge mich stumm zu Janja hinunter. Sie sitzt vor Dragan auf dem Boden und spielt mit ein paar Steinen. Um ihren Bauch ist ein Strick geschlungen, das Ende vom Strick hat Dragan an seinem Klappstuhl befestigt. Prinzip Hundeleine. Damit Janja nicht wegläuft. Genauer gesagt: damit Dragan nicht aufstehen muss, wenn Janja wegläuft.

Das ist aber hübsch, was du da gebaut hast mit den Steinen, sage ich stumm und streichle Janja übers Haar. Sie hebt den Kopf und gluckst. »Freddi«, gluckst sie, es klingt wie »Etti«.

Ja, ich bin's. Etti, dein Vati. Dragan – Papa, Etti – Vati. Darauf können wir uns einigen, nicht wahr, mein Lämmchen?

Dragan dreht sich zum Eingang und drückt den Knopf an der Gegensprechanlage. Ein rotes Lämpchen blinkt. Zweimal, dreimal, jetzt wird es grün.

»Chef«, sagt Dragan in den kleinen Kasten hinein, »Jakob da. Reinlassen?«

»Hast du ihn überprüft?« Jürgens Stimme klingt blechern.

Dragan dreht sich zu mir um, ich beuge mich vor. Er starrt durch die Sehschlitze in meiner Schnauze, ich zwinkere ihm zu. Er dreht sich wieder zur Gegensprechanlage.

»Ist Jakob. Reinlassen?«

»Ja.«

Das Lämpchen erlischt. Ich winke Janja zu, Dragan drückt auf den Türöffner, *summ*, *klack*, ich gehe ins Kabinett.

Nein, keine Chance, sorry. Sie können sich gerne bei der Parkleitung beschweren, aber das wird nichts nützen. Zugegeben: 39,90 für den Eintritt in *Sterns Großes Panoptikum Curiöser Preziosen* ist wirklich ein Skandal. Müsste im Parkticket enthalten sein, keine Frage. Aber auch wenn Sie bereit sind, diesen skandalösen Preis zu zahlen, auch dann wird Dragan Sie nicht reinlassen. Er wird träge abwinken und irgendetwas zwischen seinen Lippen herauspressen, das so ähnlich klingt wie »kaputt, nema pristupa«.

Was?

Sie wollen rein?

Unbedingt?

Aber da gibt es nichts zu sehen, glauben Sie mir. Nur ein paar Wachsfiguren, noch dazu verstaubt und mit Spinnweben überzogen.

Berühmtheiten? Wie in London bei Madame Tussaud?

Ja, Berühmtheiten. Jürgen würde sagen: Schönheiten. Und genau deswegen darf hier keiner rein. Schon seit Jahren nicht, Jürgen hat es aufgegeben. Schönheit liegt im Auge des Betrachters, sagt er, und dass die Leute blind geworden sind. Sie haben keinen Sinn mehr für wahre Schönheit, so wie sie keinen Sinn mehr haben für schwarze Pädagogik. Also wozu Perlen vor ein Publikum werfen, das die Sau nicht vom Pfau unterscheiden kann.

Ich gehe den schmalen Gang entlang, leicht gebückt, weil Freddis Kopf sonst an die Decke stößt. Keine Fenster, kein Licht, kein Problem. Ich kenne den Weg. Jetzt zwei Stufen nach unten, da ist der Vorhang, ich schiebe ihn zur Seite.

Ein Glück, dass Sie hier nicht reindürfen, Sie wären enttäuscht. Sterns Großes Panoptikum hat in einem einzigen Raum Platz, die Wachsfiguren stehen links und rechts an den Wänden. Fünf Stück pro Seite, im Halbdunklen. Die Fenster sind mit Brettern vernagelt, an der Decke brennt eine nackte Glühbirne, dreißig Watt.

Ich begrüße nicht jeden Tag alle zehn, aber zu meinen Lieblingen sage ich immer hallo. Ich sage es laut, weil Freddi jetzt Pause hat und Jakob wieder sprechen darf.

»Hallo, Violetta, Liebling. Wie geht's dir heute?«

Violetta schweigt. Ihr nackter Torso schimmert matt, die Brüste liegen prall und schwer am Bauch auf wie überzüchtete Birnen. Zu Lebzeiten war Violetta ein Star. Die Männer sind Schlange gestanden, um sie zu sehen. Viele wollten sie heiraten, noch mehr wollten sie kaufen. Kein Wunder, sagt Jürgen, es gibt nichts Erotischeres als eine Frau ohne Unterleib.

»Hallo, Smeralda, Schätzchen. Schön, dich wiederzusehen.«

Smeralda schweigt. Aber sie hat die Hände zum Gruß erhoben, alle vier. Zwei Arme wachsen ihr aus den Schultern, zwei aus den Hüften, die aus den Hüften sind ein bisschen zu kurz geraten. Früher haben die Leute Souvenirkarten gekauft von Smeralda, auf denen sie in einem Käfig hockt und durch die Stäbe hindurch den Betrachter anstarrt. Jürgen sagt, dass es kein wirklich gelungenes Sujet war, weil Smeralda viel mehr konnte als nur dahocken. Smeralda, das Spinnenmädchen, eine begnadete Artistin. Jonglieren mit acht Bällen, Akrobatik am Seil, sie war umwerfend, sagt Jürgen.

»Hallo Leo, hallo Ludwig. Alles klar, Jungs?«

Die Jungs schweigen. Sie stehen Hand in Hand da, zwei Kinderstars. In Freaktown geboren und aufgewachsen, keine Brüder, aber eng befreundet. Ludwig war der Jüngere, obwohl er älter ausgesehen hat als Leo. Viel älter. Zirka siebzig Jahre älter. Ein vergreistes Kind mit kahlem Schädel und eingefallenen Wangen. Augen wie Billardkugeln, blaugeschwollene Adern an den Schläfen. Die Wachsfigur zeigt Ludwig kurz vor seinem Tod, da war er vierzehn. Leo hat noch lange gelebt, sagt Jürgen. Er ist alleine aufgetreten, das war am Anfang nicht leicht für ihn, weil er das Programm komplett neu gestalten musste ohne Ludwig. Aber Leo war Profi. Und es hat sich gelohnt. Noch heute kursieren Bilder von ihm, meistens Porträtfotos. Leo, der

Löwenmann. Ein Fabelwesen wie Smeralda, halb Mensch, halb Tier. Auf den Fotos sieht man von Leo nur die Augen und den Mund, der Rest ist mit Haaren bedeckt. Haare auf der Stirn, Haare auf den Wangen, Haare auf der Nase, am Kinn, am Hals. Borstig wie Schamhaar, lang wie Kopfhaar. Ein schöner Mann, sagt Jürgen, und ein Weiberheld. Die hübschesten Frauen im Publikum hat er zu sich auf die Bühne gebeten, damit sie an seinen Haaren ziehen. Ja, Mesdames, alles echt!

Um Ludwig hat Leo sein Leben lang getrauert, deswegen sind die beiden hier im Kabinett für immer vereint. Ewige Liebe, aus Wachs geformt. Ein bisschen Sentimentalität muss sein, das gehört zum Beruf. Drama und Melodrama, das Publikum ist gerührt, das Publikum weint, so soll es sein.

Große Helden und ihr Schicksal.

Kommen! Sehen! Staunen!

Anbeten.

Halbgötter. Dämmerung.

Die hat viel zu schnell eingesetzt, die Dämmerung, sagt Jürgen. Dreißiger Jahre, letztes Jahrhundert. Gesunder Volkskörper, aus Halbgöttern werden Missgeburten, aus Fabelwesen Parasiten. Aber das war nur die Dämmerung, erst danach ist es so richtig finster geworden, und heute herrscht tiefe Nacht im Walhall der Freaks. Von der Zahnspange bis zur Pränataldiagnostik – alles dasselbe Elend. Die Bilder vom Löwenmann kursieren immer noch, aber in den falschen Büchern. Falsche Websites, falsche Talkshows. Expertenrunde zum Thema Hypertrichose, autosomal-dominante Erbkrankheit, exzessiver Haarwuchs, leider nicht heilbar.

Smeralda, das Spinnenmädchen? Nur ein bedauernswertes kleines Mädchen mit rudimentär ausgebildetem Zwilling. Fötale Fehlentwicklung, kann man wegmachen.

Ferdinand, die wunderliche Melange aus Greis und Kind? Nur ein schwerkranker kleiner Junge. Progeria infantilis, frühzeitige Alterung. Haarausfall, Arterienverkalkung, Kleinwuchs. Armes Ding.

Violetta, die Frau ohne Unterleib? Auch sie kann glücklich werden und ein normales Leben führen. Prothesen, Partnervermittlung.

Schicksal ohne Helden, Mitleid statt Sentimentalität, in den Dreck der ärztlichen Fürsorge gezogene Halbgötter. Wo Talent war, soll Krankheit werden.

Freaktown: Vor einem Jahr nach umfänglichen Renovierungsmaßnahmen neu eröffnet.

Renovierungsmaßnahmen? Ach was. Personalmangel!

Woher nehmen, wenn nicht stehlen, sagt Jürgen, und natürlich könnte man dorthin gehen, wo es sie noch gibt, die wahren Schönheiten. Man könnte in die Krankenhäuser gehen und in die Behindertenheime und in die geschützten Werkstätten und sie einfach klauen. Freiwillig gibt die keiner her, angeblich aus ethischen Gründen. Dabei ernähren sich ganze Berufsgruppen von den Freaks. Ärzte, Pfleger, Inklusionspädagogen. Wenn du einen kleinen Ludwig zuhause hast und ihn selbst pflegst, dann bekommst du Geld vom Staat. Und Ludwig bekommt Mitleid. Die Währung, mit der man Opfer bezahlt, so werden sie reich. Reich an Erniedrigung. Leo, der Löwenmann, hätte die Inklusionspädagogen zerfleischt und jeden totgebissen, der ihn mit den Almosen des Herzens bezahlen will. Harte Münze für harte Arbeit, dazu Ehrfurcht vor dem Wunder der Monstrosität, *das* ist die Währung. Monster kommt von mostrare, also zeigt euch, ihr Freaks! Zeigt euch, ihr Verwachsenen und Behaarten, ihr Mongoloiden und Mikrozephalen, ihr Wasserköpfigen und Frühvergreisten! Raus aus den Heimen, rauf auf die Bretter!

Schaubude! Theater! Alles echt, alles live! Lasst euch angaffen, lasst euch anfassen, und nehmt Geld dafür! Bar auf die Kralle, harte Münze.

Jürgen sagt, dass die Castings immer schlimmer geworden sind in den letzten Jahren. Unter aller Kanone, was da angetanzt ist, aber er hatte keine Wahl. Talentfreie Bauchredner, dilettantische Schwertschlucker, lächerlich kostümierte Wahrsagerinnen, die von der Zukunft so viel Ahnung haben wie die Historiker von der Vergangenheit. Lauter große Ereignisse, alle genormt, damit's immer passt. Die Vergangenheit ist voller Kriege und politischer Umwälzungen, die Zukunft bringt berufliche Entwicklung und Glück in der Liebe, wenn die Venus im Mond steht. Der Höhepunkt des Niedergangs war ein Hungerkünstler, der heimlich Junkfood gefressen hat und davon immer fetter geworden ist. Leider nie so fett, dass man ihn als lebenden Fleischberg hätte ausstellen können. Dann hat Jürgen der Parkleitung angedroht, Freaktown für immer zu schließen, wenn man das Personalmanagement nicht komplett ihm überlässt. Talentsuche, Casting, Auswahl, alles. Die Leitung hat pariert. Freaktown *gehört* Jürgen. Eintrag im Grundbuch, Urkunde und Stempel. Das Paradies ist nur die wuchernde Peripherie rund um diesen historischen Kern, und das ist schon bemerkenswert: Die Ureinwohner im Paradies waren nicht sexy Adam und pretty Eva, sondern ein paar Missgeburten.

So gut wie Smeralda oder Leo wird nie wieder jemand sein, sagt Jürgen, das ist klar. Und weder Sigi noch Babsi noch Paul noch Dongbang werden je im Wachsfigurenkabinett einen Ehrenplatz bekommen. Aber es ist eine gute Truppe. Die beste seit langem, mit Herbert an der Spitze. *Er* könnte es schaffen in die Hall of Fame, wenn er weiter an seinem Talent arbeitet. Herbert ist ein *echter* Freak. Leider versucht er immer noch, seine Dermatitis mit Salben und Tabletten in Schach zu halten, aber es kommt der Tag, da wird er damit aufhören und sich endgültig in das verwandeln, was ihm von einem göttlichen Schicksal vorherbestimmt ist: in Die Kreatur.

Schade natürlich, dass er kein würdiges Publikum hat. Die Leute halten seine Reptilienhaut für falsch. Aufgeklebt, angepinselt. Aber man darf das Publikum nicht unterschätzen, sagt Jürgen.

Erste Regel im Showbusiness: Nie das Publikum unterschätzen. Es ist nicht dumm, es ist nur blind. Man kann es zum Sehen verführen.

Zweite Regel im Showbusiness: Gib dem Publikum, was es will.

Was will das Publikum?

Die Leute kommen aus vielen Gründen ins Paradies, sagt Jürgen, zum Beispiel, weil ihnen nichts Besseres einfällt in ihrer Freizeit oder weil sie sich einen schönen Tag machen wollen. Spaß haben, den Alltag vergessen. Und dann setzen sie sich in eine Achterbahn und rasen mit hundertzwanzig Stundenkilometern ein Gefälle von fünfundneunzig Grad hinunter, knapp am Tod vorbei. Sie fallen aus hundertvierzig Metern vom Screamtree und sterben fast vor Angst. Gib den Leuten eine Knarre und sag: Schieß auf die Zombies, die Büffel, die Kriminellen! Knall sie ab, mach sie kalt! Und die Leute werden es tun. Deswegen sind sie hier.

Sie sind hier, weil sie es satthaben. Weil sie so vieles so satthaben.

Und jetzt mal Hand aufs Herz: Haben wir das nicht alle?

Das Tempolimit auf der Autobahn zum Beispiel, das haben wir doch satt. Oder die Verkehrsschilder, die uns ständig sagen *Stop! Vorsicht Gegenverkehr! Achtung Fußgänger!* Wir haben die

Anschnallpflicht satt und das Bremspedal. Wir haben unsere Wohnungen mit den Sicherheitsschlössern satt, unsere Häuser mit den Alarmanlagen, unsere Nachbarn mit ihren Rasenmähern, warum kann man die nicht einfach über den Haufen schießen? Rauchverbot, Brandmelder, Blutdrucksenker, Antivirenprogramm, Vitamintabletten, Menschenrechtskonvention, Grippeimpfung, Airbag, Hosenträger, Backups, Altersvorsorge, Rückengymnastik, Garantiezertifikat, Blitzableiter, Kondome, Taschenkontrolle, Lebensversicherung, Krankenversicherung, Vollkaskoversicherung, Lärmschutz, Tierschutz, Datenschutz, *Oh Herr, erbarme dich unser und schütze uns vor dem Schutz,* Antifaltencreme, Antischuppenshampoon, rasierte Achseln, rasierte Genitalien, Biomüsli, wir haben das alles satt, und deswegen kommen wir ins Paradies.

Enthemmung.

Grenzerfahrung.

Jede zweite Sekretärin hat heute ein tätowiertes Arschgeweih unterm Rock, aber wenn sie Sigi sehen, dann bekommen sie eine Ahnung davon, *was* möglich ist.

Jeder dritte Bankangestellte war schon mal auf Erlebnisurlaub inklusive Bungeejumping, aber wenn sie vom Screamtree fallen, dann bekommen sie eine Ahnung von der tieferen Bedeutung des Wortes *Erlebnis.*

Hochmut, sagt Jürgen, kommt nicht vor dem Fall, sondern danach. Aber nur, wenn du das Zeug dazu hast.

Wie viel Zeug hast du?

Das Paradies ist ein guter Ort, sonst würde es ja nicht das Paradies heißen, aber es ist noch nicht gut genug, sagt Jürgen. Die Leute zahlen viel Geld für ihr Vergnügen, und dann hat der Spaß doch seine Grenzen. Dann müssen sie sich doch anschnallen in der Achterbahn und dürfen keine Schlagringe mit in den Park nehmen. Die Büffel sind nicht echt, die Zombies bluten nicht, La belle Barbará ist keine Schlangenfrau, sondern nur Babsi Kruse, diplomierte Bodystretchtrainerin.

Regel Nummer drei im Showbusiness: Gib dem Publikum alles. Alles, was es will. Ohne Limit.

Regel Nummer drei ist zurzeit außer Kraft, aber Jürgen ist trotzdem ganz zufrieden damit, wie sich die Dinge entwickeln, sagt er. Nur nichts überstürzen, Geduld ist die Mutter der Trümmerkiste, ein Phönix wird sich aus der Asche von Freaktown erheben und alles neu entzünden. Halbgötter, Morgendämmerung. Die Zeichen stehen gut, Herbert ist der erste echte Freak seit langem, und wer weiß, mit welch schönen Überraschungen wir noch rechnen dürfen, nicht wahr, Jakob?

Keine Ahnung, was er damit meint.

Er kann es nicht wissen.

Er weiß es.

Ich gehe durchs Kabinett und über die Treppe in den Keller. Die Luft wird mit jeder Stufe kälter. Unten im Auffangraum ist es ein bisschen heller als oben. Glühbirne, sechzig Watt, ein Stuhl, sonst leer. Ich lausche für einen Moment, alles still. Ich ziehe mich aus. Kopf runter, Fell weg, jetzt die Unterwäsche, total verschwitzt. Ich lege Freddi und die Unterwäsche auf den Stuhl, ich gehe durch die schmale Tür in den nächsten Raum. Weißgekachelte Wände, verfliester Boden. Für einen Moment schließe ich die Augen, weil es so hell ist hier drin, die Neonröhren summen leise. Ich stelle mich unter den Duschkopf im Eck. Keine Duschtasse, kein Vorhang, nur ein kreisförmiger Abfluss. Ich pinkle in den Abfluss, ich drehe den Hahn auf, ich dusche mit zurückgelegtem Kopf und trinke, trinke, trinke. Eiskaltes Wasser.

Wenn irgendetwas renoviert ist in Freaktown, dann Jürgens Hobbykeller. So nennt er es, Hobbykeller. Er wohnt hier. Dabei könnte er eine ganze Suite haben. Alle Angestellten auf Leitungsebene wohnen im größten der fünf Erlebnishotels. Hundertfünfzig Quadratmeter pro Suite, auf dem Dach gibt es eine Terrasse mit Pool, Jürgen bevorzugt die Katakomben von Freaktown.

Welches Hobby?

Ja, das frage ich mich auch manchmal.

Ich drehe den Hahn zu, das Handtuch liegt gefaltet auf der Ablage, daneben meine Arbeitsklamotten für die Show. Das Handtuch ist frisch, die Klamotten sind frisch, Jürgen sorgt dafür. Ich trockne mich ab, ich ziehe mich an. Jetzt sehe ich nicht mehr aus wie Freddi, der Freak, sondern wie jemand, der nicht gesehen werden will. Unauffällig, grau in grau.

Ich gehe durch die nächste Tür. Ein schmaler Flur, noch heller als der Duschraum. Sobald die Tür ins Schloss fällt, fängt etwas zu summen an. Vielleicht die Neonröhren, vielleicht etwas anderes, zum Beispiel ein Scanner, mir egal. Ich stehe still, ich warte. In der Regel dauert das fünf, zehn Sekunden, dann hört das Summen auf und die letzte Tür öffnet sich mit einem leisen *Klack.*

Bitte fragen Sie nicht, ich habe keine Ahnung. Vielleicht eine Marotte, vielleicht ein besonders ausgeprägter Sinn für Sauberkeit, auf jeden Fall darf keiner in Jürgens Allerheiligstes, bevor er nicht das ganze Prozedere hinter sich gebracht hat. Ausziehen, duschen, frische Klamotten, *summsumm, klack.*

Die Tür öffnet sich, ich gehe ins Allerheiligste.

Die meisten Leute richten sich ihre Wohnungen nach einem bestimmten Geschmack ein. Geschmack *Gemütlich* zum Beispiel oder Geschmack *Urban* oder Geschmack *Ich habe Geschmack.*

Jürgens Wohnraum hat den Charme eines Labors, und wenn der Kühlschrank nicht wäre und der Spiegel, dann würde man sagen: Hier wird nicht gewohnt, hier wird gearbeitet. Geforscht.

Ich schließe die Tür hinter mir, Jürgen steht vor dem Spiegel und schminkt sich für die Show. Nackter Oberkörper, die schwarze Hose mit dem Seidenbund hat er schon an. Er nickt mir zu, ohne sich umzudrehen. Sein Gesicht im Spiegel ist kalkweiß, er malt gerade schwarze Farbe ums rechte Auge.

Ich setze mich an den großen Tisch und reiße die Packung mit Salzstangen auf. Mein Mittagessen. Das Dessert steht auch schon da, Jürgen weiß, was mir schmeckt. Der Tisch ist übrigens gar nicht groß, er ist riesig. Ein langgezogenes Ding aus Metall, mehr eine Tafel als ein Tisch. Jesus und alle zwölf Apostel hätten hier Platz, um sich von Leonardo da Vinci malen zu lassen. Das letzte Abendmahl hätte keinen Platz, der Tisch ist vollgeräumt. Bücher, Zettel, ein Laptop, eine Flasche Desinfektionsmittel, ein Mikroskop, Reagenzgläser, steril verpackte Tupfer, ein Schraubenzieher, eine Tätowiermaschine, ein Set mit Nadeln, ein grünlicher Mundschutz, eine langstielige Peitsche, ein Skalpell, eine Rolle Zwirn, ein Plan vom Paradies mit roten Markierungen und anderer Kram. Die meisten Bücher sind Fachbücher. Medizin und Technik. Die aufgeschlagenen Seiten zeigen komplizierte Schaltkreise oder anatomische Zeichnungen. Querschnitte durch den menschlichen Schädel, Funktionsweise des Cerebralsystems, Neocortext, Hypothalamus, Hypophyse, die Salzstangen schmecken hervorragend. Ich schiebe mir die nächste Ladung in den Mund, krachendes Geräusch, das einzige im Raum. Jürgen schminkt sich schweigend, wie immer. Er umrandet sein linkes Auge mit schwarzer Farbe, er verwischt die Farbe sternförmig nach oben und nach unten. Seine türkisblauen Augen starren sich aus dunklen Höhlen selbst an. Mir ist kalt. Ich reibe meinen linken Arm, dann den rechten. Es ist immer kalt hier unten, auch im Sommer. Jürgen friert nie. Er sagt, dass die Temperatur in einer Wohnung viel wichtiger ist als die Möbel oder die Bilder. Geschmacklose Wohnungen sind immer überheizt. Er zieht die rechte Augenbraue mit schwarzem Kajal nach, jetzt die linke, eine Haarsträhne fällt ihm ins Gesicht, er streicht sie weg.

Dichtes Haar, schwarz wie Teer, öliger Glanz. Der Nacken ausrasiert, helle Haut.

Ich ziehe ein paar Salzstangen aus der Packung, das Plastik knistert, Jürgen beugt sich vor, näher an den Spiegel.

Muskulöser Rücken, hervortretende Schulterblätter. Wirbelsäule. Wirbel zählen. Erster Wirbel, zweiter Wirbel, dritter Wirbel, springen, Lendenwirbel.

Lendenwirbel.

Lendenwirbel.

Lendenwirbel.

Ich kaue langsam, Jürgen tuscht seine Wimpern. Links oben, rechts oben, winzige weiche Bewegungen, jetzt unten links, jetzt unten rechts, ich öffne den Becher mit Eis. Himbeer-Zitrone, geschmolzen. Ich nehme einen Schluck, Jürgen zieht seine Lippen mit einem Konturstift nach. Rubinrot. Er nimmt einen dünnen Pinsel, er taucht den Pinsel in ein Schälchen, er malt seine Lippen aus. Blutrot. Er presst die Lippen aufeinander, sein Kiefer bewegt sich vor und zurück. Jetzt hält er still und überprüft das Ergebnis.

Ein Mund wie eine Wunde. Wunderschön.

Jürgen geht zum Kühlschrank und öffnet das Gefrierfach. Er nimmt zwei Eiswürfel heraus, er schiebt sie in seine weitgeöffnete Wunde. Kalte Stimme, heißes Herz, sagt er immer, und dass die Kombination unschlagbar ist, wenn es um Verführung geht. Er nimmt ein schwarzes Sakko aus dem Kühlschrank und zieht es über den nackten Oberkörper. Er nimmt eine schwarze Smokingschleife heraus und dreht sich zu mir um.

Heißes Herz.

Jürgen hat zwei davon. Eins in seiner Brust, eins auf seiner Brust. Das auf der Brust ist mit Dornen umrankt und von einem Schwert durchbohrt, das Schwert steht in Flammen. Klassisches Motiv, alte Schule. Findet sich auch auf Heiligenbildern oder auf Kaffeetassen, in denen manche Hausfrauen ihr Salz aufbewahren. Jürgen hat sich sein zweites Herz selbst gestochen vor langer Zeit, deswegen sind die Farben schon ein bisschen verblasst.

Vor langer Zeit.

Wie lange dauert es, bis eine Tätowierung verblasst?

Ich trinke den Becher leer, ich stehe auf und gehe zu Jürgen. Rechts ist das Sakko weiter offen als links, die Brustwarze liegt frei. Klein, kreisrund, flach. Ich knie vor ihm nieder.

Was steht unter der wackligen Schrift auf dem Eingangsschild zu Freaktown?

Willkommen in Sternstadt?

Willkommen in Sterns Stadt Curiöser Menschlicher Specialitäten?

Er berührt mich an der Wange. Fingerspitzen, ein Hauch, schon wieder vorbei.

Smeralda war umwerfend, Leo hat um Ludwig getrauert, die Männer sind Schlange gestanden. Violetta ohne Unterleib, begehrt wie keine andre Frau, wie lange bist du schon hier, Jürgen?

Frag nicht, Jakob. Oder willst du, dass er antwortet.

Er gibt mir die Smokingschleife. Ich knie immer nieder, um sie zu binden, so geht es leichter. Wenn ich stehe, muss ich mich zu ihm hinunterbeugen. *Kleiner schwarzer Prinz,* ich lege die Schleife um seinen Hals, *wie gut du riechst,* ich überkreuze die

Enden, *nach Lippenstift und Eiswürfeln*, ich mache eine Schlaufe, meine Finger streifen seinen Hals, sein durchbohrtes Herz hebt und senkt sich, sein eisiger Atem streichelt meine Stirn, *ja, oh ja, oh bitte, liebe mich, liebe mich, liebe mich, liebe mich, liebe mich, liebe mich, liebe mich, liebe mich, liebe mich, liebe mich, liebe mich*, jetzt der Knoten, jetzt geradeziehen, fertig ist die Fliege.

Ich stehe auf und gehe zum Tisch, ich fische die Peitsche aus dem Kram, ich gebe sie Jürgen. Er lässt den Riemen zärtlich durch seine Finger gleiten.

»Showtime, Jakob.«

Er lächelt.

8

Linkes Pult: Licht. Rechtes Pult: Ton.

Lichtpult: ein Regler, drei Tasten.

Taste eins: SHOW.

Taste zwei: SPOT.

Taste drei: BLACK.

Tonpult: ein Regler, neun Tasten.

Taste eins: INTRO.

Taste zwei: APPLAUS.

Taste drei: TROMMELWIRBEL.

Taste vier: HUMOR.

Und so weiter, ich kenne das auswendig, die beschrifteten Kleber auf den Tasten sind noch aus meiner Anfangszeit. Zwei Shows pro Tag, und das seit einem Jahr. Macht abzüglich der Schließtage um die sechshundert Shows.

Ich stehe ganz hinten auf der Zuschauertribüne. Holzbänke, zehn Reihen, steil abfallend. Die Leute sitzen dichtgedrängt, Geruch nach Schweiß und Popcorn. Hier im Showzelt von Freaktown haben Deodorants keine Chance. Rasierwasser, Parfum, vergiss es.

Ich streife meine schweißnassen Hände am T-Shirt ab, ich bin aufgeregt. Sechshundert Shows, und ich bin aufgeregt. Immer noch, immer wieder, jedes Mal.

Theater.

Ich weiß nicht, ob Sie eine Vorstellung davon haben, was das bedeutet, aber auf den Punkt gebracht könnte man sagen: Theater bedeutet *Du weißt nie, was passiert.*

Ja, klar, ist alles gut einstudiert, alles geprobt, geübt, Routine. Nummer für Nummer, Auftritte und Abgänge, jede Bewegung sitzt, jede Geste hat die Bedeutung, die sie haben soll, ich drücke im richtigen Moment auf die richtige Taste, die Show läuft wie geplant, aber *Du weißt nie, was passiert.* Oder wie Conrad, der Conferencier, so schön sagt mit seiner schnarrenden Stimme: Alles echt! Lebend!

Das Leben ist unberechenbar.

Können Sie sich gern ins Stammbuch schreiben, den Satz, ist aber nicht nötig. Steht sicher schon drin.

Die Zuschauer sind unruhig, viele sitzen schon seit vierzig Minuten hier herum und warten, ein Candygirl steht am Eingang. Ich halte Sichtkontakt mit der Kollegin, sie gibt das Zeichen für den Start, wenn die letzten Nachzügler im Zelt sind.

Die Bühne ist wie alles in Freaktown: original abgewrackt. Schwarzbemalter Bretterboden, mit Kratzern übersät, die Samtvorhänge links und rechts waren früher einmal rot, nehme ich zumindest an, rot und schimmernd. Jetzt sind sie zwei müde herabhängende Lappen in rostigem Braun. Hinter dem rechten

Seitenvorhang warten Sigi, Babsi, Paul und Dongbang auf ihren Auftritt. Hinter dem linken wartet Jürgen. Herbert ist schon auf der Bühne. Er kauert in einem Käfig links hinten, regungslos, verborgen unter seiner nachtblauen Mönchskutte.

Ich streife meine Hände wieder am T-Shirt ab. Das Candygirl hebt den Arm, gleich gibt sie das Zeichen, nein, doch nicht, sie winkt ab. Zwei junge Männer betreten das Zelt. Dann zwei junge Frauen.

WEEKEND WARRIOR, FUN FIGHTER, PARADIES-PRINZESSIN, ZUCKERZICKE.

Sieh an, die Freizeitkiller von der Geisterbahn. Willkommen, Leute, war's schön bei den Zombies? Wie viele Untote habt ihr getötet?

Das Candygirl sucht nach freien Plätzen, ich winke und zeige auf die Reihe vor mir. Das Candygirl nickt, das Candygirl deutet nach oben, die Viererbande macht sich auf den Weg. Jetzt quetschen sie sich an den Leuten vorbei, die ganz außen sitzen, jetzt lassen sie sich auf die freien Plätze fallen. Die Zuckerzicke streift mich mit einem Blick.

Na, Süße, erkennst du mich wieder? Willst du an mir riechen?

Das Candygirl wartet noch ein paar Sekunden, dann hebt es den Arm und gibt das Zeichen.

Ich streife meine Hände ein letztes Mal ab, ich atme tief durch, ich drücke auf BLACK.

Dunkelheit, schlagartig. Die Leute verstummen. Schlagartig, als hätte man *sie* ausgeknipst, nicht das Licht.

Ich drücke auf SPOT.

Ein heller Strahl stürzt senkrecht aus dem Scheinwerfer über der Bühne und malt einen kreisrunden Fleck auf den Boden. Kaltes Licht, Typ Vollmond in einer klaren Winternacht.

Einundzwanzig, zweiundzwanzig, Jürgen lässt sich Zeit mit

seinem Auftritt, das macht er immer. Spannung ist etwas aus Gummi, man muss es dehnen. Dreiundzwanzig, vierundzwanzig, der linke Seitenvorhang bewegt sich, Jürgen kommt heraus. Er geht über die Bühne auf den Spot zu, ein schlendernder Schatten. Kurz vor dem Mond bleibt er stehen, dann betritt er die Scheibe und dreht sich zum Publikum.

Ein Raunen.

Jürgen sieht bizarr aus in dem Licht. Grotesk, irre, wie ein verrückt gewordener Joker aus einem Kartenspiel, bei dem jeder verliert, auch wenn er gewinnt. Trumpfkarte Wahnsinn.

Einundzwanzig, zweiundzwanzig, Jürgen verneigt sich. Nicht tief, nur ein Knopfnicken, sein Haar glänzt wie frisch geteert. Jetzt hebt er die Hand mit der Peitsche, kurzes Innehalten am höchsten Punkt, dann holt er weit aus und *zischhhh,* der Riemen durchschneidet die Luft, das Ende schlägt im Leeren auf.

Schnalz!

Die Leute zucken zusammen, ich drücke auf INTRO.

Musik. Von null auf maximale Lautstärke. Harte, schnelle Beats, wie Schüsse aus einer MP, Einsatz E-Gitarre, Jürgen schwingt die Peitsche über seinem Kopf, der Riemen rotiert, das *Zischhhh* kann man nicht mehr hören, eine Stimme singt. Mann oder Frau, keine Ahnung, die Stimme klingt wie einer von diesen fiesen kleinen Bohrern beim Zahnarzt.

Welcome to happiness
Welcome to hell
This is the place to be
For you and me
For you and me.

Schnalz, der Riemen reißt ein Loch links in die Luft, *schnalz*, der Riemen reißt ein Loch rechts in die Luft, jetzt nach vorne, *schnalz*, Jürgen hat das Becken vorgeschoben und den Oberkörper nach hinten gelegt, der Riemen sticht kerzengerade in die Luft, *schnalz*.

Are you ready for pleasure?
Let's go insane!
Hey, this is a perfect day
For perfect pain.

Abgewinkelte Knie, Becken steil nach oben, weit zurückgebogener Rücken, der Kopf berührt fast den Boden, das Sakko hat sich geöffnet, freiliegendes Herz, loderndes Flammenschwert, Jürgen holt weit aus, *schnalz*, der Riemen klatscht zwischen seine Beine.

»Autsch!«, schreit der Wochenendkrieger.

»Yeah!«, brüllt die Zuckerzicke.

Schnalz, quer über die nackte Brust, *schnalz*, wieder quer, jetzt wirft Jürgen die Peitsche nach oben, hoch nach oben, sie steigt im kalten Mondlicht auf, seltsam langsam, wie in Zeitlupe, wie etwas Traumverlorenes, das unauffindbar verschwinden wird irgendwo in der Zeltkuppel.

Where do you go to cross the border?

Jürgen windet sich blitzschnell aus dem Sakko, ohne aus der Brücke zu gehen, das Sakko gleitet zu Boden.

Where do you go to fall from grace?

Jürgen geht aus der Brücke in den Handstand, sein Jokerface taucht zwischen den Armen auf, breites Grinsen, der Mund eine klaffende Wunde, die Peitsche fällt.

Hey, this is the right place!

Jürgen fängt sie mit der linken Hand auf, jetzt steht er nur noch auf der rechten, sein Körper bleibt straff gespannt und kerzengerade.

So put a smile upon your face!

Er holt aus, der Riemen schnalzt nach hinten, der Riemen

zischt nach vorne und schlingt sich um Jürgens Bauch, Brust, Hals, *schnalz*, das Ende beißt ihm ins Gesicht wie eine Viper.

Einundzwanzig, zweiundzwanzig, Jürgen steht grinsend auf einer Hand. Keine Striemen auf der Brust, kein Blut im Gesicht, dreiundzwanzig, vierundzwanzig, ich drücke auf BLACK.

Stille.

Dunkelheit.

Das Publikum rührt sich nicht.

»Wow«, sagt die Zuckerzicke leise.

Fünfundzwanzig, sechsundzwanzig, ich drücke auf APPLAUS.

Konservenapplaus brandet auf, der Wochenendkrieger hebt die Hände und fängt zu klatschen an, ein paar Sekunden später klatschen alle. Frenetisch, wie man so sagt. Der Konservenapplaus ist nur ein kleiner Mutmacher. *Ja, Leute, es ist ein bisschen seltsam hier, verglichen mit einem Spaziergang durchs Tirolerdorf, aber ihr dürft es trotzdem genießen.*

Ich drücke auf SHOW, die Bühne wird hell. Warmes, brillantes Licht. Jürgen sieht jetzt aus wie der Joker in einem Kartenspiel, bei dem man mit ein bisschen Glück auch gewinnen kann, ohne dabei verrückt zu werden. Er hat das Sakko wieder an, er steht an der Rampe, die Peitsche locker in der Hand.

»Meine Damen und Herren, verehrtes Publikum, willkommen in Freaktown. Ich begrüße Sie zu unserer einzigartigen Show. Einzigartig im Paradies, einzigartig weltweit. Diesseits und jenseits von Eden gibt es nichts Vergleichbares, glauben Sie mir, schon weil es gelogen ist, wie alles am Theater.«

Jürgen grinst, ich drücke auf HUMOR, schallendes Konservengelächter ertönt, die Leute lachen mit. Jürgen grinst noch breiter, er liebt die flauen Witze in seiner kleinen Ansprache. Sie gehören zur Show wie der Alleinunterhalter zur Provinzhochzeit, sagt er.

Das Gelächter verebbt.

»Illusion, Magie, Tricks, meine Damen und Herren, das ist es, was Sie hier und heute zu sehen bekommen. Man könnte auch sagen: Blendwerk, Budenzauber, Betrug. Oder glauben Sie wirklich, dass dieses Ding hier«, er hebt die Peitsche, »echt ist? Glauben Sie wirklich, dass man sich mit einem Riemen aus echtem Leder ins Gesicht schlagen kann, ohne eine tiefe Wunde davonzutragen?«

Schweigen im Publikum.

»Billiger Trick, hab ich mir gleich gedacht«, flüstert die Zuckerzicke.

»Eine einfache Frage, meine Damen und Herren, ich bitte um eine einfache Antwort.«

In der zweiten Reihe hebt jemand die Hand.

»Ja?« Jürgen nickt aufmunternd.

»Nein«, sagt eine Frauenstimme. »Ich glaube nicht, dass die Peitsche echt ist. Die ist falsch. Präpariert oder so, damit sie nicht weh tut.«

»Madame«, Jürgen lächelt, »Ihr Scharfsinn begeistert mich. Darf ich Sie bitten, zu mir auf die Bühne zu kommen. Keine Angst, Sie müssen nichts Besonderes tun. Sie müssen nur tun, was ich Ihnen sage. Applaus für Madame!«

Ich drücke nicht auf APPLAUS, die Leute sind jetzt halbwegs in Fahrt und klatschen.

Madame kommt auf die Bühne. Eine schlanke Frau Mitte vierzig, sie steckt in hautengen Jeans, ihre Stilettoabsätze sind so hoch, dass man schon vom Hinsehen Nasenbluten bekommt. Sie stakst die kleine Holztreppe rechts an der Rampe hoch, Jürgen begrüßt sie mit einem angedeuteten Handkuss.

»Sehen Sie die kleine Truhe da drüben, neben dem Käfig?« Jürgen zeigt auf das, was er immer seine Spielzeugkiste nennt,

Madame nickt. »In der Truhe befinden sich neben diversen Utensilien auch ein paar Porzellanfiguren. Suchen Sie sich zwei aus. Und keine Angst vor der Kreatur im Käfig. Sie schläft.«

Madame stakst zur Spielzeugkiste und linst vorsichtig in den Käfig. Herbert rührt sich nicht. Madame kramt in der Kiste, sie kommt mit zwei Porzellanfiguren zurück. Eine Katze, ein Hase, dreißig Zentimeter hoch. Kann man im Souvenirshop kaufen. Puffi und Knuffi für Erwachsene, die ihre überheizten Wohnungen verschönern wollen.

»Eine gute Wahl, Madame. Sehr dekorativ. Vor allem die Katze, sie passt zu Ihnen. Anschmiegsam, aber mit Raubtierseele, nicht wahr?«

Madame lächelt geschmeichelt.

»Würden Sie nun bitte dem Publikum bestätigen, dass diese Figuren aus hochwertiger Keramik sind.«

Sie wiegt die Figuren in ihren Händen, sie nickt.

»Merci. Und jetzt bitte ich Sie, einfach nur hier stehen zu bleiben und die Figuren hochzuhalten. Links die Katze, rechts den Hasen, so hoch wie möglich. Ja, genau so, und jetzt bitte die Augen schließen. Hervorragend, Sie sind ein Talent, Madame. Und keine furchtsame Frau, wie ich an Ihren Schuhen erkennen kann, also erschrecken Sie nicht, ganz egal, was passiert. Sind Sie bereit?«

Madame nickt.

Jürgen geht ein paar Schritte zurück, ich drücke auf TROMMELWIRBEL. Jürgen schwingt die Peitsche, der Riemen pfeift durch die Luft, der Trommelwirbel wird schneller, er wird lauter, Höhepunkt, *schnalz* links, *schnalz* rechts, Madame zuckt zusammen, Puffis Kopf rollt über den Boden, Knuffi hat nur noch ein Ohr. Applaus brandet auf, Jürgen klemmt die Peitsche unter den Arm und beklatscht Madame, sie macht einen mädchenhaften Knicks. Er geht zu ihr und sagt etwas, der Applaus übertönt es, aber ich weiß, was er sagt. *Chapeau, schöne Frau, bitte nehmen Sie die Trophäen zum Andenken an diesen unvergesslichen Moment mit nach Hause.* Madame stakst von der Bühne, die geköpfte Katze und den verstümmelten Hasen wie Siegespokale hochgehoben.

Jürgen tritt an die Rampe.

»Meine Damen und Herren, die Peitsche ist echt. Ein Instrument zur Herstellung von Schmerz, ein Werkzeug der Qual. Aber was ist das, Schmerz? Und wie kann es sein, dass die Qual keine Spuren hinterlässt, zum Beispiel hier«, Jürgen zeigt auf sein Gesicht, »und hier«, er zeigt auf seine Brust, »und hier natürlich«, er zeigt auf seinen Schritt und macht eine wegwerfende Handbewegung, die Leute lachen.

»Der hat sicher nen tollen Schwanz«, sagt die Paradiesprinzessin leise.

»Mit Sicherheit«, sagt die Zuckerzicke. »Kleine Männer, dicke Dinger.«

»Nicht jeder Mensch, meine Damen und Herren, kennt das Glück, zum Beispiel in Gestalt der Liebe mit ihren feuchtfröhlichen Ekstasen. Aber jeder kennt den Schmerz. Es gibt Menschen, die noch nie geliebt wurden oder nie geliebt haben oder beides. Aber es gibt keinen Menschen, keinen einzigen, der noch nie Schmerz empfunden hat. Der Schmerz ist das, was uns verbindet, wenn uns sonst nichts verbindet. Er ist das, was wir teilen, wenn wir sonst nichts teilen. Noch der einsamste Mensch auf dieser Welt darf sich gewiss sein, dass er nicht allein ist, sondern geborgen und aufgehoben im sozialen Netzwerk der Pein. Wir alle, meine Damen und Herren, sind nur die Summe dessen, was wir ertragen können. Wer aber alles erträgt, wer sich dem Schmerz hingibt wie einem Geliebten, der wird unversehrt bleiben. Er wird geborgen sein und aufgehoben in seiner Qual.

Freiheit, meine Damen und Herren! Von den Kränkungen der Peitsche, von den Martern des Leibes und der Seele. Freiheit durch Hingabe. Die heutige Show huldigt dem großen Casanova Schmerz, mit dem wir alle ins Bett gehen sollten, weil er uns so oder so durchvögelt.«

Jürgen verneigt sich tief, ich drücke vorsichtshalber auf APPLAUS. Die kleine Ansprache kommt selten so gut an, wie sie es verdient. Das Konservenpublikum klatscht, ein paar Leute fallen mit ein, auch die Paradiesprinzessin, auch die Zuckerzicke.

»Bravo!«, brüllt die Zicke. »Bravo!«

Ich schiebe den Regler am Lichtpult ein Stück nach unten, die Bühne wird langsam dunkler, Schummerstimmung. Ich drücke am Tonpult auf DSCHUNGEL. Geräuschkulisse tropischer Regenwald. Rascheln im Dickicht überdimensionaler Farne, ein Vogel schreit, akustische Illusion von Feuchtigkeit und lauernder Gefahr. Jürgen dreht sich zum rechten Seitenvorhang.

»Komm, meine Schöne«, sagt er leise, man kann es trotzdem bis in die letzte Reihe hören.

Der Vorhang bewegt sich, etwas kriecht heraus. Eine Schlange. Im ersten Moment sieht Babsi wirklich aus wie eine Schlange, ihr Kostüm ist ein Knaller. Hautenges Ganzkörpertrikot, elastischer Stoff, dicht mit silbernen Pailletten bestickt. Keine Ahnung, was für eine Schlange Babsi ist, wahrscheinlich eine Natter, wahrscheinlich giftig, also wenn es nach dem Kostüm geht. Sie kriecht mit schlängelnden Bewegungen auf Jürgen zu, der Regenwald dampft, Äste knacken, ein Vogel flattert kreischend auf, die Natter erstarrt. Sie dreht den Kopf zum Publikum. Gelbe Augen, langgezogene Pupillen, schmal wie Sicheln. Babsis Kostüm ist ein Knaller, aber die Kontaktlinsen sind der Oberknaller.

»Komm her, komm zu mir.« Jürgens Stimme ist nur noch ein

Flüstern, er lässt die Peitsche über den Boden gleiten, lockende Bewegung.

Die Natter kriecht weiter, langsam und geschmeidig, jetzt ist sie bei Jürgen und hebt den Kopf. Sie zischt. Jürgen holt aus, der Riemen klatscht millimeterdicht an Babsis erhobenem Kopf vorbei und auf den Boden, sie bäumt sich auf, als hätte er sie geschlagen.

Jetzt hebt sie den Oberkörper und streckt ihn durch.

Jetzt winkelt sie die Beine an.

Jetzt greift sie mit den Händen nach ihren Fußgelenken.

Jetzt zieht sie die Beine kerzengerade nach oben.

Jetzt spreizt sie die Beine.

»So ist brav«, flüstert Jürgen.

Er knallt wieder mit der Peitsche, Babsi dreht sich schlangenschnell aus der Wippe in die Brücke. Perfekter Bogen. Jürgen lässt den Lederriemen weich zwischen ihre Beine fallen und zieht ihn mit einer langsamen Bewegung über ihren silbrigen Körper. Scham, Bauch, rechte Brust, linke Brust, Gesicht.

Ich drücke auf SPOT.

Ich drücke auf LOVE.

Die Zahnbohrerstimme singt zu einer süßlichen Melodie.

Uuuuuuuuuh, I love you
Poison Lady, give me pain, uh uh
And I swear by God, I'll hurt you too.

Jürgen lehnt am Käfig, Babsi steht im Mondlicht. Funkelnder Schuppenleib, harte Schatten im Gesicht. Sie lächelt. Ein starres Lächeln, sie wird es die nächsten fünf Minuten auf ihren dunkelviolett bemalten Lippen haben, und was sie die nächsten fünf Minuten so treiben wird auf der Scheibe aus Licht, das ist schwer zu beschreiben, wirklich schwer. Also stellen wir uns einfach einen Körper vor, in dem sämtliche Knochen gebrochen sind. Erst gebrochen, dann in Säure gelegt und aufgelöst. La belle Barbará, die Schlangenfrau, verdreht ihre knochenlosen Gliedmaßen nach Belieben. Sie umschlingt sich selbst, dreht sich ein, knüpft Knoten aus Armen und Beinen, ihr Gesicht taucht an absurden Stellen auf. Unter der linken Achsel, neben der rechten Ferse, immer dem Publikum zugewandt, und sie lächelt, sie lächelt, *uh uh*.

Ich weiß nicht, was die Männer im Publikum so denken, während Babsi ihre Nummer abzieht, aber ich glaube, es geht in Richtung *Kann man die kaufen?*.

Nach fünf Minuten ist es vorbei. Babsis letzte Position erinnert an eine Möbiusschleife, die Musik klingt aus, ich drücke auf BLACK.

Tosender Applaus.

Einundzwanzig, zweiundzwanzig, die Leute klatschen, sechsundzwanzig, siebenundzwanzig, die Leute klatschen, neunundzwanzig, die Leute kapieren, dass sich Babsi nicht verbeugen wird, der Applaus verebbt.

»Heiße Braut«, flüstert der Wochenendkrieger.

»Aber hallo, die würd ich gern …«, der Spaßkämpfer macht ein anzügliches Geräusch.

»Wichser.« Die Paradiesprinzessin klingt beleidigt.

Nur keine schlechte Stimmung aufkommen lassen, Leute. Gleich wird's lustig.

Ich drücke parallel auf SHOW und KOMÖDIE.

Licht, rasante Musik, Typ Verfolgungsjagd in einem Zeichentrickfilm. Jürgen reißt die Käfigtür mit einem Ruck auf, Herbert hechtet heraus wie ein vom Teufel in den Hintern gebissener Mönch. Babsi kreischt auf und versucht hektisch, sich aus der Möbiusschleife zu befreien, aber irgendetwas klemmt, oje. Herbert steht für einen Moment orientierungslos da und dreht seinen Kapuzenkopf nach links, nach oben, nach unten, nach rechts, hoho! Er hat Babsi entdeckt! Babsi kreischt wieder, sie windet sich aus der Schleife, geschafft. Herbert stürzt auf sie zu, Babsi flüchtet. Nach hinten über die Bühne, aber da geht es nicht weiter, da ist ein Abgrund, *kreisch!* Nach rechts zum Vorhang, aber da geht es auch nicht weiter, da ist ein Vorhang, *kreisch!* Herbert galoppiert hinter ihr her, die Kutte flattert, hoho, ich krieg dich, ich krieg dich! Jetzt an der Rampe entlang, Babsis Arme rotieren wie Propeller, ihr angstverzerrtes Gesicht ist dem Publikum zugewandt, die Leute lachen. Herbert stolpert über einen Zipfel seiner Kutte, Herbert fällt hin, die Leute johlen. Jetzt stolpert Babsi, *Hahaha!,* sie überschlägt sich, *wumm,* ihr Rückgrat schlägt hart am Boden auf, *Höhöhö!,* ich drücke auf HUMOR, damit das Konservenpublikum auch seinen Spaß hat, Herbert ist schon wieder unterwegs, Babsi rappelt sich auf, *humpelhumpel,* nichts wie weiter.

Die Jagdnummer dauert zwei Minuten und ist eher schwach, wenn Sie mich fragen. Rennen, kreischen, stolpern, stürzen. Überall Hindernisse, die nicht da sind, imaginäre Wände, imaginäre Pfosten, *Peng!,* jetzt eine imaginäre Tür, *rüttelrüttel,* endlich geht das Scheißding auf, hoppla!, da ist eine Schwelle!, *stolperstürz.*

Boulevardkomödie.

Slapstick.

Das Beste an der ganzen Show, sagt Jürgen immer. Nur ein läppisches Intermezzo, aber es trifft den Nagel auf den Kopf und treibt ihn tief hinein ins Fleisch der Wahrheit. Und die Wahrheit ist: Im Lachen freut sich der Mensch wie ein Kind, das dem Käfer die Beinchen ausreißt, um zu sehen, ob er noch kriechen kann.

Hoch lebe die Komödie, Königin der Grausamkeit!

Jetzt hat sich Babsi den Kopf so böse an einem imaginären Türstock gestoßen, dass sie ohnmächtig zu Boden stürzt. Herbert ist mit einem Satz bei ihr, ich würge die Musik ab, Stille. Herbert atmet schwer. Er steht breitbeinig über der bewusstlosen Schönen, er beugt sich zu ihr hinunter, er richtet sich wieder auf. Triumphgeheul. Dann greift er mit beiden Händen vorne an seine Kutte und reißt sie auf. Klettverschluss, *rrrrrratsch.* Die Kutte gleitet zu Boden.

Aaaaahhhhhhh macht das Publikum.

Iiiiihhhhhhh macht die Paradiesprinzessin.

»Oh Gott.« Der Spaßkämpfer stöhnt leise.

Ja, oh Gott. Sehet, ihr Ungläubigen, auch das hat ER in seiner großen Gnade erschaffen. Und ihr seid des Anblicks nicht würdig.

»Hammer«, flüstert der Wochenendkrieger, »voll abgefahren. Ist das echt?«

»Blödsinn«, die Zuckerzicke klingt verärgert. »So was gibt's nicht in echt. Die wollen uns verarschen.«

Herbert ist nackt bis auf einen Lendenschurz. Der Schurz hat die Farbe von Herberts Haut, er hat die Musterung von Herberts Haut. Es sieht aus, als sei der Reptilienmensch komplett nackt. Nackt und ohne Genitalien. Eine geschlechtslose, monströse Kreatur.

Jürgen. Wie er immer hinstarrt. Lässig an den Käfig gelehnt, aber seine Augen. Tastender Blick, behutsame Gier. Der Zuhälter und seine Nutten, der Juwelier und seine Preziosen. Wer ist hier das kostbarste Stück!

Ich drücke auf SEX, zu früh. An dieser Stelle muss ich mindestens fünf Sekunden warten, damit das Publikum den Anblick genießen kann. Ich bin oft zu früh an dieser Stelle. Die Zahnbohrerstimme singt.

Under your command
Did I not do well?
Wouldn't I have walked straight to hell?

Babsi erwacht aus ihrer Ohnmacht, die Komödie ist vorbei, Schluss mit lustig, jetzt wird's ernst. Sex ist eine ernste Sache, wer dabei lacht, hat verloren.

Under your command
Was I not true to the cause?
Did I not follow your laws?

Die Schlangenfrau gleitet am Körper des Reptilienmenschen empor wie etwas Flüssiges, wie Quecksilber. Auf Lendenhöhe dreht sie den Kopf und schiebt ihn zwischen seine Beine, Gesicht nach oben.

Under your command
Did I not swallow my pride?
Did I ever mind?

Keine Ahnung, wie Babsi das findet, was sie da gerade macht, ich habe sie nie gefragt. Und Herbert auch nicht. Sie ziehen ihre Sexnummer durch, einen sauber choreographierten Fick in diversen Stellungen, eindeutig und zweideutig zugleich. Keine hektischen Bewegungen, kein Stöhnen, kein Porno. Babsis knochenloser Körper umschlingt Herbert und hüllt ihn ganz ein in geschmolzenes Silber.

Schon komisch, nicht wahr: Der Homo und die Blondine, ausgerechnet.

Under your command
Did I spare any pains?
Did you ever hear me complain?

Vor und zurück, vor und zurück, jetzt der Höhepunkt, Orgasmus in Zeitlupe, letztes Zucken, ich drücke auf BLACK.

Einundzwanzig, zweiundzwanzig, ich drücke auf APPLAUS.

Das Konservenpublikum ist begeistert, das echte auch. Mit einer kleinen Verzögerung, aber dann umso begeisterter.

Jaja, Sex sells, und wenn ich es nicht besser wüsste, dann würde ich sagen: Nichts verkauft sich so gut.

Ich weiß es besser. Ich drücke auf SHOW.

Das Licht geht an, die Bühne ist leer. Babsi und Herbert liegen hinten im Käfig, engumschlungen, postkoitale Erschöpfung. Jürgen ist verschwunden. Rechts bewegt sich der Vorhang, eine kleine Gestalt trippelt heraus. Winzige Schritte Richtung Rampe. An der Rampe bleibt Dongbang stehn und verbeugt sich tief. Das fußballgroße Ding auf seiner Schulter verbeugt sich mit. Ein Kopf. Mit Gesicht. Dongbangs Gesicht, kopiert in jedem Detail, aber seltsam verzerrt. Die geschlossenen Augen sitzen schief, der rechte Wangenknochen ist höher als der linke, die Nase sieht aus wie ein flachgedrückter Klumpen Wachs, und das ist sie auch. Aus Wachs. Jürgen hat den Kopf modelliert und ihm eine leichenhafte Blässe verpasst, gegen die auch das warme Showlicht nichts ausrichten kann. Pak Yong-yo, der Zwillingskopf. Verschobenes Abbild seines Bruders, Sinnbild und Zerrbild zugleich für das Unzertrennliche.

»Mann«, flüstert die Zuckerzicke und klingt wieder verärgert, »Mann, krasse Verarsche. Sieht man doch gleich, dass der Kopf ein Fake ist.«

Ja. Sieht man gleich. Ist aber egal, würde Jürgen sagen. Bei Dongbangs Nummer geht es nicht um echt oder falsch. Es geht um Poesie. Um schlechte, versteht sich, nur die schlechte Poesie rührt das Herz. Die gute appelliert an den Verstand der Leute, an ihren Sinn für Präzision, für strenge Rhythmen und klare Bilder. Die schlechte greift tief hinein in den Schlamm der Gefühle.

Dongbang nimmt eine Stimmgabel aus seiner Hosentasche.

Die Hose ist taubengrau, das Oberteil auch. Arbeiteruniform. Er schlägt die Stimmgabel gegen den Mittelfingerknochen seiner verstümmelten Hand und hält sie ans Ohr. *Aaaaa*, summt er leise, seine Stimme ist dünn und zittrig.

Und dann singt Pak Dong-bang, Wange an Wange mit seinem leichenblassen Zwillingsbruder, die selbstgedichtete Ballade vom Land der Morgenstille.

Er singt von der Schönheit des Landes, von seinen steilen Küsten und den mächtigen Bergen, die auch im Sommer schneebedeckt sind. Er singt vom heiligen Berg Paektusan, auf dem der Himmelssee liegt wie die blaugefärbte Hälfte einer Muschel. Er singt von der kleinen Blockhütte am Fuße des Paektusan, in der Kim Jong-il geboren wurde, der Oberste Führer, Sohn des Ewigen Präsidenten Kim Il-sung. Er singt von dem doppelten Regenbogen und wie er sich ausgespannt hat übers Firmament am Tag der Geburt, gekrönt von einem strahlenden Stern. Er singt von den tiefen Tälern, die das gebirgige Land durchziehen, und vergleicht sie mit Rissen in einem brachliegenden Acker. Er singt von den Schätzen im Erdreich, von Kohle und Blei, von Kupfer und Zink, von Magnesit, Eisenerz und Salz. Er singt von Gold. Er singt vom Monsunregen, der jeden Sommer auf die Reisfelder niedergeht wie lauwarme Tränen. Er singt vom Kopftuch seiner Mutter, die in den sumpfigen Furchen der Felder steht und nie ein Wort gesprochen hat während der Arbeit. Er singt von den Farben des Kopftuchs und von den Farben des Schweigens seiner Mutter. Er singt von den kalten, trockenen Wintern, vom Klang der Wärme in den Hütten, vom Seufzen der Holzscheite im Ofen. Er singt von den großen grauen Urnen, in denen das Kimchi aufbewahrt wird aus grünem Rettich und weißgelbem Chinakohl. Er singt vom Otternschnaps Pulrosul, von Süße und Hitze im Magen, wenn die Otter erwacht. Er singt von den riesigen Statuen des Ewigen Präsidenten, die überall im Land herumstehen, und dass sie nicht von hinten fotografiert werden dürfen. Er singt von den Spielen mit seinem Bruder, im Frühling, wenn die Luft gespenstisch zart ist und nach verschwendeter Zeit riecht. Er singt von der Liebe zu seinem Bruder und dass sie ist wie die Liebe des Bogens zum Pfeil, des Steins zum Wurf, der Stimme zum Schrei. Er singt vom Feuerfleisch Bulgogi. Er singt von den Festtagen, an denen das Feuerfleisch gegessen wird. Er singt vom Tag der Maschinenarbeiter, vom Tag der Bergleute, vom Tag der Bauern vom Tag der Fischer, vom Tag der Gesundheit, vom Tag der Luftwaffe, vom Tag der nationalen Industrie, vom Tag des Sieges im vaterländischen Befreiungskrieg, vom Tag der Werktätigen des Rundfunks, vom Tag der Erziehung, vom Tag der Verkündigung der Verfassung, vom Tag des strahlenden Sterns, vom Wiederaufforstungstag. Er singt von der Liebe zu seinem Bruder und dass sie ist wie die Liebe des Mohns zum Schlaf.

Dann verklingt Dongbangs Stimme mit einem letzten hohen Zittern, und er trippelt von der Bühne wie jemand, der sich dafür schämt, je da gewesen zu sein.

Ich schiebe den Regler am Lichtpult langsam nach unten. Niemand klatscht, ein gutes Zeichen. Die Paradiesprinzessin schnieft, der Wochenendkrieger seufzt, der Spaßkämpfer lässt den Kopf hängen.

»Weicheier«, schnaubt die Zuckerzicke.

Ich drücke nicht auf APPLAUS. Ich wette mit Ihnen, dass die Leute gleich lauter und länger klatschen werden als nach der Sexnummer.

Wetten?

Gewonnen.

Ich zähle bis dreißig, die Leute klatschen, ich zähle bis vierzig, die Leute klatschen, jetzt ist aber mal gut, Leute, ich drücke auf SHOW.

Licht, Jürgen kommt von rechts auf die Bühne. Er kommt nicht allein, er hat Sigi im Schlepptau. Die Kette ist zwei Meter lang, die Kette ist aus Metall. Das eine Ende hält Jürgen in der Hand, das andere ist um Sigis Hals geschlungen. Siegbert, der Schreckliche, genannt Das Tier. Nackt bis auf einen schwarzen Stringtanga, aber nicht geschlechtslos wie Die Kreatur. Man kann sehr gut sehen, was sich da vorne unter dem schwarzen Stoff wölbt.

Ja, Mesdames, alles echt!

Die breiten Schultern mit dem Drachen links und der Medusa rechts – echt!

Der Stiernacken mit dem grinsenden Totenkopf – echt!

Arme wie ein Kampfringer, Hände wie Teflonpfannen, Oberschenkel wie Schweinskeulen, und von den Arschbacken, Messieurs, von den Arschbacken können Sie sich eine Scheibe abschneiden, Jürgen hat sie mit züngelnden Flammen garniert, Herberts Lieblingsmotiv.

Das Tier will nicht auf die Bühne, das Tier ist störrisch. Es schnaubt, schnappt, geifert. Es bleckt die Zähne. Jürgen zerrt an der Kette und schwingt die Peitsche. *Zischhhh, schnalz*, knapp vorbei, das Tier bäumt sich trotzdem auf und brüllt. Dann stürzt es zur Rampe, die Kette spannt sich, die Leute in der ersten Reihe kreischen, weil das Tier sie gleich anspringen wird, aber Jürgen reißt die Kette nach hinten, das Tier stürzt rücklings zu Boden. Es röchelt, es greift sich an den Hals, es rüttelt an der Kette, die ihm den Atem abschnürt.

Sigi sagt, dass er seinen Job gerne macht. Nur die Kette, sagt er, die sitzt manchmal verdammt eng.

Bevor Sigi erstickt, lässt Jürgen locker. Dann treibt er ihn unter Peitschengeknall zum Käfig. Die Tür steht offen, drinnen hocken der Reptilienmensch und die Schlangenfrau. Herbert zischt, Babsi faucht.

»Vertragt euch.« Jürgen gibt Sigi einen Tritt in seinen flambierten Hintern. »Keine Gewalt, sonst gibt's Strafpunkte von Ramona.«

Sigi kriecht in den Käfig, das mit den Strafpunkten ist so ein kleiner interner Witz, den Jürgen immer macht. Jetzt klemmt er die Peitsche unter den Arm und hebt die Spielzeugkiste vom Boden. Er geht zur Bühnenmitte, er stellt die Kiste ab.

»Meine Damen und Herren, verehrtes Publikum. Gerne würde ich Ihnen nun den Höhepunkt unserer kleinen Show ankündigen, aber das kann ich nicht. Und warum nicht? Genau. Weil unsere Show aus lauter Höhepunkten besteht, oder wie sehen Sie das?«

Ich drücke auf APPLAUS, oder doch nicht, die Leute klatschen schon.

»Danke«, Jürgen winkt lächelnd ab, »danke, meine Damen und Herren, und bitte begrüßen Sie nun mit mir den größten aller Schmerzkünstler, den erhabensten aller Märtyrer. Keiner ist ihm gleich an Hingabe, wenn es um die Freuden der Qual geht. Keiner steigt so gerne hinab an jenen unterirdischen Ort, den wir die Hölle nennen, weil uns der Schmerz dort für immer in seine gewaltigen Arme nimmt. Meine Damen und Herren, Applaus für Die Wunde!«

Ich drücke auf BACH. Ein gemischter Chor singt.

O Ewigkeit, du Donnerwort
O Schwert, das durch die Seele bohrt
O Anfang ohne Ende!

Paul betritt die Bühne. Mönchskutte, gesenkter Kopf, die Hände vor der Brust gefaltet.

Flammen, die auf ewig brennen
Ist kein Feuer gleich zu nennen
Es erschrickt und bebt mein Herz.

Paul geht langsam zu Jürgen. Weihevoller Gang, nach jedem Schritt eine kurze Pause, die Karikatur eines Pfaffen auf dem Weg zur Kanzel, wo er seine Gemeinde mit einer gesalzenen Strafpredigt zur Sau machen wird, weil sie schon wieder gesoffen und gehurt haben, die Versager.

Solang ein Gott im Himmel lebt
Und über allen Wolken schwebt
Wird solche Marter währen.

Paul ist bei Jürgen und legt ihm segnend die Hand auf den Kopf. Jürgen schlägt grinsend ein Kreuz.

Wann wird sie enden, diese Pein?
Wenn Gott nicht mehr wird ewig sein!
Wenn Gott nicht mehr wird ewig sein!

Ich ziehe den Regler am Tonpult langsam nach unten, der Chor schmiert ab. Paul dreht sich zum Publikum und öffnet seine Kutte. Der Klettverschluss macht *rrrrrrratsch*, das Publikum macht *Aaaaahhhhhhh*, fast so freudig entsetzt wie beim Anblick des Reptilienmenschen.

Naja, Leute, was habt *ihr* gedacht, wie ein professioneller Märtyrer aussieht? Pauls Schmerzkunst hinterlässt Spuren, und in den nächsten zehn Minuten könnt ihr sehen, wie die Spuren entstehen. In der Spielzeugkiste sind nicht nur Porzellanknuffipuffis, in der Spielzeugkiste ist Spielzeug. Für Paul. Jürgen reicht es ihm, und Paul spielt damit. Reißnägel, Rasierklingen, Stacheldraht, ein paar Knallkörper, ein Benzinfeuerzeug, und eine Energiesparlampe natürlich. Paul hat sie schon immer geliebt, die giftigen Scherben.

Und vielleicht denken Sie ja, dass an dieser Stelle der Show ein paar Leute das Zelt verlassen, empört und angewidert von der Hingabe, mit der Paul sich ritzt, sticht, schneidet, versengt. Aber wissen Sie was: Nein. Keiner hat je das Zelt verlassen, kein Einziger, nicht in sechshundert Shows. Manche legen eine Hand über die Augen, und dann schielen sie zwischen den Fingern durch, damit sie nichts verpassen. Manche jammern leise Ogottogottogott, aber dann bejubeln sie jede neue Wunde, die sich Paul zufügt. Die Leute wollen das. Sie wollen das sehen. Nur eines wollen sie nicht.

»Meine Damen und Herren«, Jürgen legt den blutigen Stacheldraht zurück in die Spielzeugkiste, »das war's. Ich denke, wir haben ausreichend Einblick bekommen in die Kunst der autoerotischen Folter. Oder möchte jemand von Ihnen auf die Bühne kommen und sich noch ein bisschen amüsieren mit unserem«, er klopft Paul auf die Schulter, »begnadeten Märtyrer?«

Noch nie.

Nicht in sechshundert Shows.

Die Leute wollen es sehen, aber sie wollen es nicht tun.

Einundzwanzig, zweiundzwanzig, Jürgen schließt die Kiste.

»Meine Damen und Herren, lassen Sie uns nun zum letzten Höhepunkt …«

»Ja, ich. Ich will.«

Alle Köpfe in den Reihen eins bis neun drehen sich um. Die Zuckerzicke ist aufgestanden und hat ihre Hand gehoben.

Theater. Du weißt nie, was passiert.

»Madame«, Jürgens Stimme klingt seltsam, er blinzelt in den Zuschauerraum. Seltsam. Wie etwas, das für einen Moment aus dem Gleichgewicht geraten ist. Hochseilstimme, fast abgerutscht. »Madame, was für eine Überraschung. Eine freudige Überraschung. Darf ich Sie auf die Bühne bitten.«

Die Zuckerzicke quetscht sich durch die Reihe und geht nach unten. Paul sieht Jürgen ungläubig an, hinten im Käfig tuscheln Babsi, Sigi und Herbert.

»Ruhe!« Jürgen herrscht sie an, die drei verstummen.

Jetzt ist die Zuckerzicke bei der kleinen Holztreppe und geht nach oben. Turnschuhe, federnder Gang.

»Ah, Madame, Sie sind gar keine Madame. Sie sind eine Mademoiselle. Wie reizend, enchanté!« Jürgen deutet einen Handkuss an, die Zuckerzicke lässt es geschehen und verzieht keine Miene.

Jürgen öffnet die Spielzeugkiste.

»Bedienen Sie sich, Mademoiselle. Ich empfehle den Stacheldraht, der ist schon gut geschmiert.«

Die Zuckerzicke schüttelt den Kopf.

»Kein Draht. Die Peitsche.«

Die Peitsche?

Jürgens Peitsche?

Frag den König, ob er sein Szepter hergibt.

Jürgen lächelt. Kein Showlächeln, sein echtes Lächeln. Samtweich, tiefschwarz.

»Natürlich. Die Peitsche. Was sonst. Eine gute Wahl, Mademoiselle.«

Er bückt sich nach der Peitsche, die neben der Kiste liegt. Er hebt sie auf, er gibt sie der Zuckerzicke.

»Sie müssen zärtlich damit umgehen, Mademoiselle, sonst beißt sie.«

Die Zuckerzicke nickt. Sie lässt den Riemen durch ihre Finger gleiten.

»Schön«, murmelt sie.

»Soll ich Ihnen zeigen, wie man sie führt?«

»Ich mach es so, wie ich es will.«

»Natürlich. Und wie soll sich unser Schmerzkünstler für Sie positionieren? Stehend, sitzend, liegend?«

»Auf den Knien. Und die anderen auch.«

»Die anderen?«

»Na, die Viecher.«

»Natürlich. Die Viecher. Auch unsere zarthäutige Schlange, Mademoiselle?«

Die Zuckerzicke nickt, Jürgen schlendert zum Käfig und öffnet das Gitter. Babsi, Sigi und Herbert glotzen ihn an.

»Na, wird's bald.«

Sie kriechen aus dem Käfig, Sigi will aufstehen, Jürgen drückt ihn nieder.

»Bleib unten, Großer. Und jetzt alle hin zu unserer charmanten Mitspielerin.«

Sie kriechen hin, auf allen vieren, Jürgen schlendert hinterher.

»Und jetzt schön hinknien, nebeneinander. Ja, du auch, Paul.«

»Aber ...«, Paul macht einen Versuch, Jürgen schneidet ihm das Wort mit einem scharfen Blick ab.

»Showbusiness, Paul. Wie lautet die Regel?«

»Gib dem Publikum, was es will«, sagt Paul leise und kniet nieder.

»Mademoiselle, wir wären so weit. Der Spaß kann beginnen.«

Und der Spaß beginnt.

9

Ich weiß nicht mehr, was ich gedacht habe. Oder getan. Vielleicht habe ich mir die Hände am T-Shirt abgestreift, immer wieder, und dabei überlegt, ob ich auf irgendeine Taste drücken soll. Auf BACH zum Beispiel, damit ein Donnerwort die Sache beendet. Oder auf BLACK, aber ich glaube, sie hätte auch im Dunkeln weitergemacht. Die war echt in Fahrt, die Kleine.

Babsis Schreie, Herberts Schreie, Sigis unterdrücktes Stöhnen, Paul und sein eisernes Schweigen. Ein Gesicht wie Metall, hart und flach, glänzend vor Schweiß.

Zwei Minuten, vielleicht drei, ich weiß es nicht mehr. Ich weiß nur, dass die Schläge am Anfang noch weich waren und unbeholfen, rührend schüchtern, und dass irgendwann Dongbangs dünne Zitterstimme zu hören war, hinter dem rechten Seitenvorhang. Er hat sein Lied noch einmal gesungen, aber nicht bis zum Ende. Bei den Festtagen, an denen das Feuerfleisch gegessen wird, ist er in die Schleife gegangen. *Tag der Erziehung, Tag der Verkündigung, Tag des strahlenden Sterns, Tag des strahlenden Sterns, Tag des strahlenden Sterns.*

10

Meine zweite Schicht als Freddi fällt heute aus. Die Abendshow fällt aus. Wir sitzen im Hobbykeller, wir sind frisch geduscht, wir sind sauber. Sonst sind wir nicht viel. Ein Haufen Elend. Herbert heult, Sigi stiert vor sich hin, Dongbang lässt seinen koreanischen Schädel hängen, und Paul sagt alle zehn Sekunden, dass er was zu trinken braucht.

Jürgen sagt nichts. Er steht hinter Babsi und tupft ihren blutigen Rücken mit einem alkoholgetränkten Wattebausch ab. Aufgeplatzte Haut, Feuerfleisch. Babsi wimmert leise, ihre nackten Brüste sind mit Gänsehaut überzogen. Sigi riskiert nicht mal einen Seitenblick, Paul starrt auf das Fläschchen mit hochprozentigem Alkohol. Es gibt Situationen, da sind die nackten Titten einer Frau in etwa so interessant wie die Neujahrsansprache des Bundespräsidenten.

Die Parkleitung ist bereits von dem Vorfall informiert. Die Parkleitung war bereits wenige Minuten nach dem Vorfall von dem Vorfall informiert. In Wort und Bild. Meldung durch den Sicherheitsschutz, dazu Aufnahmen von irgendeiner Überwachungskamera, die irgendwo im Zelt hängt.

»Ich brauch was zu trinken«, murmelt Paul.

Vorfall und Rückfall. Paul ist seit einem Jahr trocken, jetzt leckt er sich die Lippen nach einem Schluck Desinfektionsmittel.

Die Parkleitung will sich zu dem Vorfall vorläufig nicht äußern. Die Parkleitung hat keine Erfahrung mit solchen Vorfällen. Gewalt, sagt die Parkleitung, ist kein Vorfall, der im Paradies vorfällt. Auf jeden Fall nimmt die Parkleitung den Sicherheitsschutz in Schutz. Der Sicherheitsschutz, sagt die Parkleitung, hat nicht eingegriffen, weil der Vorfall nicht als Gewalttat identifiziert werden konnte. Er war integraler Bestandteil einer Amüsierveranstaltung, und die Sicherheitsleute greifen ja auch nicht ein, wenn in der Geisterbahn Zombies abgeknallt werden. Interaktion mit dem Publikum, sagt die Parkleitung, ist grundsätzlich erwünscht. Man wird sich in den nächsten Stunden eine Meinung bilden zu dem Vorfall. Man wird eine Entscheidung treffen. In Absprache mit dem Leiter von Freaktown natürlich.

»Chef, sag was.«

Sigi löst seinen Blick aus der Starre und richtet ihn auf Jürgen. Jürgen kippt Alkohol über den Wattebausch, Jürgen tupft.

»Ich meine, was machen wir jetzt? Die kleine Schlampe wird es überall herumerzählen. Wahrscheinlich wird sie es auf Facebook posten oder auf Twitter twittern oder was die scheiß Kids eben so machen heutzutage, wenn sie der ganzen Welt sagen wollen: Hey, ich hab's heut echt voll lustig gehabt! Und wir haben dann die Bude voll mit irgendwelchen durchgeknallten Teenagern, die sich austoben wollen. Wir haben den Arsch offen, Chef!«

Jürgen tupft.

»Ich weiß, die Show ist *dein* Ding. *Du* bestimmst, was wir machen und was nicht. Aber *ich* finde, wir sollten diese verdammte Interaktionsscheiße lassen. Die Nummer mit den Porzellandingern, okay. Aber die andere, die muss raus. Oder wie siehst du das, Paul?«

»Bitte. Nur einen winzigen Schluck. Bitte, Jürgen.«

»Verdammt, Alter, reiß dich zusammen!«, blafft Sigi.

Paul macht das Gegenteil. Er beugt sich vor und vergräbt sein Gesicht in den Händen. Er versenkt es, wie man einen Sarg versenkt in der Erde. »Leck mich, Sigi«, sagt er mit tonloser Stimme, »es ist gelaufen. Wir landen alle in der Hölle für das, was wir heute getan haben.«

»Getan? Wir? Wir haben nichts getan, die kleine Schlampe hat was mit *uns* getan!«

»Alle. In der Hölle. Ein Engel wird uns die Ohren abschlagen, damit wir den Trost Gottes nicht hören, und dann müssen wir niederknien und uns bis in alle Ewigkeit auspeitschen lassen. Und wir werden Geld nehmen dafür. Wir werden uns bezahlen lassen.«

»Du spinnst ja, Alter!« Sigi schnaubt.

»Opfer. Ich habe mich zum Opfer gemacht. Es ist wirklich passiert, oh Gott, ich brauch was zu trinken.«

Sigi macht eine wegwerfende Handbewegung. »Einmal Penner, immer Penner. Und was ist mit dir, Heulsuse. Willst du, dass die Nummer rausfällt, oder willst du morgen wieder das lustige Sadomasoreptil spielen?«

Herbert reagiert nicht, Herbert heult.

Jürgen hat den Wattebausch weggelegt und streicht Wundsalbe auf Babsis Striemen.

»Euch brauch ich ja wohl nicht zu fragen.« Sigi wirft Dongbang einen Blick zu, dann mir. *Verachtungsvoll* trifft es ganz gut, *hasserfüllt* trifft es besser. »Ihr seid ja fein weggekommen heute, ihr zwei. Der eine klemmt hinterm Vorhang und säuselt irgendwas von Festtagen, der andre steht in sicherer Entfernung vor seinen Knöpfen und drückt sie nicht. Warum hast du nicht auf irgendeinen scheiß Knopf gedrückt, Jakob! STOP, HILFE, keine Ahnung, was du da oben für Knöpfe hast, aber du hättest sie drücken sollen. Man sollte dir beide Arme brechen dafür, dass du's nicht getan hast, und das Genick dazu.«

Jürgen legt die Wundsalbe auf den Tisch. Er säubert seine Hände mit einem Handtuch. Er nimmt eine zusammengefaltete Bluse vom Tisch.

»Der Dens Axis«, sagt er und gibt Babsi die Bluse, »ist ein zahnförmiger Fortsatz des zweiten Halswirbels. Solides Knochenmaterial, aber nicht sehr dick.« Er hilft Babsi in die Bluse. »Durch eine gewaltsame Beugung des Kopfs nach vorne kann er gebrochen werden. Dazu bedarf es keiner großen Kraft, nur der richtigen Technik.« Er streicht Babsi übers Haar, er geht zu Sigi. »Man muss den Kopf ruckartig nach vorne drücken, dann bricht der Dens Axis und durchtrennt das Rückenmark.« Er legt eine Hand auf Sigis Kopf, die andere auf Sigis Nacken. »Das Geräusch ist bemerkenswert dezent. Nur ein leises Knacken. Die Folgen sind Atemstillstand und Lähmung in Sekundenbruchteilen. Ein professionell ausgeführter Genickbruch hat fast so viel Charme wie eine Exekution durch Enthauptung. Aber das sind alles nur Erklärungen, Sigi. Wenn du Jakob das Genick brechen willst, dann sollte ich dir vielleicht *zeigen*, wie das geht, oder was meinst du?«

Sigi starrt Jürgen an. Direkt in die Augen, weil Jürgen im Stehen nicht viel größer ist als Sigi im Sitzen. Herbert hat mit dem Heulen aufgehört, Dongbang hat den Kopf gehoben, Paul hat sein Gesicht freigeschaufelt, Babsi wimmert wieder leise. Der Stern auf Sigis Stirn leuchtet strahlender denn je, was wohl am Kontrast liegt. Sigi ist aschfahl.

»*Soll* ich es dir zeigen, Großer?«

Jürgens Finger schließen sich enger um Sigis Nacken.

»Ja oder nein? Du hast die Wahl. Ich zwinge niemanden zu nichts.«

»Nein«, flüstert Sigi.

Jürgens Klammergriff wird noch ein bisschen fester, die Fingerknöchel treten weiß hervor.

»Habe ich dich je enttäuscht, Großer? Habe ich je etwas getan, das nicht zu deinem Besten war?«

»Nein.«

»Dann vertrau mir. Ich finde eine Lösung für unser kleines Problem.«

Jürgen löst seine Hand vom Nacken, die andere streicht zärtlich über Sigis ornamentierten Schädel.

»Ich liebe dich, Großer, das weißt du. Wir sind Freunde.«

Sigi nickt.

»Sag es, damit ich hören kann, ob du es auch meinst.«

»Ja. Freunde. Das sind wir. Tut mir leid, Chef. Ich wollte nicht … ich …«, Sigi unterdrückt Tränen.

»Ist ja gut, Großer. Und jetzt Schluss für heute. Feierabend. Ab mit dir in die Kaserne, am besten direkt ins Bett. Aber davor noch was futtern, sonst fällst du mir vom Fleisch. Ich kann keine klapprigen Viecher gebrauchen in meiner Menagerie.«

Sigi grinst unter Tränen.

Drei Minuten später sind wir allein im Hobbykeller, Jürgen und ich. Er hat alle in die Kaserne geschickt.

Du bleibst, Jakob.

Wir haben noch was vor.

Hat er gesagt, jetzt nimmt er ein kleines Tablett aus Metall vom Tisch. Er nimmt eine Packung mit sterilen Tupfern vom Tisch und legt sie aufs Tablett. Er nimmt das Fläschchen mit Alkohol, er nimmt eine Ampulle mit irgendeiner Flüssigkeit, er nimmt eine Rolle Zwirn.

Skalpell.

Mundschutz.

Einwegspritze.

Nadel.

Pflaster.

Er geht zum Kühlschrank, er nimmt zwei Eiswürfel aus dem Gefrierfach und schiebt sie in den Mund. Er nimmt einen gläsernen Behälter heraus, er stellt ihn aufs Tablett, er kommt zu mir.

»Halt das.«

Ich nehme das Tablett.

Dann räumt Jürgen den Tisch leer. Er fegt die Sachen einfach auf den Boden. Die Bücher, die Zettel, das Mikroskop. Reagenzgläser zerbrechen, der Laptop schlägt mit einem dumpfen Knall auf. Nur die Tätowiermaschine und die Peitsche legt er behutsam auf den Boden. Und den Parkplan. Ganz behutsam, als sei Papier zerbrechlich.

Ich glotze abwechselnd auf Jürgen und auf das Tablett in meinen Händen. Das Skalpell glänzt, das Zeug in dem Behälter glitzert. Zauberstaub. Oder etwas, das genauso aussieht wie Zauberstaub, und wenn etwas genauso aussieht wie etwas anderes, dann ist es wohl dasselbe.

Leerer Tisch, mattschimmerndes Metall, genug Platz fürs letzte Abendmahl.

Aber wo ist das Brot?

Wo ist der Wein?

Und wo, bitteschön, ist Jesus? Der Auserwählte, der Erkorene?

»Höchste Zeit, dass wir dein Talent zur Entfaltung bringen, Jakob.«

»Welches Talent?«, sage ich leise.

Jürgen antwortet nicht auf meine Frage. »Talent ist keine einfache Sache, Jakob. Es ist eine Kombination aus Fähigkeiten, angeborenen und erworbenen. Man könnte auch sagen: Talent ist eine bestimmte Konstellation, wie die Konstellation von Planeten. Das Sternbild muss stimmen.«

»Ich verstehe nicht«, sage ich noch leiser.

»Stell das Tablett ab.«

Ich stelle das Tablett auf den Tisch.

»Zieh dich aus.«

Ausziehen?

Ich ziehe mich nie vor jemandem aus.

Wann habe ich mich zuletzt vor jemandem ausgezogen?

Mit sechs, mit sieben, vor irgendwelchen Ärzten?

Mit neun, vor der Operation?

Nie im Schwimmbad gewesen, befreit vom Turnunterricht, kein Fußball, keine Gemeinschaftsdusche. Der Sportlehrer hat Verständnis, der Sportlehrer ist diskret, aber auf dem Schulhof starrt er mich an.

Wer hat mich zuletzt nackt gesehen?

Meine Mutter, da war ich zwölf, ich stehe im Bad, sie bringt mir ein frisches Handtuch, sie sieht nicht hin. Sie hat nie hingesehen. Die Operation war ein Flop, der Chirurg hat aufgegeben nach zwei Stunden. Komplexer als gedacht, Vereinfachung nicht möglich. Genitalien können sehr verwirrend sein, wenn von allem was da ist. Nur das Böse hat er rausschneiden können, immerhin. Uterus, Eierstöcke, er hat mich kastriert wie ein verdammtes Frettchen, damit das Miststück einen Sohn hat, keinen Zwitter.

»Hab keine Angst, Jakob, ich will dir nichts tun. Nicht dort.

Ich will es nur sehen. Ich will sehen, ob es so schön ist, wie ich denke. Gib mir, was ich will.«

Und ich ziehe mich aus.

Zuerst die schwarzen Schuhe, die ich nur hier trage im Hobbykeller. Blankpoliert, saubere Sohlen, wie neu gekauft. Ich ziehe die Socken aus, lächerlich, es gibt nichts Lächerlicheres als einen nackten Mann in Socken, nicht wahr. Jetzt das T-Shirt, ich ziehe es von hinten über den Kopf, wie es Männer machen, die meisten Frauen greifen vorne an den Bund und ziehen es gerade nach oben, das hab ich mal irgendwo gelesen, und seitdem mache ich es wie ein Mann.

Die Hose.

Die Unterhose.

Ich bin nackt, ich schließe die Augen. Ich will nicht sehen, wie er mich sieht. Einundzwanzig, zweiundzwanzig, ich kann ihn atmen hören, dreiundzwanzig, vierundzwanzig, meine Haut wird kalt, fünfundzwanzig, ein Finger streicht über die Narbe auf meinem Bauch, die Narbe ist lang, der Finger lässt sich Zeit.

Jürgen lässt sich Zeit.

Lippen, Zunge, vom Hals abwärts, ganz langsam. Brust, Bauch, quer über die Narbe, ich lege den Kopf zurück, eine Hand schiebt meine Beine auseinander, kalter Atem, aber die Lippen sind warm, die Zunge ist zart, sie gleitet tief hinein in mein Geschlecht, jetzt wieder heraus, jetzt die Lippen, sie umschließen mein anderes Geschlecht.

Der Prinz kniet vor mir.

Er kniet vor *mir.*

Ich werde diesem Moment nie einen Namen geben, nie, dann bleibt er für immer so, wie er jetzt ist. Namenlos, makellos.

Ich lege den Kopf noch weiter zurück, unter meinen Lidern ist der Himmel schwarz, schwarz und voller Sterne.

11

»Na, so spät noch unterwegs?«

Der Kollege vom Sicherheitsdienst leuchtet mir mit einer Taschenlampe ins Gesicht. Reine Schikane, das Paradies ist nachts hell erleuchtet.

»Ja, ich habe noch, äh, gearbeitet. Aber jetzt ist Feierabend. Bin unterwegs zur Kaserne.«

»Soso.«

Er leuchtet mir direkt in die Augen. Arschloch.

»Und was hat der fleißige Herr Nachtarbeit da auf seiner Stirn?«

Ein Pflaster. Siehst du doch, Arschloch.

»Äh, nichts. Nichts Besonderes. Bin gefallen.«

»Soso. Platzwunde?«

Nein. Schnittwunde. Sauber vernäht. Morgen früh kann ich

das Pflaster abnehmen, hat Jürgen gesagt, und dass ich mir die Haare in die Stirn kämmen soll, damit man nichts sieht.

»Ja, bin gefallen, wie gesagt. Ausgerutscht. Ist aber nicht schlimm.«

»Verstehe. Und wie ist das passiert?«

Keine Ahnung. Ich war berauscht. Vor Glück. Und dann war ich betäubt. Spritze, Dämmerschlaf. Der Tisch kühl und glatt, Jürgens Gesicht über mir, halb verdeckt vom Mundschutz, die Augen blau, so blau.

Warum tut er das?

Frag nicht, Jakob. Gib ihm, was er will.

»Naja, da war diese Treppe und …«

»Treppe? Ich habe heute keine Information erhalten von irgendeinem Arbeitsunfall auf irgendeiner Treppe.«

War ja auch kein Unfall. War eine Operation. Jürgen hat mir die Stirn aufgeschlitzt. Nicht schlimm, nur ein kleiner Schnitt. Dann hat er Zauberstaub in der Wunde versenkt. Nehme ich zumindest an, weil ich es fühlen kann. Unter der Naht, die winzigen Fremdkörper. Aber das geht dich alles nichts an, Arschloch.

»Ich arbeite in Freaktown, und da war heute dieser Vorfall, wie Sie vielleicht wissen …«

»Natürlich weiß ich das. Ich weiß alles.« Er tippt mit dem Finger gegen *seine* Stirn.

»Na dann. Dann ist ja alles klar, ich meine: Wer interessiert sich schon für einen kleinen Unfall, wenn solche Vorfälle, äh, vorfallen. Wahrscheinlich ist die Information einfach untergegangen, aber ich kann Ihnen gerne erzählen, wie es passiert ist. Also da gibt es diese kleine Holztreppe rechts an der Rampe, über die kann man aus dem Zuschauerraum auf die Bühne und …«

»Warst du dabei?«

»Dabei?«

»Die Show heute. Der Vorfall. Warst du dabei?«

»Ja. Ich bin für Licht und Ton zuständig.«

Er lässt die Taschenlampe sinken, er legt mir eine Hand auf die Schulter.

Plötzlich Kumpels, oder was?

»Sag mal«, gedämpfte Stimme, »kannst du irgendwie Einfluss nehmen auf diesen abgefahrenen Typen, der die Zuschauer auswählt, diesen schwarzen Zwerg?«

Er ist ein Prinz. Ein Joker. Die Trumpfkarte im Spiel, er sticht euch alle, ihr seid nichts gegen ihn. Ihr mit euren eins neunzig und euren breiten Schultern seid nichts.

»Naja, schwer zu sagen, der Chef lässt sich nicht so gerne beeinflussen.«

»Kannst du's versuchen? Morgen? Bei der Abendshow? Morgen Abend hab ich frei und …«

»Schon verstanden. Aber die Publikumsnummer mit der Peitsche fällt wahrscheinlich flach. Die Parkleitung entscheidet das, in Absprache mit dem Chef natürlich.«

»So, wie ich den Zwerg einschätze, fällt die Nummer *nicht* flach. Also: Kannst du was für mich tun?«

Ich liege im Bett, ich bin glücklich. Alles an mir ist glücklich. Sogar die Wunde auf meiner Stirn, sogar der pochende Schmerz. Ich wäre gern bei Jürgen geblieben heute Nacht, aber er hat gesagt, dass ich mich erholen muss. Sei ein braver Junge, Jakob, hat er grinsend gesagt, oder ein braves Mädchen, ganz wie du willst, aber sei brav. Wenn du nach Hause gehst und brav schläfst, dann kommt dich dein Freund Jesus im Traum besuchen.

Der Typ vom Sicherheitsdienst hat recht. Jürgen wird die Nummer im Programm lassen. Aber er wird die Peitsche präparieren. Nicht seine, eine andere, und sie wird nicht weh tun. Jürgen achtet auf seine Tiere.

Ich drehe mich von meinem glücklichen Rücken auf meinen glücklichen Bauch. Ich schiebe meine glückliche Hand zwischen meine glücklichen Beine. Ich schließe meine glücklichen Augen.

Und Jesus kam und sprach: Die Menschen mögen wähnen, dass ich gekommen sei, Frieden zu bringen auf Erden. Sie wissen nicht, dass ich gekommen bin, Zwietracht zu bringen. Feuer, Schwert, Krieg.

Und Jesus sprach: Die Frauen sind des Lebens nicht würdig. Wahrlich, ich werde sie zu mir nehmen, um sie männlich werden zu lassen. Denn jede Frau, die in einen Mann verwandelt wird, wird ins Himmelreich kommen.

MITTWOCH

Im Jahr zwei der Freude
über das Sterben meiner Mutter
und einen sicheren Arbeitsplatz

1

»Guten Morgen. Ein neuer Tag ist angebrochen im Paradies, und ich begrüße euch wie immer sehr herzlich zu unserem gemeinsamen Start in diesen Tag. Wir werden auch heute wieder viel Gutes tun. Wir werden auch heute wieder viele Menschen sehr glücklich machen. Menschen, die ihre Alltagssorgen vor den Toren des Paradieses zurücklassen und in eine wunderbare Welt der Träume eintreten.

Wir machen Träume wahr!

Wir sind die Traum-Arbeiter!

Die Wunsch-Erfüller!

Die Glücks-Bringer!

Die Spaß-Macher!

Wir haben den schönsten Beruf der Welt! Happiness is our business!«

Ramona lächelt. Ich habe Kopfschmerzen. Ziehend und stechend zugleich, wie bei einem soliden Kater. Der Glücksrausch und seine Folgen. Gleich werde ich tief aus meinem Bangaschrupna heraus Luft holen und den Schmerz einfach wegatmen.

»Wir verzichten heute auf unsere Atemübung, um uns ohne Umschweife der GfK zu widmen. Die besonders intensive Auseinandersetzung mit der GfK soll uns dabei helfen, den gestrigen Vorfall mit positiver Energie aufzuladen. Ich habe davon erfahren, und ich muss sagen: Diese junge Frau verdient unseren Respekt. Mehr noch: unsere Wertschätzung. Sie war mutig. Sie war ehrlich. Sie hat sich nicht gescheut, ins Rampenlicht zu treten und der ganzen Welt zu zeigen: Nein, ich schäme mich nicht. Ich schäme mich *nicht* für meine Bedürfnisse, und ich werde sie hier und heute befriedigen. Wie wir von unserem Lehrmeister Rosenberg wissen, müssen wir unsere Bedürfnisse ernst nehmen, damit wir die Bedürfnisse anderer ernst nehmen können. Außerdem wissen wir von unserem Lehrmeister, dass Gewalt nur der Ausdruck eines tiefer liegenden Bedürfnisses ist, und ich möchte euch nun dazu einladen, das tiefer liegende Bedürfnis jener jungen Frau zu ergründen, die gestern so couragiert zur Peitsche gegriffen hat. Barbara, meine Liebe, möchtest du uns deine diesbezügliche Meinung zum Geschenk machen?«

Babsi nickt. Ihr Gesicht ist verquollen, wahrscheinlich hat sie die ganze Nacht geheult.

»Ja, also … vielleicht war es … vielleicht ist es …«

Ramonas Brauen sind auf dem Weg nach oben.

»Nein, entschuldige, Ramona, was ich sagen will … also: *Ich* glaube, dass diese junge Frau gestern wahrscheinlich ein Bedürfnis nach Nähe hatte, und deswegen ist sie … deswegen hat sie sich uns, naja, genähert.«

»Ja, das könnte sein, Barbara. Nähe ist ein zutiefst menschliches Bedürfnis, oder was meinst du …«, Ramonas Scharfschützen sind wieder im Dienst und sondieren das Gebiet.

Dongbang zieht den Kopf ein.

Sigi stiert vor sich hin.

Herbert kratzt geistesabwesend Schorf von seiner Nase.

Paul lutscht auf etwas herum. Er sieht so verkatert aus, wie ich mich fühle. Pfefferminzbonbon, nehme ich an.

»Herbert, mein Lieber!«

Herbert zuckt zusammen.

»Findest du nicht auch, dass Nähe ein zutiefst menschliches Bedürfnis ist?«

Herbert murmelt etwas.

»Ich würde mich freuen, Herbert, wenn du etwas deutlicher sprechen könntest, oder hast du neuerdings Ausschlag auf der Zunge?«

»Ja, Nähe, zutiefst menschlich, das glaube ich auch, Ramona.«

»Und wenn es nun *nicht* Nähe wäre, wonach sich die junge Frau gesehnt hat, was könnte es dann gewesen sein?«

»Weiß nicht«, murmelt Herbert.

»Sprich lauter! Anders formuliert: Ich möchte dich verstehen, und deswegen lade ich dich dazu ein, lauter zu sprechen!«

»Verdammt, jetzt lass ihn zufrieden!« An Sigis Lautstärke ist nicht das Geringste auszusetzen.

»Siegbert, mein Lieber! Wie schön, dass du dich mit so viel Eigeninitiative in die Diskussion einschaltest. Möchtest du mir etwas mitteilen?«

»Ja, möchte ich. Wir haben heute keinen Bock auf deinen gewaltfreien Kommunikationsscheiß, also lass uns zufrieden.«

»Ein Strafpunkt, Siegbert. Möchtest du mir noch etwas mitteilen?«

»Ja, möchte ich. Die kleine Schlampe gestern hat genau *ein* Bedürfnis gehabt: das Bedürfnis, uns auszupeitschen. Und deswegen hat sie uns ausgepeitscht. Noch Fragen?«

»Zwei Strafpunkte, Siegbert.«

»Ach, leck mich doch, du ...«

»Fünf Strafpunkte.«

»Blöde Kuh.«

»Neun.«

»Fotze.«

Ramona lächelt. Sie bückt sich und greift nach ihrer Yogamatte aus echten Kokosfasern. Sie rollt lächelnd die Matte zusammen.

»Das Morgentraining ist für heute beendet, meine Lieben. Ich muss leider sofort die Parkleitung von dem bedauerlichen Fehlverhalten eures Kollegen Siegbert Schulze informieren. Zehn Strafpunkte sind auch mit Bravpunkten nicht mehr wettzumachen. Das Kündigungsschreiben dürfte morgen in deinem Postfach sein, Siegbert. Ich wünsche dir schon jetzt viel Glück für die Zukunft. Es wird eine spannende Zeit, davon bin ich überzeugt. Ein Mann mit deinem, sagen wir mal, bemerkenswerten Aussehen findet sicher schnell einen neuen Job. Ich empfehle den Zoo, die suchen immer exotische Tiere.«

Ramona hat ihre Schuhe angezogen und geht zur Tür. Die Tür öffnet sich, Jürgen kommt herein.

»Ramona, meine Liebe, wie es aussieht, komme ich heute nicht zu spät, sondern zu früh. Oder komme ich vielleicht gerade richtig?«

»Jürgen, ich muss dir leider sagen, dass Siegbert sich gerade sehr ungebührlich verhalten hat, um nicht zu sagen unverschämt. Ich bin in meiner Funktion als Feel-Good-Managerin dazu verpflichtet, das zu melden. Ein solches Betragen darf nicht ...«

Ramona verstummt, weil Jürgen ihre Hand genommen hat. Er berührt die Hand mit seinen Lippen, Ramona errötet.

»Meine Liebe, ich denke nicht, dass du die Parkleitung bemühen musst. Ich werde mich selbst um eine angemessene Bestrafung kümmern.« Jürgen dreht sich zu Sigi und zwinkert ihm zu, Sigi unterdrückt ein Grinsen. »Darf ich dich zum Zeichen meines tiefen Bedauerns für das unmanierliche Verhalten meines Mitarbeiters heute Abend einladen? In den Roten Salon vielleicht? Nur wir zwei?«

Ramona sieht jetzt aus wie ein frisch gekochter Hummer. Der Rote Salon ist die nobelste Fressbude im ganzen Paradies. Französische Spezialitäten, Silberbesteck und Stoffservietten, Kerzenlicht im Separée, so Scheiß.

Ob ich eifersüchtig bin?

Nicht die Spur.

Jürgen ist in etwa so scharf auf Ramona wie auf gewaltfreie Kommunikation bei romantischer Beleuchtung. Er tut es für Sigi.

»Ich werde gleich nach dem Training einen Tisch reservieren. Und jetzt sollten wir keine Zeit verlieren und uns wie immer dem interessanten Teil des Trainings zuwenden.«

Jürgen geht auf seinen Platz, Ramona rollt hummerrot ihre Kokosmatte wieder aus. Jürgen gleitet in den Lotossitz und schließt die Augen.

Schenk mir ein Lächeln, mein Prinz.

Und er schenkt mir ein Lächeln.

Die Kopfschmerzen setzen kurz aus, dann machen sie munter weiter.

Der interessante Teil des Trainings dauert zehn Minuten. Eine Art Quiz, das den Teamgeist fördern soll, im Zeichen der Corporate Identity. Spielerische Identifikation mit dem Unternehmen, nur ein identifizierter Mitarbeiter ist ein guter Mitarbeiter, hat Jürgen zu Ramona gesagt vor einem halben Jahr, und sie war begeistert. Seitdem üben wir jeden Morgen. Jürgen ist der Quizmaster und stellt Fragen, wir antworten. Ich komme nur selten dran, manchmal gar nicht. Keine Ahnung warum, aber es ist gut so. Technik war noch nie mein Ding, und die meisten Fragen drehen sich um irgendwelche technischen Details. Das Paradies besteht nun mal hauptsächlich aus Fahrgeschäften, und wer sich mit dem Paradies identifizieren will, der muss über die Fahrgeschäfte Bescheid wissen.

Er muss wissen, wie die Wirbelstrombremsen der Achterbahn funktionieren.

Er muss wissen, welcher Typ von Elektromotor die Schiffschaukel in Gang setzt.

Wo der Kabelbrandmelder beim Autoscooter ist.

Warum der Eden-Express nicht entgleist.

Was passieren müsste, damit er es tut.

Sicherheitsventile, Sicherheitsbügel, Notstromaggregate.

Sigi liebt das Spiel, die anderen machen brav mit.

»Sigi«, sagt Jürgen, »erzähl mir etwas über die Induktionsschleife in der Geisterbahn, inklusive Schwachstellen.«

Und während Sigi irgendetwas von Elektromagnetik labert, fährt mir plötzlich ein scharfer Schmerz durch den Kopf. Kein Katerschmerz, kein Ziehen und Stechen, es fühlt sich an wie ein glühender Pfeil, den mir jemand in die Stirn und durch den Schädel jagt. Ich presse die Lippen aufeinander, ich unterdrücke einen Schrei und kneife die Augen zusammen, in meinem Kopf explodiert etwas. Ein dunkler Kern, gefüllt mit gleißendem Licht. Er explodiert wie das Blitzlicht einer Kamera, *Blitz!*, unter meinen geschlossenen Lidern wird es taghell.

Und ich habe eine Vision.

Ich habe eine Erscheinung.

Das Tor zum Paradies, ich sehe es in jedem Detail. Ich sehe die Maserung der Marmorsäulen, ich sehe das schattige Gewölbe, ich sehe das lockige Haar der Engel, sie werden gerade hochgezogen ins Gewölbe. Ich sehe die dicken Seile, ich sehe die Haken am Rücken der Engel. Karabinerhaken. Einer ist nicht ganz geschlossen, ich sehe das ganz genau, wie in Großaufnahme. Der Haken am zweiten Engel von links ist halboffen. *Achtung!*, schreie ich stumm, *Achtung! Er wird abstürzen!* Und kurz bevor die Vision vorbei ist, sehe ich noch einen Kollegen vom Sicherheitsdienst, der plötzlich da ist und hektische Bewegungen mit den Händen macht, die so viel bedeuten wie *Runterlassen! Runterlassen!*

»Jakob?«

Der Schmerz ebbt ab, er verglüht und zerfällt zu Asche.

»Jakob!«

Ich öffne die Augen.

»Alles klar, Jakob?«

Jürgen sieht mich prüfend an.

»Ja. Alles klar. Ich war nur kurz … ich war abwesend. Entschuldige. Wie war die Frage?«

»Der Screamtree. Erzähl mir etwas über den Screamtree.«

Und ich sage: Er ist sehr hoch.

Ich sage: Man fällt sehr tief.

Sein wahrer Name ist Baum der Freiheit, sage ich, und mehr weiß ich nicht, Jürgen. Und Jürgen sagt: Das ist alles, was man über den Screamtree wissen muss.

2

Die zweite Vision habe ich beim Frühstück. Die dritte in der Garderobe. Die vierte auf dem Weg zur Arche Nova.

Blitz!

Ich sehe eine Putzfrau im Wildwestsaloon. Der Saloon ist noch leer, die Frau wischt den Boden auf, sie hat eine Kippe im Mundwinkel. Ein Kollege vom Sicherheitsdienst kommt in den Saloon und weist sie zurecht. Rauchen verboten.

Blitz!

Ich sehe einen aufgebrachten Familienvater, der nicht einsehen will, dass seine Kinder noch zu klein sind für die interaktive Geisterbahn. Ein Kollege kommt und weist ihn zurecht.

Blitz!

Ich sehe eine Frau im Souvenirshop, die ihre verdächtig große Handtasche verdächtig weit öffnet.

Glühende Pfeile durchbohren meinen Kopf, dunkle Kerne explodieren. Auf dem Weg zur Arche muss ich immer wieder stehen bleiben und mich irgendwo festhalten. An einer Mauer, an einem Mülleimer. Ich stehe und warte, bis die Vision vorbei ist und der Schmerz zu Asche zerfällt, dann schleppe ich mich weiter. Ich bin zu langsam, ich bin spät dran.

Huhu!

Jemand winkt mir zu, ich winke zurück. Freddis Arm ist schwerer als sonst, ich brauche viel Kraft, um ihn zu heben.

Blitz!

Ein Sicherheitsbügel in der Geisterbahn schließt nicht richtig.

Ich bin schweißnass.

Blitz!

Ein Kind tapst ohne Schwimmreifen zum Wasserspielplatz.

Meine Beine zittern.

Der Hintereingang zur Arche ist eine schmale Tür, ich quetsche mich durch, ich haste die Treppe hinauf, immer zwei Stufen auf einmal, noch fünf Minuten bis zum Auftritt, im Schiffsbauch stehen alle schon auf Position.

Ich stelle mich auf meinen Platz ganz hinten.

Wumm wumm, machen die Bässe, *wumm wumm*, der Boden vibriert.

Mein Atem geht viel zu schnell und viel zu flach, Freddis Schädel wiegt Tonnen, unter dem Hartplastik ist so viel Sauerstoff wie in einem Grab, ich starre durch die Sehschlitze auf Rudis Rattenrücken. Bangaschrupna, Bangaschrapna, denke ich und versuche ruhig zu atmen, ganz ruhig, ganz regelmäßig, aber es klappt nicht. *Oh Gott, ich ersticke, ich ersticke gleich!* Und bevor es passiert, greife ich mit beiden Händen nach Freddis Ohren und reiße mir den Schädel vom Kopf.

Blitz!

Ich sehe mich selbst.

Ich sehe Jakob Kupka, den Charakterdarsteller, und wie er panisch nach Luft schnappt.

3

»Kupka! Drei Strafpunkte!« Wuzzipups Stimme dröhnt durch die Arche. »Und jetzt setz deinen scheiß Schädel wieder auf.«

Und ich setze meinen scheiß Schädel wieder auf.

Und ich warte bis zum Auftritt.

Und meine Beine zittern, aber was gehn mich meine Beine an.

Was geht mich mein Atem an.

Mein Schweiß.

Meine Angst.

Jürgen. Er glaubt an mich.

Jürgen. Er will mich.

Ich will dich, Jakob, sammeln ganz und gar.

Du bist mein Knecht, den ich erwählt habe, und mein Geliebter, an dem meine Seele Wohlgefallen hat.

Die Parade geht mich nichts an, ich tanze an den Zuschauern

vorbei, ich verteile Luftküsse, ich winke, Schmerzpfeile jagen durch meinen Kopf, Blitze erhellen meinen Verstand.

Die Parade ist vorbei, ich trabe nach Osten, immer weiter nach Osten. Ich schüttle Hände, ich klopfe Schultern, *knips*, ein Foto, und bitte noch eines, aber gerne, *die Liebe ist langmütig.* Vorbei an den Eisdielen und Snackbuden, *Blitz!*, *die Liebe lässt sich nicht erbittern*, vorbei an der Achterbahn, der Geisterbahn, der Schießbude. Winkewinke, Schüttelschüttel, nein danke, kein Wasser, ich bewege den Kopf von links nach rechts und wieder zurück, *die Liebe trägt das Böse nicht nach*, Guck mal, Papi, der lustige Hamster! Huhu!, *Blitz!*, Winkewinke, Küsschenküsschen, jaja, nur fest ziehen an den lustigen Ohren, *sie erträgt alles, sie glaubt alles*, Fester! Fester!, *Blitz!*, im Laufschritt über die Westminster Bridge, vorbei am Eiffelturm, vorbei am Stephansdom, *sie hofft alles, sie duldet alles*, vorbei am Pantheon, Hallo! Sie! Könnten Sie kurz, *das Reden hört auf, aber die Liebe hört niemals auf*, ja, sehr schön, und bitte noch ein Stückchen nach links, und die rechte Schulter ein Stückchen weiter nach unten, *Blitz!*, *Zauberstaub überall, Zauberstaub in meinem Kopf, Visionen, Bilder, jetzt erkenne ich stückweise, dann aber werde ich erkennen, wie ich erkannt bin, von Angesicht zu Angesicht.*

»Etti!«

Janja greift glucksend in mein Fell, ich schiebe sanft ihre Hand weg. Heute nicht, mein Lämmchen, Vati hat es eilig. Vati hat Fragen an den schwarzen Mann im Keller.

»Chef«, sagt Dragan in die Gegensprechanlage, »Jakob da. Reinlassen?«

»Hast du ihn überprüft?«

»Ja.«

Summ, klack, ich gehe ins Kabinett und den Gang entlang, jetzt durch den Vorhang, jetzt vorbei an den wächsernen Freaks. Ich sage nicht hallo zu Violetta, ich sage nicht hallo zu Smeralda, Leo, Ludwig. Ich gehöre neuerdings zur Familie, da kann man sich Höflichkeiten ersparen.

Blitz!

Ich sehe drei Teenager um die sechzehn am Eingang zum Showzelt, der Kollege vom Sicherheitsdienst lässt sie nicht rein.

Im Auffangraum reiße ich mir Freddi vom Leib und das Ganzkörperkondom. Ich dusche, ich ziehe die grauen Klamotten an, ich stelle mich in den schmalen Flur. Leises Summen, ich warte, das Summen wird lauter, jetzt geht es in etwas anderes über.

Piep! Piep! Piep! Piep!

Das Piepen ist hoch, es wird immer höher, ich presse die Hände auf meine Ohren, *Blitz!*

Kein Bild, nur Licht. Weißes Licht, dazu ein langgezogenes *Piiiiiiiep!*, dann ist es vorbei.

Schwärze.

Ich taumle, ich stütze mich an der Wand ab. *Klack.* Die Tür öffnet sich.

Jürgen steht mit nacktem Oberkörper vor dem Spiegel und schminkt sich. Das Chaos um den Tisch ist verschwunden, auf dem Tisch liegen nur drei Dinge. Die Tätowiermaschine, die Peitsche, der Parkplan. Keine Salzstangen, kein Eis. Er hat gewusst, dass mir heute nicht nach Mittagessen zumute sein wird.

Ich stehe stumm da. So viele Fragen, und keine macht Sinn.

Wozu fragen, wenn du die Antworten kennst.

Was hast du mit mir gemacht, Jürgen?

Der Zauberstaub, es sind Kameras, nicht wahr. Sensoren so groß wie Staubkörner, Billionen Augen, vernetzt, intelligent. Schwarmintelligenz. Keine Monitore, keine Kontrollzentrale, direkte Kommunikation.

Präventionssoftware, Frühwarnsystem. Hey, I'm gonna get you too, another one bites the dust.

Sigi wäre begeistert. Science-Fiction ganz nach seinem Geschmack. In einem genretypischen Film würde mir Jürgen jetzt als Oberbefehlshaber eines Sonderkommandos auf die Schulter klopfen und sagen: Hier drin sind wir sicher, Soldat, du wurdest soeben dekontaminiert. Kontaktunterbrechung, bis ich dich wieder hinausschicke ins feindliche Sensorengelände.

Jürgen sagt nichts. Er malt seine Lippen rot an, sie werden mit jedem Pinselstrich voller, röter, wunder.

Science-Fiction ist ein schönes Genre. Sehr realistisch. Die Zukunft wartet nicht gerne, und manchmal treibt sie die Gegenwart vor sich her. Was machbar ist, wird gemacht, sobald es denkbar ist. Im Paradies hat Eva die Frucht des Ungehorsams gepflückt vom Baum der Freiheit, im Paradies auf Erden pflückt sie keiner. Gott ist zu Staub zerfallen, Gott ist überall. Er sieht alles, auch deine Absichten, und er schlägt dir auf die Finger, bevor du nach der Frucht greifen kannst.

Jürgen presst die Lippen aufeinander, sein Kiefer bewegt sich vor und zurück. Er überprüft das Ergebnis, es ist wunderschön, wie immer.

Kühlschrank, Eiswürfel, Sakko. Jetzt die Smokingschleife. Er nimmt sie heraus, er legt sie sich um den Hals, er bindet sie. Geschickter als ich, schneller als ich. Er kommt zu mir, er streicht mir das Haar aus der Stirn. Sein Zeigefinger fährt über die Naht.

»Funktioniert es?«

Ich nicke.

»Tut es weh?«

»Hier nicht. Draußen schon.«

»Du musst dich dem Schmerz hingeben, dann wird er sanft mit dir sein. Sei demütig, und du wirst über ihn herrschen, nicht er über dich. Du wirst ihn kontrollieren. Du wirst *es* kontrollieren.«

»Wie?«, sage ich.

»Glaube, Liebe, Hoffnung.« Er grinst. »Aber das ist die falsche Reihenfolge. Sag mir die richtige.«

Ich lege meine Hand auf sein blasses Herz, damit ich das Herz darunter fühlen kann. Ich sage:

»Glaube, Hoffnung, Liebe. Die Liebe ist das Größte.«

»Ja, so steht es im Buch der Bücher. Aber das Buch lügt.«

Er küsst mich.

4

Bei der Nachmittagsshow gehen fünf Hände in die Höhe. Jürgen wählt einen jungen Mann mit Hornbrille und affigem Sakko. Jürgen gibt ihm eine kurzstielige Peitsche. Der Riemen macht ein surrendes Geräusch, kein zischendes. Er macht *patsch* statt *schnalz*. Babsi schreit trotzdem, Herbert schreit, Sigi stöhnt. Theaterschreie, Theaterstöhnen. Paul schweigt. Sein Gesicht ist nicht hart und flach wie Metall, es ist konturlos, breiig. Hinter dem rechten Seitenvorhang steht Dongbang. Jürgen hat ihm gesagt, dass er singen soll, aber Dongbang singt nicht.

Bei meiner zweiten Schicht als Freddi tue ich das, was ich immer tue. Hände schütteln, winken, tätscheln, *knips*. Unter dem Hartplastikschädel jagen glühende Pfeile durch meinen Kopf, und ich übe mich in Demut. Willkommen, sage ich stumm zu jedem

Pfeil. Willkommen, schön, dass du da bist, sei mein Gast. Und es ist so, wie Jürgen gesagt hat: Der Schmerz wird sanfter, das Licht weniger grell, die Bilder gleiten durch meinen Verstand wie Fernsehbilder durch deinen Verstand, wenn du mit offenen Augen vor der Glotze eingeschlafen bist.

Bei der Abendshow gehen elf Hände in die Höhe. Jürgen wählt den Typen vom Sicherheitsschutz, der mich letzte Nacht kontrolliert hat. Ich habe Jürgen nichts davon erzählt. Der Typ sagt, dass er keine Frauen schlägt. Er sagt, dass er keine Schwuchteln schlägt und keine Alkoholiker. Nur den Großen, sagt er.

Jürgen geht zum Käfig und zerrt Sigi an der Kette zur Bühnenmitte. Der Typ peitscht ihn aus. Keine Striemen, kein Feuerfleisch, aber in Sigis Gesicht breitet sich der Hass aus wie ein Flächenbrand.

Dongbang singt nicht.

Nach der Abendshow sitzen wir im Hobbykeller. Wir sind frisch geduscht, wir sind sauber. Soldat Kupka ist mehr als sauber, er ist dekontaminiert. Siegbert, der Schreckliche, genannt Das Tier, macht seinem Künstlernamen alle Ehre.

Sigi tobt.

Er pflügt mit Riesenschritten durch den Hobbykeller, er tigert die Wände entlang und schlägt mit seiner geballten Teflonfaust dagegen, jetzt umkreist er den Tisch, erste Runde, zweite Runde, wie ein hospitalisiertes Zootier kurz vor der Selbstzerfleischung.

Jürgen lehnt lässig am Kühlschrank. Das Gefrierfach ist offen, ab und zu greift Jürgen hinein, Eiswürfel verschwinden in seinem Mund.

»Töten!«, brüllt Sigi. »Ich werde ihn töten, diesen Wichser!«

Bumm. Die Faust knallt auf den Tisch.

»Ich werde ihm seine verdammten Eier ausreißen!«

Bumm.

»Und dem nächsten Wichser auch, der mir zu nahe kommt! Ich werde ihnen allen die Eier ausreißen und ins Maul stopfen!«

Paul sagt: »Die Security hat *dich* an den Eiern, bevor du piep sagen kannst.«

Paul sagt: »Ich brauch was zu trinken.«

Seine Stimme ist so breiig wie sein Gesicht.

Jürgen verschlingt zwei Eiswürfel.

»Bitte, Chef«, Sigi ist stehen geblieben, »bitte, es muss aufhören.« Weinerliche Stimme. »Wir machen uns zum Gespött. Die Parkleitung hat entschieden, okay, aber was wissen diese Idioten schon. Gar nichts. Interaktion mit dem Publikum, volles Haus, wunderbar, aber nicht so. Die Peitschennummer muss raus. Lieber breche ich mir selbst das Genick, als noch einmal niederzuknien.«

»Aber«, sagt Herbert leise, »aber es tut doch nicht mehr weh. Die neue Peitsche ist …«

»Weh? Weh?« Sigi brüllt wieder. »Tut es vielleicht *nicht* weh, wenn dir irgend so ein Wichser sagt, dass er keine Schwuchteln schlägt? Schwuchtel, Homo, Tucke, Tunte! Schon mal was von Würde gehört, du … du …«

Sigi sucht nach einem weiteren Synonym für Schwuchtel, Paul sagt: »Du Opfer.«

Naja, nicht unbedingt ein Synonym, passt aber trotzdem. Findet Sigi auch, er brüllt: »Genau! Du Opfer! Und wenn du dich weiter von irgendwelchen Schlampen und Wichsern demütigen lassen willst, dann von mir aus! *Ich* spiele nie mehr in meinem ganzen verfickten Leben das Opfer!«

»Will ich ja auch nicht«, sagt Herbert, »aber was sollen wir machen? Kündigen?« Er schielt ängstlich zu Jürgen, Jürgen verzieht keine Miene.

Kündigen.

Stille im Hobbykeller.

Und jetzt stellen wir uns alle mal vor, wie Herbert Möller seine Bewerbungsunterlagen an HA&EM schickt. Mit Foto. In Farbe.

Wir stellen uns vor, wie Siegbert Schulze bei einem Securityunternehmen aufkreuzt und seinem potenziellen Chef die rechte Hand entgegenstreckt mit den Worten: Keine Angst, der Skorpion beißt nicht, und wie gefällt Ihnen eigentlich die schwarze Rose auf meiner Wange?

Wir stellen uns vor, wie Paul Beck ohne Arbeit und Wohnung nach einer Wohnung und einer Arbeit sucht.

Barbara Kruse jobbt wieder im Loch Nass, alle paar Tage bekommt sie aufmunternde Elektropost: Leider nicht, viel Glück für die Zukunft.

Zum Abschluss stellen wir uns Pak Dongbang vor, der wieder in der Fußgängerzone steht und original Thüringer Bratwürste mit ketsuppi oder sinappi verkauft, und da fällt uns auf: Ja, das ist vorstellbar.

Sing dein Lied, Pak Dong-bang, sing es hinter dem Vorhang.

Befehl des Prinzen.

Und Dongbang singt nicht.

Undankbarer kleiner Koreaner. Verräter, Flüchtling. Willst du ihn schon wieder enttäuschen, den Großen Führer, den strahlenden Stern?

»Gibt es hier im Paradies eigentlich so was wie, äh, eine Gewerkschaft?«, sagt Babsi.

Alle glotzen sie an, Jürgen greift grinsend ins Gefrierfach.

»Ich meine, wir könnten zur Gewerkschaft gehen, also wenn es eine gibt, und die könnte dann unsere Interessen bei der Parkleitung durchsetzen.«

»Ja, klar, Gewerkschaft.« Sigi schnaubt. »Gewerkschaft für Freaks, gibt es sicher, super Idee, Babsi.«

»Ich finde die Idee gar nicht so schlecht.« Herbert klingt erstaunlich selbstbewusst. »Was du meinst, Babsi, ist wahrscheinlich eher ein Betriebsrat. Hat es bei HA&EM auch ...«, er stockt, »naja, hat es bei HA&EM auch nicht gegeben. Aber wir könnten einen gründen.«

»Ja! Betriebsrat!« In Babsis Gesicht geht die Sonne auf, Morgenröte der Hoffnung.

Hoffnung, Liebe, Glaube. Die Hoffnung ist das schwächste Glied, ihr Glanz ist Flitter.

»Und was, bitteschön, machen wir, wenn wir einen Betriebsrat gegründet haben?«, sagt Sigi. »Betriebsausflüge? Betriebsfeiern?«

»Wir gehen zur Parkleitung und fordern unsere Rechte als Arbeitnehmer ein.« Herbert ist ungebrochen selbstbewusst.

»Ja!« Babsi leuchtet. »Und wenn sie unsere Rechte nicht, äh, wahrnehmen, dann leisten wir aktiven Widerstand! Wir streiken! Oder wir demonstrieren! Am besten beides! Du kennst dich da aus, Jakob, du kannst uns sagen, wie das geht mit dem Demonstrieren, nicht wahr!«

Klar, Prinzessin, kein Problem. Schlage vor, wir basteln ein paar Schilder und schreiben was Hübsches drauf. Wie wär's mit *Keiner ist so schlau wie wir – Als Betriebsrat stehn wir hier.*

»Mein Gott«, Sigi stöhnt, »ihr seid so dumm, dass es weh tut. Bitte, Chef, peitsch mich aus, das ist weniger schmerzhaft als der extrascharfe Verstand meiner lieben Kollegen.«

Jürgen schließt das Gefrierfach.

»Pak Dong-bang«, sagt er mit kalter Stimme. »Was ist deine Meinung zum Thema Widerstand?«

Dongbang hebt den Kopf. Seine Mandelaugen sind noch

schmaler als sonst. Ich glaube nicht, dass man sie aufbeißen könnte, so hart sehen sie aus.

»Widerstand«, Dongbang nickt, langsam und bestimmt. »Wichtig, Widerstand. Sehr wichtig. Kein Widerstand, keine Freiheit. Sklave für immer, und der Tyrann herrscht wie ein Regenbogen. Ausgespannt am Himmel über dem grauen Volk, bunt und böse.«

Dongbang hebt seinen rechten Arm und zeigt mit dem Mittelfinger auf Jürgen.

»폭군!«, sagt er.

Ich kann kein Koreanisch, aber ich verstehe das Wort trotzdem.

Tyrann.

Jürgen betrachtet Dongbang für ein paar Sekunden, wie man etwas sehr Seltenes betrachtet. Etwas, das einem nur alle heiligen Zeiten über den Weg läuft. Ein Schwan mit schwarzem Gefieder zum Beispiel oder ein Mensch mit Mut.

»Du hast recht, Pak Dong-bang«, Jürgen verneigt sich leicht, »und ihr anderen, ihr habt auch recht. Wir dürfen uns nicht länger demütigen lassen. Wir müssen auf unsere Würde achten. Und auf die Würde unseres Publikums. Die Nummer mit der präparierten Peitsche macht keinen Spaß. Ein würdeloses Werkzeug, die Parkleitung hat darauf bestanden, die Parkleitung hat Angst. Angst vor der Freiheit. Das Paradies verdient seinen Namen, es ist ein guter Ort, zugleich befleckt von Schande. Schande des Verbots, Schande der Strafe. Du sollst nicht, du darfst nicht. Gott hat den Baum der Freiheit mitten ins Paradies gepflanzt, um dann zu sagen: Pfoten weg! Erkenntnis des Guten und des Bösen, das bedeutet: erkennen, wie gut das Böse schmeckt. Die süße Frucht des Ungehorsams, wir müssen sie pflücken. Für uns und für unser Publikum. Kein Widerstand, keine Freiheit – ein wahres Wort, mein Freund Pak Dong-bang. Wenn wir dem, was gut und brav ist, widerstehen, dann werden wir der Tyrannei ein Ende setzen. Wir werden aufhören, ein graues Volk zu sein aus Lohnarbeitern und Freizeitsklaven, von denen die einen mit ein bisschen Geld abgespeist werden, die anderen mit ein bisschen Spaß. Gott vom Himmel reißen und uns selbst ausspannen als prachtvollen Regenbogen, bunter und böser als es der Tyrann je war, *das* ist unser Ziel. Ungehorsam statt Unterwerfung, herrschen statt dienen, Täter sein statt Opfer. Alles klar?«

Babsi blinzelt verwirrt, Herbert glotzt. Dongbangs Augen sind so hart, man bräuchte einen Vorschlaghammer, um sie zu knacken.

»Ja. Täter sein statt Opfer. Ja!« Pauls Stimme hat wieder ein bisschen Kontur, sein Gesicht auch.

Bumm.

Sigi schlägt mit der Faust auf den Tisch. »Endlich, Chef! Endlich eine klare Ansage! Darauf warte ich, seit uns die kleine Schlampe verdroschen hat. Die Würde des Publikums ist mir scheißegal, aber wenn's der Sache dient: Ich bin dabei. Also: Was ist der Plan?«

»Teil eins des Plans: Ihr geht jetzt alle in die Kaserne. Ab ins Bett, schlaft euch aus. Wenn der kleine Testlauf klappt, den ich gleich starten werde, dann folgt morgen Teil zwei. Freaktown bleibt geschlossen. Das Training mit Ramona findet statt. Seid pünktlich, es wird eine Überraschung geben. Paul!«

»Ja?«

»Heute kein Ethanol. Wenn du dir heute die Kante gibst, gebe ich dir morgen einen Tritt in den Arsch. Höchstpersönlich. Schwächlinge mit Matschgesicht und Fahne haben in meiner Truppe nichts verloren, also bleib trocken.«

Paul salutiert. Ohne Ironie, allen Ernstes.

»Pak Dong-bang, wenn du das Paradies verlassen möchtest, dann tu es noch heute. Morgen ist es zu spät. Und jetzt geht. Jakob, du bleibst.«

5

Ich stehe im Wachsfigurenkabinett neben Violetta, der Frau ohne Unterleib. Geruch nach Moder und schimmligem Wachs. Die Dreißigwattbirne gibt alle paar Sekunden ihren Geist auf, um dann wieder stotternd aufzuleuchten. Wackelkontakt. Ich weiß nicht so genau, was ich tun soll.

Was soll ich tun, Jürgen?

Er ist weg. Schwarzer Anzug, weißes Hemd, die Tätowiermaschine in der Sakkotasche, Spezialnadel. Rendezvous mit Ramona.

Was soll ich tun, habe ich ihn gefragt, und er hat gesagt: Das Überwachungssystem lahmlegen, was sonst. Du bist jetzt vernetzt, du kannst es manipulieren. Das kann nicht jeder. *Du* kannst es.

Aber *wie?*

Der wichtigste Planet im Sternbild deines Talents ist dein Glaube, Jakob. Hoffnung ist Flitter, Liebe ist Tand, nur der Glaube zählt.

Er versetzt Berge.

Er stürzt Tyrannen.

Eitel sind sie, die Tyrannen, man darf sie nicht von hinten fotografieren. Gott sieht es gerne, wenn seine Untertanen von vorne herankriechen, auf allen vieren, und um Talmi betteln.

Gib uns Hoffnung!

Gib uns Liebe!

Gott gibt und gähnt. Er will es so, er ist ein Despot, aber es langweilt ihn auch. Die Schöpfung ist fade, deswegen macht Gott hin und wieder einen Fehler, absichtlich, das amüsiert ihn. *Du* amüsierst ihn, Jakob. Du bringst Schwung in die Bude der Genesis mit ihrem ewigen Einerlei aus Weibchen hier, Männchen da, Schafe rechts, Böcke links. Aber am meisten amüsiert ihn dein Glaube. Die anderen winseln immer um dasselbe. Glück, Erfolg, Gesundheit. Du betest um die Kraft, deine Mutter hassen zu können. Die anderen beschreiten den rechten Weg, immer der Herde nach. Du drehst nach links ab, ein bockiges Schaf. Das ist ganz nach Gottes Geschmack. Er mag dich, Jakob, du erinnerst ihn an seinen Sohn. Den halten auch alle für einen netten Kerl, und dabei ist er ein Freund von Salz, Zwietracht, Feuer, Krieg. Mach es wie ein guter Sohn, Jakob, und sing dem Alten ein Loblied. Lectio divina. Preise den Herrn, schmeichle dem Tyrannen, und er wird dir zuhören. Er wird die Augen schließen und sich von dir einlullen lassen.

Seine Billionen Augen.

Blind.

Hat Jürgen gesagt, dann ist er gegangen. Jetzt stehe ich da und habe keine Ahnung, was ich tun soll. Alle paar Minuten wabert ein Bild durch meinen Kopf. Die Blitze sind hell, aber das Licht ist weich, die Pfeile glühen nicht. Sie gleiten durch meinen Kopf wie durch etwas Luftiges ohne Widerstand.

Ohne Widerstand.

Hingabe.

Loblied. Schlaflied.

Meine Mutter hat immer gesagt, dass die Abendgebete die wichtigsten Gebete sind. Wenn du abends ganz fest betest, Jakob, hat sie gesagt, dann schenkt Gott nicht nur dir einen gesegneten Schlaf, sondern der ganzen Schöpfung. Alle dürfen ausruhen, alle Augen schließen sich.

Und Gott, Mama? Darf der auch ausruhen?

Nein, Jakob. Gott schläft nie.

Na, das wollen wir ja mal sehen. Ich falte meine Hände, ich presse die Handflächen fest gegeneinander. Die Glühbirne flackert, jetzt erlischt sie, und ich bete in die tiefe Schwärze hinein. Ich bete so hingebungsvoll und so innig, wie es mich meine Mutter gelehrt hat.

Müde bist du, geh zur Ruh
Schließe deine Äuglein zu
Vater, lass die Äuglein dein
Ganzganz fest geschlossen sein
Hab ich unrecht heut getan
Sieh es, lieber Gott, nicht an
Deine Gnad und Jesu Blut
macht ja allen Schaden gut.

Müde bist du, geh zur Ruh, schließe deine Äuglein zu. Vater, lass die Äuglein dein ganzganz fest geschlossen sein. Hab ich unrecht heut getan, sieh es, lieber Gott, nicht an. Deine Gnad und Jesu Blut macht ja allen Schaden gut. Müde bist du, gehzur Ruh, schließedeine Äuglein zu. Vaterlass dieäugleindein ganzganzfest geschlossensein. Habichunrecht-

heutgetan, sieh es, liebergottnichtan. Deinegnadundjesublut machtja allenschadengut. Müdebistdugehzurruhschließedeineäugleinzuvaterlassdieäugleindeinganzganzfestgeschlossen …

6

Jürgen duscht. Wasser rinnt über sein Haar, seine Schultern, seine Arme. Es rinnt über seine Hände und verfärbt sich rötlich. Ich weiß nicht, wie lange ich gebetet habe. Vielleicht eine Stunde, vielleicht länger. Der schwarze Anzug liegt im Eck, das Hemd ist nicht mehr weiß. Dunkelrote Flecken, an den Rändern hell auslaufend. Auf der Ablage liegt ein Handtuch, daneben die Tätowiermaschine, rot verschmiert.

Die Separées im Roten Salon sind von innen verschließbar.

Eine Stoffserviette kann ein Knebel sein.

Eine Fessel.

Stellen wir uns vor, wie das Kerzenlicht flackert im Separée. Stellen wir uns die gepolsterten Sessel im Louis-Quatorze-Stil vor und das Blumenbukett neben dem Kerzenleuchter.

Zauberstaub schimmert auf der Polsterung.

Zauberstaub schimmert auf den Rosen, den Hortensien.
Er schimmert matter als sonst.
Der Schwarm schläft.
Gott schläft.
So viele Augen, und alle blind.
Jürgen dreht den Hahn zu. »Gib mir das Handtuch.«
Ich gebe ihm das Handtuch, er sieht müde aus. Mein Prinz ist müde.
»Hat es geklappt?« Sinnlose Frage.
Er trocknet sich ab, er nickt.
»Wie lange wird er … wird es … werden sie schlafen?«
»Nicht mehr lange. Eine halbe Stunde vielleicht. Das System interpretiert den Standbymodus als Fehler. Es wird automatisch wieder hochfahren. Reset. Die Bilder kommen bald wieder.«
Ich lege meine Hand auf sein blasses Herz.
»Was hast du mit ihr gemacht?« Sinnlose Frage.
»Sachbeschädigung.« Jürgen wirft das Handtuch auf den Boden. »Es gibt Menschen, die haben keine Seele. Wenn man ihnen Gewalt antut, ist es keine Körperverletzung, sondern Sachbeschädigung. Und: Nein, es ist nicht schlimm. Nicht wirklich. Und: Ja, es geht ihr gut. Relativ. Und: Nein, sie wird es nicht melden. Ich habe ihr versprochen, dass ich es wieder tue, wenn sie den Mund aufmacht. Ramona kennt den Unterschied zwischen einer Drohung und einem Versprechen.«
Er legt seine Hand auf meine, unsere Finger schieben sich ineinander.
»Geh jetzt nach Hause und ruh dich aus, Jakob. Morgen ist ein harter Tag, von der Nacht ganz zu schweigen. Aber der Freitag wird ein Festtag. Wir werden aus Fleisch Feuerfleisch machen, kräftig gesalzen.«

Im Wachsfigurenkabinett kommt mir Dongbang entgegen. Winzige Trippelschritte, unruhiges Gesicht im verwackelten Glühbirnenlicht. Er bleibt stehen und verneigt sich tief. Fast so tief wie früher vor seinem guten Freund Kupka Jakob.

Es ist sinnlos, Dongbang zu fragen, was er hier macht. Er ist hier, um sich von Jürgen zu verabschieden, das gebietet die Höflichkeit. Dongbang wird das Paradies verlassen, noch heute Nacht. Er ist gar kein kleiner Nordkoreaner mit zu großem Kopf. Er ist auch kein talentarmer Sänger mit dünner Stimme. Kein Dichter, kein Bratwurstverkäufer. Dongbang ist ein schwarzer Schwan. Und wer weiß, vielleicht fliegt der Schwan ja heute Nacht auf seiner Flucht aus dem Paradies an einem breitschultrigen Mann mit Taschenlampe vorbei und flüstert ihm etwas ins Ohr. Zum Beispiel, dass ein finsterer Zwerg in den Katakomben von Freaktown haust und etwas vorhat. Etwas Gefährliches.

Mutiger kleiner Pak Dongbang.

Verräter, Deserteur. Das sind die Mutigsten.

Die Welt schwimmt in Blut, weil wir zu wenig Verräter haben.

Ich verneige mich tief vor ihm, wie früher.

»Mein Freund, es schmerzt mich sehr, dass du uns verlassen willst. Und ich möchte dir zum Abschied etwas beichten. Die Sache mit dem Gedicht damals von wegen aufgerüttelte Öffentlichkeit und so, die war, naja, ein schlechter Scherz. Außerdem habe ich die letzte Version von deinem Gedicht gar nicht so übel gefunden, im Gegenteil. Die war ziemlich gut. *Wir werden wieder samtig träumen, Arm in Arm und Ei in Ei.* Den Satz habe ich mir gemerkt, so schön war er. Bitte vergib mir, Dongbang. Wenn du erlaubst, würde ich dich jetzt gerne umarmen.«

Und Dongbang erlaubt es. Sein Körper ist so fragil in meinen Armen, so ganz aus Glas, dass ich Angst habe, ihn kaputtzumachen.

Schlchz.

Dongbang drückt seine Wange gegen meine, ich streichle seinen großen Kopf, ich streichle seinen zarten Nacken, die Halswirbel unter der Haut fühlen sich an wie Murmeln, *es bedarf keiner großen Kraft, nur der richtigen Technik, man muss den Kopf ruckartig nach vorne drücken*, ich atme tief durch.

Knack.

DONNERSTAG

Im Jahr zwei der Freude
über das Sterben meiner Mutter
und einen sicheren Arbeitsplatz

1

»Guten Morgen. Ein neuer … ein neuer Tag ist angebrochen im … im Paradies, und ich begrüße euch wie immer sehr … herzlich … ich … wir … wir werden auch heute wieder … wieder viel …«

Ramona senkt den Kopf. Ihr Oberkörper vibriert. Ich glaube, sie weint.

Ramona weint.

Ein guter Morgen, fürwahr.

Jürgen sitzt auf seiner herzförmigen Markierung. Heute nicht in Form einer Lotosblüte, sondern ganz entspannt. Wie jemand, der es sich an einem schönen Sonntag im Park gemütlich gemacht hat mit einem Picknickkorb.

»Ja, meine Liebe?« Weiche Stimme. »Was werden wir heute?«

Ramona vibriert, ihre Brüste unter dem T-Shirt zittern. Das

T-Shirt ist dunkelbraun und ohne Aufschrift. Es ist zwei Nummern zu groß.

»Sigi, möchtest du Ramona vielleicht helfen? Was werden wir heute?«

»Viel Gutes tun.« Sigi grinst breit, die schwarze Rose auf seiner Wange schlägt Falten.

»So ist es. Außerdem werden wir viele Menschen sehr … na, Ramona? Was werden wir viele Menschen?«

Ramona vibriert.

»Babsi, bitte hilf unserer bezaubernden Wohlfühlfee, sie scheint sich heute nicht ganz wohl zu fühlen.«

»Glücklich machen«, sagt Babsi schüchtern. »Wir werden viele Menschen sehr glücklich machen.«

»Genau. Sehr, sehr glücklich. Und jetzt wieder du, Ramona. Immerhin ist das *dein* Text. Herbert, gib ihr das Stichwort.«

Herbert kratzt Schorf von seiner Nase. Heute nicht geistesabwesend, sondern irritiert. Eine flennende Königskobra – das hat die Welt der Reptilien noch nicht gesehen.

»Äh, ich glaube, das Stichwort ist *Spaß.*«

»Da hast du ein paar Stichworte übersprungen, Herbert. Schade, dass Dongbang nicht mehr unter uns weilt, er hätte *Traum* und *Wunsch* nicht ausgelassen. Sehr poetische Worte, kein Dichter dieser Welt kommt ohne sie aus. Aber *Spaß* macht natürlich immer Spaß. Also, Ramona, möchtest du uns deinen Text auf dieses unterhaltsame Stichwort zum Geschenk machen?«

Ramona schlägt die Hände vors Gesicht.

»Bitte«, wimmert sie, »bitte … ich kann nicht …«

»Natürlich kannst du.« Jürgens Stimme ist jetzt so weich, dass man darin versinken möchte wie in einem Bett aus Daunen.

»Wir sind … sind … die Spaß-Macher.«

»Siehst du, meine Liebe, es war ganz leicht. Und jetzt noch

der abschließende Höhepunkt deiner morgendlichen Ansprache, der muss einfach sein. Paul, gib ihr das Stichwort.«

»Happiness is our business«, sagt Paul, und wenn er eine Rose auf seiner Wange hätte, dann würde sie jetzt Falten schlagen.

»Das war kein Stichwort, Paul, das war der Text. Jetzt hast du Ramona die Pointe versaut, schäm dich.«

»'tschuldigung.«

»Naja, dann müssen wir uns wohl noch ein pointenträchtiges Stichwort für dich einfallen lassen, meine Liebe. Jakob, hast du einen Vorschlag?«

Ich überlege. Ich sage: Prinz.

»Ah, wunderbar. Der kleine Prinz. Deine Bibel, Ramona, nicht wahr. Und wenn ich mich nicht täusche, dann lautet dein Lieblingssatz aus diesem Werk von wahrhaft biblischer Größe wie folgt: Man sieht nur mit dem Herzen gut, das Wesentliche ist für die Augen unsichtbar. Oder mit den Worten unseres Lehrmeisters Rosenberg gesagt: Gewaltfreie Kommunikation ist die direkte Kommunikation von Herz zu Herz. Also, meine Liebe, zeig uns dein Herz.«

Ramona nimmt ihre Hände vom Gesicht. Sie hebt den Kopf, ganz langsam. Jetzt starrt sie Jürgen aus rotverheulten Augen an. Ihr Blick ist ungläubig und wissend zugleich.

Nein, sagt ihr Blick, es kann nicht sein.

Ja, sagt er, es ist so.

Ein Albtraum, aus dem es kein Erwachen gibt, weil der Träumer nicht schläft.

»Zeig uns dein Herz. Das *auf* deiner Brust.«

»Bitte«, flüstert sie, »bitte nicht.«

»Zeig. Uns. Dein. Herz.« Jürgens Stimme ist so hart wie die Pritsche in einem Zuchthaus.

»Nein!« Ramona legt schützend ihre Hände über die Brust.

»Jakob, unsere Wohlfühlfee braucht dringend ein bisschen Unterstützung in Sachen Selbstvertrauen und Willenskraft. Mentale Unterstützung. Wie wär's, wenn du dein Nabelchakra aktivierst und ein bisschen Tiefenatmung betreibst. Das wird ihr helfen. Von Bauch zu Bauch, sozusagen.«

Ich wechsle aus dem Schneidersitz in den Lotossitz. Ich falte meine Hände, ich schließe die Augen.

Müde bist du, geh zur Ruh, schließe deine Äuglein zu. Vaterlass die Äugleindein ganzganz fest geschlossensein. Habich unrecht heutgetan, siehesliebergottnichtan. Deinegnadundjesublutmachtjaallenschadengutmüdebistdu…

Das Letzte, was ich höre, bevor mein Geist im Mantra des Gebets versickert wie Wasser im Wüstensand, sind die Nein!-Nicht!-Nein!-Schreie von Ramona Schröder und das Geräusch von Stoff, wenn er reißt.

Das Erste, was ich höre, ist Jürgens Stimme. Ich öffne die Augen. Ich weiß nicht, wie lange ich gebetet habe, vielleicht drei Minuten, vielleicht fünf.

»Danke, Jakob. Deine mentale Unterstützung war sehr hilfreich.«

Ramona kauert auf ihrer Yogamatte aus echten Kokosfasern, das zerrissene T-Shirt fest gegen die Brust gepresst.

Manchmal muss man etwas nicht mit eigenen Augen sehen, um es zu sehen. Ein Blick in die Augen der anderen genügt.

Babsis grüne Augen: aufgewühlt wie ein schlammiger Teich. Tiefe Verstörung, die von unten nach oben wirbelt und das Wasser trübt.

Herberts graublaue Augen: kein Blau mehr, pures Grauen, monochromes Entsetzen.

Sigis hellbraune Augen: die Augen eines Ungläubigen, dem ein Engel erschienen ist.

Pauls Augen kann ich nicht sehen. Er hat eine Hand darübergelegt und murmelt: »Oh Gott, ich brauch was zu trinken.«

Nach dem Training wird Sigi zu mir sagen, dass er so etwas noch nie gesehen hat und dass alles, was er an Tätowierungen am Leib hat, Kinderkram ist dagegen. Er wird sagen: Wie zur Hölle hat Jürgen es geschafft, die Überwachungskameras auszutricksen bei seinem Anschlag auf Ramonas Haut. Und warum ist keiner vom Sicherheitsdienst der armen Haut zu Hilfe gekommen, gerade eben.

2

Zugegeben: Es ist absurd. Abstrus, albern, und wenn ich es nicht besser wüsste, dann würde ich sagen: Es ist unmöglich.

Ausgerechnet heute.

Der Brief.

Absender DIE RESIDENZ. Lachhaft.

Ich wiege das Kuvert in meiner Hand, es ist leicht. Federleicht, so sagt man doch, wenn man sagen möchte, dass etwas nichts wiegt.

Die Nachricht vom Tod meiner Mutter wiegt nichts.

Vielleicht ist das Kuvert leer. Schwester Olga hat vergessen, den Tod meiner Mutter in das Kuvert zu geben. Ich halte es gegen das Licht, die Umrisse eines gefalteten Stück Papiers zeichnen sich ab.

Der Tod ist drin.

Sinnlos.

Das Kuvert öffnen, lesen, sinnlos.

Lieber Herr Kupka, leider muss ich Ihnen die traurige Nachricht vom Ableben Ihrer Mutter übermitteln.

Vom Dahinscheiden Ihrer Mutter.

Sie ist von uns gegangen.

Hat Erlösung gefunden, das Leid hinter sich gelassen, das letzte Vaterunser gebetet, die letzte Ruhe gefunden.

Wenn ich das Kuvert öffne, dann nur aus Interesse für Schwester Olgas Wortwahl.

Einmal hat Sigi am Stammtisch im Loch Nass Witze gerissen über die richtige Wortwahl bei Todesanzeigen. Man müsste sie den Berufen der Toten anpassen, das wäre doch lustig. Der Gärtner hat ins Gras gebissen, der Pfarrer hat das Zeitliche gesegnet, der Anwalt steht vorm letzten Gericht, die Putzfrau kehrt nie wieder.

Was wäre die richtige Wortwahl für eine Frau, die es als ihre Berufung betrachtet hat, eine gute Mutter zu sein? Was schreiben wir in die Todesanzeigen und auf die Gräber unserer Mütter?

Ich ziehe Freddi an, ich schiebe den Brief unter Freddis Fell, ich setze Freddis Kopf auf. Noch vierzig Minuten bis zur Parade, höchste Zeit. Freaktown bleibt heute geschlossen, heute die andere Route. Erst nach Westen, dann in den Norden, keine Mittagspause mit Jürgen, macht nichts. Morgen ist Freitag, morgen gibt's Fleisch. Feuerfleisch, kräftig gesalzen. Die Jahre der Hoffnung sind vorbei, das Jahr zwei der Freude ist vorbei, es wird kein neues Jahr geben. Die fünffache Dosis Fludrocortison zirkuliert in meinem Blut, Hormone. Gegen den angeborenen Salzmangel. Und damit ich nicht aussehe wie ein Mannweib. Vielleicht sollte ich aufhören, das Zeug zu nehmen. Talent ist keine einfache Sache, Schönheit auch nicht. Wer es einfach will, kann es hässlich haben.

Hier ruht Anna Kupka, sie hat ihre Tochter getötet.

Und sie hat es nur gut gemeint.

3

Dragan bindet Janja los, die zwischen ihren Spielzeugsteinen eingeschlafen ist. Er klappt den Stuhl zusammen und zündet sich eine neue Zigarette an der alten an. Feierabend im Paradies. Der Park hat vor einer Stunde geschlossen, das gewaltige Tor ist verriegelt, die Engel sind nach Hause geflogen. Jetzt sitzen sie in ihren Zwölfquadratmeterzimmern und trinken Fruchtsaft mit Ethanol. Die Infogirls kochen sich noch eine Kleinigkeit, Wuzzipup drückt sein Ganzkörperkondom im Waschbecken aus, auf der Dachterrasse im Erlebnishotel sitzen ein paar Leute von der Parkleitung und genießen den Sonnenuntergang. Der Screamtree glänzt rotgolden wie ein riesiges Schwert in Flammen.

Dragan bückt sich und hebt Janja hoch, Asche fällt auf ihr dünnes Kleinmädchenhaar, sie schläft tief.

»Träum süß, mein Lämmchen.« Ich streiche ihr übers Haar, ich streiche die Asche weg, dann sage ich zu Dragan, dass er morgen freihat. Bleib in der Kaserne, sage ich. Bleib mit Janja in der Kaserne, nicht ins Paradies gehen, Befehl von Jürgen.

Dragan nickt. Die Zigarette in seinem Mundwinkel glüht.

Das Wachsfigurenkabinett ist stockfinster, die Glühbirne hat aufgegeben, gut so. Gut fürs Mantra. Ich gehe langsam durch den Raum, ich bin blinder als ein Blinder, die sollen ja wenigstens ein paar Lichtflecken sehen. Nach jedem Schritt bleibe ich stehen und taste mit dem Fuß das nächste Stück Boden ab. Der Weg ist klar, immer geradeaus bis zur Tür, dann die Treppe hinunter.

Ich kann Violetta spüren, rechts an der Wand.

Ich kann Smeralda spüren, links an der Wand.

Familienbande, Schicksalsgemeinschaft, man spürt sich.

Ich taste den Boden ab und überlege, neben wen ich mich heute stellen werde für die Lectio divina. Wahrscheinlich wieder neben Violetta, die Frau ohne Unterleib, da passe ich gut hin. Es wird eine lange Nacht, so viel steht fest, und für mich wird sie bis in den späten Morgen dauern. Um neun öffnet der Park, um halb zehn stehen die Leute schon Schlange an den Fahrgeschäften, bis dahin muss ich durchhalten. Die eine oder andere Pause ist drin, das System braucht eine halbe Stunde, um aus dem Standbyschlaf wieder zu erwachen.

Jürgen und seine Freaks.

Der Oberbefehlshaber und seine Truppe.

Sonderkommando Sabotage.

Soldat Kupka legt das Überwachungssystem lahm, der Rest macht sich an den Fahrgeschäften zu schaffen. Sicherheitsbügel lockern, Kabel kurzschließen, Gleise aushebeln. Die Wirbelstrombremsen in der Achterbahn werden nicht bremsen, das

Ventilationssystem in der Geisterbahn wird nicht ventilieren. Notstromaggregate springen nicht an, Sicherheitsventile öffnen sich nicht. In Wuzzipups Wunderwelt sitzen Kleinkinder zwischen drei und sechs auf dem Kettenkarussell und werden fröhlich durchgeschleudert, dann reißen die Ketten.

Und es wird ein Jauchzen und Kreischen sein im Paradies, wie es noch nie ein Jauchzen und Kreischen gegeben hat.

Heulen und Zähneklappern.

Schauder und Jammer.

Showbusiness, Entertainmentbranche. Regel: Gib dem Publikum alles. Alles, was es will. Ohne Limit.

Der Mensch hat viele Bedürfnisse, und einige davon sind sehr tief, aber irgendwann wird auch Herr Rosenberg einsehen müssen, dass es kein tieferes Bedürfnis gibt als das Bedürfnis nach Gewalt.

Möge es morgen ausreichend befriedigt werden.

»Paul?«

Ich bleibe stehen.

»Paul, bist du das?«

Klingt wie Herbert.

Knips. Eine kleine Flamme leuchtet auf, rechts an der Wand. Herbert hält sich die Hand mit dem Feuerzeug vors Gesicht und blinzelt in meine Richtung.

»Ich bin's, Jakob.«

»Oh Gott, Jakob, Gottseidank! Gottseidank bist du da!«

Ja. Gott sei Dank.

Ich gehe auf die Flamme zu, ganz langsam, nur nicht hinfallen, nur nicht verletzen, Soldat Kupka muss fit sein heute. Herbert leuchtet mir ins Gesicht.

»Jakob, es ist schrecklich, einfach schrecklich.« Gedämpfte Stimme, unterdrückte Panik.

Ich sage: Was ist denn los?

Ich sage: Wir sind spät dran, Jürgen wartet.

Herbert leuchtet nach unten.

Oh mein Gott, sage ich, was ist denn das, wer ist denn das, das ist ja Dongbang, oh mein Gott.

»Er hat ihn getötet«, flüstert Herbert. »Jürgen, er ist verrückt geworden.«

Nein, Herbert. Jürgen ist nicht verrückt geworden. Er war schon immer verrückt. Ein irrer Joker aus einem Kartenspiel, bei dem jeder verliert. Nur der Herzbube nicht. Oder die Herzdame, wie man's nimmt.

»Ramona, Dongbang, es ist alles so schrecklich, er hat irgendetwas vor, irgendetwas Grauenvolles.«

»Ja, und wir sollten mitmachen. Du siehst ja, was mit Deserteuren passiert.«

Herbert leuchtet wieder nach unten. Dongbang sitzt neben Leo und Ludwig auf dem Boden, den Rücken an die Wand gelehnt, die Mandelaugen weit offen. Seine Hände liegen locker im Schoß, man könnte ihn für lebendig halten. Oder für eine Wachsfigur.

»Mitmachen? Aber Jakob, um Himmels willen! Wir können doch nicht einfach mitmachen!«

»Und was sonst? Er wird uns das Genick brechen wie Dongbang, wenn wir kneifen.«

»Ja, aber …«, Herbert stöhnt, »aber wir … wir können doch nicht … was sollen wir nur machen?«

»Gib mir das Feuerzeug.«

Herbert gehorcht. Ich halte die Flamme nahe an sein Reptiliengesicht. Ich suche. Nach einem Ausdruck, der mir Gewissheit gibt. Und ich finde den Ausdruck.

Verräter.

Schade um dich, Herbert, du bist so schön. Ein betörend schöner Freak, ich war eifersüchtig, der Prinz hat dich geliebt. Der Prinz wollte dir einen Ehrenplatz in der Hall of Fame geben, und jetzt sollst du ihn haben.

»Autsch! Heiß! Hoppla!« Ich lasse das Feuerzeug fallen.

»Jakob!« Herberts Hand krallt sich in mein T-Shirt.

»Jaja, ist ja gut, bin ja da.«

Herberts zweite Hand krallt sich in mein T-Shirt.

»Geh nicht weg, Jakob!«

»Tu ich nicht, Herbert, tu ich nicht. Wir bleiben zusammen. Und wir werden zusammen etwas unternehmen gegen den Verrückten. Du hast recht, es kann so nicht weitergehen, und wir haben nur *eine* Chance: Wir müssen jetzt runter in den Keller. Wir müssen mitspielen. Er darf nichts merken. Aber egal, was er vorhat und was er von uns will heute Nacht: Nach dem Treffen informieren wir sofort den Sicherheitsschutz.« Ich taste mit der Hand nach Herbert, ich finde seine Schulter. Fester Druck. »Alles wird gut, vertrau mir. Wir stehen das gemeinsam durch. Und was ich dir schon immer sagen wollte … also … das ist jetzt vielleicht nicht der richtige Moment, aber ich muss es dir einfach sagen: Die Sache mit HA&EM und den Kostümen, die tut mir sehr leid. Ich habe dich ausgenutzt, Herbert. Deine Sympathie für mich. Und wenn der Albtraum hier vorbei ist, dann kochen wir endlich mal gemeinsam, irgendwas mit frischem Thymian, okay?«

Bevor Herbert etwas sagen kann, habe ich ihn schon fest in meine Arme genommen. Im ersten Augenblick sträubt sich sein Körper, weil das nun wirklich nicht der richtige Moment ist für Geständnisse und Zärtlichkeit, aber dann erschlafft alles. Kopf, Schultern, Arme.

»Ich hab solche Angst, Jakob«, murmelt er in meinen Hals hinein.

Das musst du nicht. Gleich ist es vorbei. Und bitte verzeih, wenn ich jetzt kein Gebet spreche, aber das macht hier wirklich keinen Sinn. Selbst Gott braucht ein bisschen Licht, um zu sehen.

Ich lege die rechte Hand auf Herberts Kopf, die linke lege ich auf seinen Nacken. Ich atme tief durch.

Knack.

Der Parkplan mit den Markierungen liegt ausgebreitet auf dem Tisch. Neben dem Kühlschrank liegen fünf schwarze Rucksäcke. Werkzeug, nehme ich an, der eine oder andere Sprengsatz mit Zeitzünder dürfte auch dabei sein. Jürgen ist ein guter Bastler.

Ich setze mich an den Tisch, Jürgen tippt gerade auf ein rotes Kreuz in Wuzzipups Wunderwelt.

»Um Mitternacht müsstest du mit dem Wichtelwirbler fertig sein, Babsi. Dann gehst du zur Arche Nova und machst aus dem Paradewagen eine Autobombe. Danach ab ins Piratenland. Sigi wird schon dort sein, wenn er seinen Job in der Geisterbahn zügig erledigt hat. Kriegst du das zeitlich hin, Sigi?«

Sigi nickt, Babsi ist blass. Nein, falsch, nicht blass, kalkweiß. Als hätte Jürgen sie geschminkt.

»Hast du Herbert gesehen, Jakob?«

Ich nicke.

»Kommt er?«

»Nein. Ist verhindert.«

»Verstehe. Dann müssen wir den Radius weiter eingrenzen, wir sind nur noch zu dritt im Gelände.«

Zu dritt? Was ist mit Paul? Der sitzt doch da, neben Sigi, und hört Jürgen andächtig zu.

Ich sage nichts, dafür sagt Paul etwas.

»Gelände, genau. Imma raus ins Gelände, findich gud. Babsi, siehsd wieder doll aus heude. Bisschen blass vielleichd, aba egal. Guder Plan, Jürgen, übrigens, muss man sagen, jaja, sauguder Plan, so wird's gemachd, so machenwirs.«

»Schnauze, du Penner.«

»Was hasdn, Sigi? Schwaches Immunsistem odawas? Imma schön locka bleibn, Alda.«

Jürgen wirft Paul einen Blick zu, Paul verstummt.

Hackedicht.

Kein Verräter, nur ein Versager.

Jürgen tippt weiter auf die roten Markierungen und erläutert das Vorgehen. Sigi nickt ab und zu, Babsi sitzt steif auf ihrem Stuhl, Paul döst.

»Bei Sonnenaufgang müssten wir durch sein, dann treffen wir uns hier im Hobbykeller. Noch Fragen?«

Sigi schüttelt den Kopf. »Alles klar, Chef. Nur das mit den Kameras, das würde mich schon interessieren, wie du das machst, ich meine: Wir wissen nicht mal, wo die Dinger *sind.* Also sag schon, Chef, wie machst du das?«

Jürgen schenkt mir ein Lächeln, ich schenke ihm eins zurück.

»Das ist jetzt nicht wichtig, Sigi. Es funktioniert, und aus. Babsi, hast du Fragen?«

Babsi nickt. »Eine Frage, ja. Ich habe eine Frage.«

»Raus damit.«

»Ich habe eine Frage an Jakob.« Babsi sieht mich aus ihren grünen Augen an. Zwei stille Teiche, das Wasser ist klar. »Darf ich dir eine Frage stellen, Jakob?«

Kein Problem, Prinzessin. Und wenn du wissen willst, wie mir *Positiv denken – Das Übungsbuch für Einsteiger* gefallen hat, dann kann ich nur sagen: ausgezeichnet. Ich denke neuerdings sehr positiv.

»Jakob, wenn wir das machen«, sie zeigt auf den Plan, »dann werden wir vielen Menschen sehr weh tun. Wir werden Menschen töten. Auch Kinder.«

Janja ist in Sicherheit.

»Ich weiß, dass du ein guter Mensch bist, Jakob.«

Ja. Wie Jesus.

»Ich weiß, dass du ein gläubiger Mensch bist.«

Oh ja.

»Deine Mutter hat dich im wahren Glauben erzogen.«

Jetzt stell schon deine scheiß Frage.

»Und deswegen habe ich nur *eine* Frage an dich, Jakob: Was würde deine Mutter dazu sagen, wenn sie wüsste, dass ihr Sohn das Paradies zerstören will? Nicht irgendeinen Ort, *das Paradies.*«

»Meine Mutter ist tot.«

Babsis Augen weiten sich, Sigi glotzt mich an.

»Mann, Kumpel, das tut mir leid. Voll leid, ich meine: Man hat nur *eine* Mutter im Leben, nicht wahr.«

Jürgen lächelt.

»Tot?«, flüstert Babsi.

»Tot, von uns gegangen, sanft entschlafen. Vielleicht hat sie auch das Zeitliche gesegnet oder ihre sterbliche Hülle abgestreift, keine Ahnung.« Ich ziehe das Kuvert aus meiner Hosentasche. »Schau doch selbst nach, was genau mit meiner Mutter passiert ist.«

Das Kuvert ist zerknittert, ich habe es heute den ganzen Tag mit mir herumgetragen. Das Kuvert ist wellig, ich habe es heute in der Mittagspause gegen mein Gesicht gedrückt. Ich habe hineingeweint. Lautlos, in stiller Trauer.

Ich schiebe Babsi das Kuvert über den Tisch. Sie starrt es einen Moment lang an, dann nimmt sie es.

Sie öffnet es.

Sie faltet den Brief auseinander.

Sie liest.

Sie schiebt mir den Brief zurück über den Tisch.

»Und? Hat meine Mutter jetzt Frieden gefunden, oder ist sie den Weg alles Irdischen gegangen?«

Babsi sieht mich an. Ihre grünen Teiche sind jetzt so groß, dass ich an ihrer Stelle Angst hätte, sie könnten das ganze Gesicht überschwemmen. Vielleicht hat sich Schwester Olga im Ton vergriffen und geschrieben: Ihre Mutter ist abgekratzt, lieber Herr Kupka, Gratulation.

Ich nehme den Brief, ich überfliege, was da steht.

Ich überfliege es noch einmal.

Ich falte den Brief zusammen, ich stecke ihn ein.

»So viel dazu«, sage ich. »Und jetzt lasst uns loslegen.«

»Nein, Jakob«, flüstert Babsi, »tu's nicht.«

»Was heißt hier ich. *Wir* werden es tun. Wir vier. Teamarbeit. Das ist doch sehr beliebt heutzutage, Teamarbeit. Aber wenn du nicht im Team arbeiten willst, Babsi, dann würde ich vorschlagen, du gehst jetzt.«

Und zu Jürgen sage ich: Sie soll gehen.

Ich sage: Sie wird es vermasseln.

Sie ist eine Frau, sage ich, sie wird nie ins Himmelreich kommen. Sie wird nie einen Regenbogen der Freiheit ausspannen.

Willst du, dass ich sie zum Abschied umarme, Jürgen?

Ich lächle ihn an, und mein Lächeln sagt: *Ja, ich bin dein Geliebter, dein Knecht. Du hast mich erwählt, deine Seele hat Wohlgefallen an mir.*

»Geh, Babsi. Hau ab.« Wegwerfende Handbewegung, angewiderte Stimme. »Ab in die Kaserne und auf dein Zimmer. Du bleibst dort bis morgen Mittag. Bis alles vorbei ist. Wenn du den Mund aufmachst, wenn du irgendjemandem etwas sagst, dann tätowiere ich dich zu Tode. Das ist keine Drohung, das ist ein

Versprechen. Wenn du den Unterschied nicht kennst, frag Ramona.«

Und Babsi geht. Bevor sie aus dem Hobbykeller verschwindet, wirft sie mir noch einen letzten tiefgrünen Blick zu.

Grün ist die Hoffnung.

»Und was jetzt, Chef? Wir sind nur noch zu zweit, das ist nicht besonders viel, wenn du mich fragst. Wir sollten Jakob von seiner Position als Bewacher des Hauptquartiers abziehen und mit ins Gelände nehmen. Er ist technisch eher schwach auf der Brust, aber ein paar Kabel wird er ja wohl noch kurzschließen können. Kannst du doch, Jakob, oder?«

»Befürchte nein, Sigi. Bin technisch wirklich sehr unbegabt. Null Talent.«

Jürgen beugt sich über den Parkplan und runzelt die Stirn. Ich beuge mich zu Sigi vor und sage leise: »Hör mal, Sigi, ich weiß, das ist jetzt nicht der richtige Augenblick, aber ich möchte dir etwas sagen. Damals im Supermarkt, die Sache mit der verwüsteten Käsetheke, das war ich. Es tut mir leid, Sigi. Ich habe dein Vertrauen missbraucht. Bitte verzeih mir.«

Bevor Sigi reagieren kann, tippt Jürgen auf die rote Markierung im Zentrum.

»Der Screamtree. *Nur* der Screamtree. Keine Manipulation der Hängevorrichtung wie geplant. Sprengsätze. Alle, die wir haben. Sigi, du übernimmst den Fuß, ich übernehme die Aussichtsplattform.«

»Sauguder Plan.« Paul ist erwacht. »Sprengen is imma gud, Sätze sowieso. Sätze mag ich. Gibd viele schöne Sätze, zum Beispiel *Den letztn Tango beißn die Hunde* oda *Schlimma gehd imma.*«

4

Lieber Herr Kupka, ich habe eine wunderbare Nachricht für Sie: Ihrer Mutter geht es viel, viel besser! Die Medikamente haben endlich angeschlagen! Seit drei Tagen ist sie sowohl körperlich als auch geistig fit wie ein Turnschuh, wenn Sie mir diesen saloppen Vergleich gestatten, und sie möchte Ihnen einen Besuch abstatten. Wir kommen am Freitag, den 13. August, zu Ihnen in den Freizeitpark. Wann genau, kann ich leider nicht sagen, wir fahren mit der Deutschen Bahn. Als Treffpunkt schlage ich das Haupttor vor. Da ich keine Telefonnummer von Ihnen habe, kann ich nur hoffen, dass diese Nachricht Sie rechtzeitig erreicht. Es wird nicht nur Ihrer Mutter, sondern auch mir eine große Freude sein, endlich Barbara und Lili kennenzulernen.

Bis bald!

Ihre Olga Tscheplanowa

TAG DES ABSCHIEDS

von einer besseren Welt
ohne gute Mütter
und sichere Arbeitsplätze

»Himbeer-Zitrone. Zweimal bitte.«

Die junge Frau in Phantasieuniform schaufelt lächelnd Eis in den ersten Becher, dann in den zweiten. Sie hält mir lächelnd die Becher hin.

»Imbee«, gluckst Janja und streckt ihre Hand aus.

»Das kannst du noch nicht selbst halten, mein Lämmchen.«

Ich nehme die Becher, gar nicht so einfach mit Janja auf dem Arm.

Babsi sitzt gegenüber vom Tor zum Paradies auf einer Bank. Das Tor ist seit zehn Minuten geöffnet, die Engel singen.

Willkommen! Halleluja! Willkommen! Halleluja!

Heute rieselt kein Zauberstaub aus dem Gewölbe, die Engel kippen ihn kiloweise aus ihren Füllhörnern. Er legt sich auf das Haar der kleinen Mädchen und verwandelt sie in Elfen. Er legt sich auf das Haar der kleinen Jungs und verwandelt sie in Kobolde. Die Männer in Magier, die Frauen in Feen, jeder ist verwandelt, und vielleicht bist du ja auch dabei. Vielleicht bist du ja auch gerade durch das Tor gegangen, Hand in Hand mit deiner Freundin zum Beispiel oder Arm in Arm mit deinem Freund, oder du hast eine kleine Elfe auf dem Arm, mein Gott, sieht das Kind bezaubernd aus mit diesem zarten Schimmer im Haar.

Jetzt bleibst du stehen und siehst dich um. Da ist die Haltestelle vom Eden-Express, da ist eine Eisdiele, da ist eine Bank. Auf der Bank sitzt eine blonde Frau, und wenn du ein Mann bist, also ein *richtiger* Mann, dann denkst du jetzt: Wow, ist die sexy. Geblümtes Kleid, luftiger Stoff, ärmellos. Die Haut glänzt, das Haar glänzt, alles an dieser Frau glänzt, jetzt glänzen auch noch die Zähne, weil die Frau lacht. Sie winkt lachend einem Mann und einem Kind zu. Der Mann kommt gerade von der Eisdiele, er hat das Kind auf dem Arm und zwei Becher in der freien Hand.

»Lili! Lili!«, lacht die Frau. »Hier bin ich! Mama ist hier!«

Schade, denkst du, schon vergeben die Lady. Und wenn du kein Mann bist, sondern eine, sagen wir, Frau Anfang dreißig, die gerne Kinder hätte, aber keine kriegen kann, weil die verdammten Eileiter verklebt sind, dann bist du jetzt ein bisschen neidisch. Die Kleine ist wirklich süß. Und so nett angezogen. Niedlich, aber auch ein bisschen frech, das dünne Zöpfchen ist reizend, die blöde Blondine hat Geschmack, das muss man ihr lassen. Jetzt nimmt sie ihr Töchterchen, das offenbar Lili heißt, auf den Schoß und füttert es mit Eis. Der Mann sitzt daneben und hält seinen Becher in der Hand. Er isst nicht. Er starrt auf das Tor. Wenn er noch lange wartet, wird das Eis schmelzen, denkst du. Na, selber schuld, ist ja auch egal, nichts wie los. Die große Parade mit Wuzzipup und seinen Freunden ist sehr beliebt, da muss man sich früh einen Platz sichern.

»Ja, schön aufmachen das Mündchen, ja, das schmeckt uns, nicht wahr, meine Süße!«

»Meckt«, sagt Janja.

Ich werfe einen Blick in meinen Becher. Das Eis ist noch nicht flüssig, macht nichts, wird schon. Ich habe Zeit. Wir haben Zeit. Das Wetter ist schön. Sonne, weiße Wölkchen am blauen Himmel, nur der Wind ist ein bisschen zu schwach, der könnte kräftiger sein.

»Wie sieht deine Mutter eigentlich aus?« Babsi schiebt Eis in Janjas Mund.

»Hübsch«, sage ich.

»Hast du gehört, Lili. Omi ist hübsch.«

Janja macht ein schmatzendes Geräusch.

Nichts ist passiert, alles ist gut, habe ich heute Morgen zu Babsi gesagt. Es war nur ein böser Traum, jetzt ist er vorbei. Zieh dir was Nettes an, und Lili auch.

Zu Dragan habe ich gesagt: Entwarnung. Der Chef hat sich's anders überlegt, gib mir Janja.

Blitz!

Ein Bild zuckt durch meinen Verstand, aber es ist keins von den üblichen Bildern, es ist nichts, was gerade passiert.

»Dein Eis schmilzt, Jakob.«

Nur eine Erinnerung. Aufnahmen aus der Vergangenheit, gestern ist schon so lange her, ein böser Traum, ein Kurzfilm mit Happy End.

Blitz!

Jürgen auf der Plattform in hundertfünfzig Metern Höhe, er befestigt einen Sprengsatz, ruhig und konzentriert, er weiß nicht, dass es schon vorbei ist. Der Sicherheitsschutz hat Sigi geschnappt, zehn breitschultrige Männer fahren mit dem Aufzug nach oben.

»Du solltest dein Eis jetzt wirklich essen, Jakob. Der Becher ist ja schon ganz durchgeweicht.«

Jürgen dreht den Kopf und lauscht. Er hört den Aufzug kommen, er runzelt die Stirn, er versteht nicht gleich. Dann versteht er. Und statt den scheiß Sprengsatz zu zünden, wenigstens den einen, damit wenigstens die scheiß Plattform hochgeht, tut er etwas ganz anderes. Er legt das Ding weg und schlendert zur Balustrade. Er lehnt sich an die Brüstung und lässt seinen Blick übers Paradies schweifen wie ein Ausflügler. Dann zwinkert er mit einem Auge.

Er zwinkert mir zu.

»Nicht, Lili! Nicht mit den Fingern!«

Baum der Freiheit, Baum der Schmerzen.

Er ist so hoch, man fällt so tief.

»Die werden ganz klebrig, weißt du, und dann kannst du Omi nicht mehr die Hand geben.«

Mein kleiner schwarzer Prinz, jetzt ist er in der Hölle. Als großer heller Engel geht er durch den Wartesaal und schlägt den Sündern die Ohren ab mit seinem Flammenschwert. Raus aus der Brust – zack. Damit sie den Trost Gottes nicht hören. Damit sie ihn nicht hören *müssen*.

»Ach Gottchen, Jakob, jetzt hast du Flecken auf der Hose von dem blöden Eis. Komm, gib her.«

Ich gebe Babsi den Becher, Janja greift danach.

»Lili! Nicht!«

Babsi wirft den Becher in den Mülleimer neben der Bank. Ich schlucke. Ein trockenes Geräusch, zugleich irgendwie nass. Wie Wasser, das durch den Abfluss im Waschbecken läuft, der Abfluss ist verstopft. Ich schlucke wieder.

»Was hast du denn, Jakob?«

»Nichts.«

»Aber …«
»Es ist nichts.«
Babsi öffnet Janjas Zöpfchen und bindet es neu.
»Weißt du, wann genau deine Mutter kommt?«
»Nein.«
»Wie lange hast du sie denn schon nicht mehr gesehen?«
»Lange.«
»*Wie* lange?«
»Ewig.«
»Und was wirst du als Erstes zu ihr sagen nach so langer Zeit?«
»Willkommen. Halleluja.«

NACHWEISE

Gott und Jesus frei zitiert nach: »Die Bibel, Altes und Neues Testament«, wahlweise nach: Martin Luther, Einheitsübersetzung, Schlachter 2000, Elberfelder Bibel, Hoffnung für alle.

S. 240f. Songtext »Welcome to happiness« frei nach »God put a smile upon your face« (Writers: Guy Berryman, Jonny Buckland, Will Champion, Chris Martin) von Coldplay, erschienen auf dem Album »A Rush of Blood to the Head«, Parlophone Label Group (Warner), 2002.
S. 251 Songtext »Under your command« (Text: Stina Nordenstam) von Stina Nordenstam, erschienen auf dem Album »Dynamite«, Eastwest (Warner) 1996.
S. 256f. Songtext »O Ewigkeit, du Donnerwort«, BWV 20, von Johann Rist.

Die Autorin dankt für Geduld und Spucke von: Bettina Bruinier, Ralph du Carrois, Susanne Dretnik, Luzia Huber, Hellmut Huber, Jonas Knecht, Magdalena Pöschl, Claudia Rohner, Immanuel Rohner, Kristin Vavtar, Stefan Wallner.